魚群記

Medoruma Shun

目取真俊短篇小説選集

1

影書房

魚群記　目次

魚群記

魚群記

僕は今でも指先にはっきりとあの感触を思い出す。張りつめた透明な膜の危うい均衡の奥で青から藍、そして黒へと鮮やかな色彩の変化を見せていた魚《うお》の瞳孔。それは見つめるだけで僕を未知の領域へ下降させてゆく深い不安に満たされた標的だった。

僕が放つ矢の鋭い針先がその標的を貫く。しなやかに跳ねまわる魚の眼球から僕は針を抜きとって、ぽつりと空いた傷口の上に指先をあてる。冷たい感触と抵抗する生命の確かな弾力が、僕の指先に集中した神経繊毛の戦《おのの》きと興奮を一挙に掻き立て、やがて静かな陶酔に変えてゆく。

僕の指先はなめらかな魚の眼球の上を滑り無限の円運動をくり返す。僕のあらゆる感覚は素晴らしい速さで指先に集中し、魚の生命は瞳孔を起点に急速に失われてゆく。この二つの接点に生まれる単調な歓喜の音律だけを残して、僕の存在はゆるやかに溶解し霧のように薄らいでゆくばかりだ。そして、指先の円運動がしだいに速度を増し、やがて一つの点に収斂されて傷口の中へ消える時、白い陽の照りつける川辺に立ちつくしている僕は既にそこには居ないのだ。ただ焼けつくような指先の感覚だけが取り残され、僕が再びそこに戻った時に何か啓示的な残光を放っている。

しかし、僕はついにその意味を知ることはできないだろう。だが、それでもその感覚が僕の中に生み出そうとしているものの息づかいを、僕は密かに予感していたのだった。

僕は魚を陽にかざした。鰓《えら》から流れ出た血が僕の華奢な手首を汚し、眼球の透明な膜には白い死の靄が漂い始めている。あれ程深く神秘的だった瞳孔はその靄の奥で、すでに不快な弛緩を進行させている。僕は機械のように正確に魚を川へ投げ捨てる。そして束の間の交感の余韻を指先に感じながら、緑色の川の濁りに沈みつつ、海へ流れてゆく銀色の魚体を見つめているのだった。

僕は数名の仲間と共にM川の河口で魚を狙っていた。川岸に生い茂ったススキが、重なり合って腹這いになった僕らの姿を外界から完全に隠している。僕らはひとつのゼリー質の膜につつまれた五つの卵核のように、思い思いの夢想を弄《もてあそ》びながら、西陽を受けて輝くおだやかな水面に魚の影が浮かぶのを待っていた。

僕は水面すれすれにまで腕を伸ばし、傘のバネで作った弓に、ススキの茎に縫い針を結わえ付けた粗末な矢をつがえて、いつでも発射できるように構えていた。

風がさざ波を立てて海の方へと走り過ぎて行く。ススキがかわいた葉擦れの音を立て、光の斑紋がチラチラと僕らの首筋や白いシャツの背で舞った。僕の左にぴったりと身を寄せていたSがあくびを嚙み殺す。すぐにNが僕の背中越しにSをつつく。二人は両側から僕の腰を抱き、川にずり落ちるのを防いでいた。

対岸のパイン工場の排水管から流れ出す低い単調な水音が眠た気に響いている。僕はうっすらと汗ばんだそれぞれの体から発する特有の匂いを嗅ぎ分けた。Ｓの体から発する強い雌山羊の匂いが僕の気を引いた。川に来る前に、僕らは気の弱いＳを脅して、山羊と交接のまねを演じさせたのだった。彼は泣き出しそうになりながらも、無理に微笑をつくって雌山羊の後ろにまわり込むと、懸命に戯れを演じた。

真っ先にその姿を笑いながらも、僕は胸の奥にかすかな痛みを覚えずにはいられなかった。今Ｓが僕の体を支えてくれて身を寄せているのが、僕には無性に嬉しく、愛しかった。緊張に耐えられなくなったＳの溜め息が時おり首筋にかかると、僕の胸は激しく高鳴った。

僕は疲れた目を休めるために、針先から目をそらし、川を流れる様々な生活の遺骸をぼんやりと眺めた。それに厭きると僕は対岸のパイン工場を観察し始めた。川岸に植えられた木麻黄《もくまおう》の防風林と、壁に沿って高く積まれた古い木箱が、建物の大半をこの角度からは隠していた。それでも海から吹きつける生温かい潮風が、工場の腐蝕を予想以上に進行させていることが窺い知れた。

数年前、できたばかりの頃は、新しいペンキの色があたりの景色から浮いて見えたものだが、今ではすっかりひなびた村の景色の中に落ちついていた。木箱の間に見える窓の網戸から白い湯気が絶え間なく噴き出し、渇いた空に消えていく。川岸のススキの茂みから突き出た黒ペンキ塗りの排水管のあたりも朦朦と湯気が立ちこめている。

パイン缶詰めを消毒した後の熱湯が注ぎ込まれるそこには、熱帯産のテラピアの夥しい群れが一年中、遠目にもそれと分かる程蠢《うごめ》いていた。黒い雨雲のように幾層にもひしめきあったテラピアは、排水口から流れ出すパインの屑や食堂の残飯を求めて、貪婪《どんらん》な口を開けて浮き沈みをくり返していた。その巨大な口の塊は、さながら幼虫の死滅した後の空虚《うつろ》な蜂の巣のように退廃的でありながら、同時に底知れぬ生命感に満ち溢れていた。そこならこうして魚影を待つまでもない。しかし、工場の中に入ることは許されなかった。もし、守衛に見つかり、つかまりでもすれば、殴られ叩き出されるのが落ちだった。

ふいにSの手が僕を強く抱きしめた。僕は目の前の灰緑色に濁った水面を見た。黒い魚影が音も無く浮かび上がり、水面すれすれの所で静止した。それは体長が三〇センチはありそうな大きなテラピアだった。長いこと深みに居たせいか、体は黒紫色に変色し、背びれや胸びれを縁どる赤紫色と、胸から腹にかけての黄色が体色と美しい対比を成している。

僕は焦らずにテラピアが射程内に入るのを待った。テラピアは踊りのこねり手のように胸びれを動かして岸辺に近づくと、急に口から稚魚を数匹ずつ吐き出し始めた。たちまち、親魚の口のまわりに黒い小さな塊がつくられた。絶好のチャンスだった。こういう時のテラピアは、少々のことでは稚魚を置き去りにして逃げることはなかった。

テラピアは岸に近寄ると、稚魚の後を追ってゆっくりと側面を僕に向け始める。そこはもう僕の射程内だった。

　稚魚への哀れみが一瞬脳裏をよぎった。が、僕の腕はもう僕一人の意志で動いているのではなかった。Ｓの手が再び僕の腰を強くつかんだ。白い光が僕の手元から針先へ流れる。次の瞬間、放たれた矢はテラピアの瞳孔を貫通した。鈍い水音がし、僕の顔に飛沫がかかった。

　テラピアの姿は既に無かった。後に残された波紋の中で散り散りになった黒い点が揺れている。僕の耳元でＳが溜め息混じりの小さな歓声を上げる。僕の腰をきつく抱きしめ、薄い唇に満足の微笑を浮かべているＳの顔を見るのは嬉しかった。しかし、あてどなくさまよっている稚魚の群れを見るのはもの哀しかった。それでも僕らは勢いよく立ち上がると、勇躍、獲物を捜しに行くのだった。

　眼球を射ぬかれたテラピアは、きれいな弧を描いて水面に垂れているススキの葉陰に体を横たえて浮かんでいた。Ｎが網ですくい上げると、テラピアは網の中で暴れたが、長くは続かなかった。僕は網の中に手を差し入れ、テラピアの鰓の中に親指と人差し指を突っ込み、ぐっと指先に力を入れて持ち上げた。

　赤い血が溢れ出し、手首から肘へ伝わる。固い尾が僕の腕を必死で叩いたが、やがて口を閉じる力さえ失い、細かい痙攣を走らせるだけになった。僕は深々と突き刺さった矢を抜いた。皆の賛嘆の声が快かった。

　僕はいつものようにテラピアの盛り上がったなめらかな眼球を指先で愛撫した。生臭いぬめりが指先の滑りを助け、僕は指先に伝わる透明な弾力の微妙な刺激を心ゆくまで味わった。待ちかねたNの催促が僕を我に返らせ、テラピアはNの手へと渡された。そうして僕らは代わるがわる自分だけの魚体の楽しみ方を味わうのだった。最後に僕の真似をして眼球を弄んで恍惚に浸っているSと、僕は深い満足の微笑を交わし合った。

僕はSにテラピアを川へ投げるように促した。Sは素直に従った。他の魚よりも生命力の強いテラピアも、僕らの残忍な手に弄ばれて、身を横たえたまま喘ぐように呼吸しているのがやっとだった。鰓から流れ出した血が濁った水に拡がっていく。僕らは皆黙ってその様子を見つめた。やがてテラピアは灰緑色の川底へゆっくりと沈んでいった。

僕らはそれを見届けると、ススキの中から白い陽の下へ出た。パイン工場のサイレンが鳴る。網戸から噴き出す湯気が弱まる。しかし、夏の陽はまだ半分も力を失っていないことが、赤錆びた工場のトタン屋根の上の陽炎で分かった。

僕らは川の真中あたりまで枝を伸ばした榕樹《ガジマル》の巨木の上で、彼女達の現れるのを待った。少したって、工場のドアが開き、白い布で髪を覆った女工達が出て来た。僕らは太い枝の上で足をぶらつかせて、女工達の明るい声に耳を澄ました。若々しい声の邪気の無い響きが僕らを魅了した。けれども、僕らはその意味を理解することはできなかった。彼女達は皆、台湾から出稼ぎに来た季節労働者なのだった。

「台湾女《たいわんいなぐ》」と僕らは彼女達を呼んでいた。その言葉には蔑《さげす》みと猥雑な響きが込められていた。僕らは大人達の会話からその言葉の裏の語感まで敏感に嗅ぎとり、何の抵抗もなく真似して使っていた。

女工達は二つしかない水道の順番を待ちながら、屈託なくお喋りを交わしている。女工達の何人かが、木の上の僕らを目ざとく見つけて、冷やかすように手を振る。Nらは互いに肘で突つき合いながら、それに応えて手を振った。

僕は彼らとは少し離れた所で、長いゴム手袋を脱いで、肩までむき出しになった白い腕を洗っている一人の女工を見つめていた。彼女は気持ちよさそうに顔を洗うと、次を待っている女工に水道を譲り、白い布で顔を拭きながら川岸の木麻黄の木陰に涼を求めてやって来た。その時、Nが高い枝に結ばれたロープに吊り下がって川の上まで身を躍らせ、鳥のように軽々と元の枝に帰って見せた。岸辺に集まっていた女工達はNのちょっとした曲芸に喜び、歓声を上げげた。彼女はその中に加わると、次々と身を躍らせるNやSやYらを不安げな面持ちで見守っている。「えー、マサシ、お前もやらんか?」Nがロープを片手に声をかけたが、僕はそれを無視してじっと彼女を見つめつづけた。

女工達は皆、沖縄の女達と違って色が抜けるように白く、美しい肌をしていた。それを見て僕は初めて女の肌に触れてみたい欲望を覚えた。触覚があらゆる感覚よりも著しく発達し、指先から内なる闇に向かって生えた夢想の触手が、触れるもののあらゆる部分をまさぐり、未知の部分の予感に震えながらさまよっていた。

夜毎僕を苦しめるその欲望のざわめきが、彼女の目を初めて見た時に吸い寄せられるように触手を伸ばした。他の女工達とは違ったもの悲し気な瞳の深さが、魚の眼球が呼び起こす指先のあの感触を蘇らせた。言いようのない恐れが僕の肉体の奥で不安定な球形を造り、それを貫こうとする衝動が、彼女の存在を今まで味わったことのない強烈さで感受させた。

再びドアが開いた。汗と湯気に濡れた作業服を着たままの男の工員達が次々と出て来た。それに混じって沖縄の女工達も姿を見せ、建物と川の間の広場に集まった。台湾から来た女工達は水道の所から離れると、遠まきにその様子を見守った。広場に集まった工員や女工達は数名ずつ固まって雑談していたが、しばらくして、一人の若い男が前に出て皆に呼びかけ始めた。兄だった。兄は方言混じりで何かを大声で話していた。僕はすぐにそれが復帰に関することだと気付いた。

基地らしい基地もない北部の小さな農村であるこの村には、中部や那覇のような激しいデモや大規模な集会はなかったが、祖国復帰要求の集会は村にあるいくつかの工場や広場で時おり持たれていた。それが僕らの関心を引くことはあまりなかった。ただ、コザ暴動の号外が早朝の静けさを破って村内を駆けまわってからは、さすがに僕らも多少は時代の空気を呼吸せずにいられなかった。

兄は話が進むにつれて熱が入ってきたらしく、派手な身振りを入れて盛んに弁じている。僕は兄が復帰推進を主張していて、父といつも口論しているのを見ていた。狭い山を切り拓いてパインを作っている父は、復帰したら内地人《ないちゃー》に安く買いたたかれるようになると口癖のように言っていた。それを聞いて僕も漠然と不安になったが、それ以上の詳しいことは僕の理解できることではなかった。

　やがて兄は軽く礼をすると演説を終えた。代わりに別の男が立って話し始めた。兄は座っている何名かの工員達と言葉を交わしながら、いちばん後ろへとまわり、川を背にしてあたりを見回していた。しばらくして、集会の様子を静かに眺めていた台湾の女工達に、何か手で合図を送った。女工達の間で笑いと軽いざわめきが起こった。その中でさっきまで兄の演説する姿を背伸びするように見ていた彼女が、顔を伏せると一人だけ門の方へ急ぎ足で向かうのが見えた。兄は彼女に一瞥をくれると、木麻黄に凭れて煙草を吸いながら集会の様子を眺めている。それから、何名かの工員と女工が発言した後、皆立ち上がって腕を組み、復帰の歌を歌い始めた。

　固き土を破りて
　民族の怒りに燃ゆる島
　沖縄よ……

台湾の女工達はその歌を黙って聴いていた。

〝民族の怒りに燃ゆる島……〟

傍らでSが少し遅れて歌っている。いつの間にかNらも僕の側《そば》に来てその歌をじっと聴いていた。

歌が終わると工員や女工達は皆門の方へ向かう。そろそろ長い夏の日も暮れようとしていた。僕らも枝から枝へと伝って岸に飛び降りると、それぞれの家に向かって走った。

家に帰ると僕は家の手伝いを怠けた事で父の叱責を浴びた。「また台湾女の所に行ってたのか?」父は僕を睨みつけた。「あの女達はただ銭儲《じんもう》きに来てるだけやあらん、童《わらび》ぬ近寄《ゆ》たら許さんど」父は忌々しそうにそう言うと僕の額を小突いた。「川に行ったただけだよ」僕は呟いた。「川に行じ居《う》たん? 家の仕事がどんだけ忙しいか分からんな? パイン腐らしたらどうするか。いったい何で物食ってると思ってるか」父は僕の横面を殴りつけると怒鳴った。僕は黙ってそれに耐えた。

「明日《あちゃー》や工場に積み出しするからな、学校終わったらすぐ畑かい来《く》ーよ」「うん」僕はやっと解放されて食台の前に座った。

心配そうに見ていた母が急いで御飯をよそってくれた。「えー、マサシ、台湾女が家《やー》かい行くしや絶対にならんど」父は僕の背にそうくり返すと、農協の寄り合いにと言って出て行った。

その日僕は一人でパイン工場の門の下を潜った。工場の壁に沿って高く積み上げられた木箱の狭い間を、斥候《せっこう》のように足早に進んで行った。壁の向こうから低い唸るような機械音が伝わり、細長い空間に細かい波となって反響する。油の浮いた日陰の水溜まりから不快な臭いが発し、パインの甘ったるい匂いと混ざり合って汗ばんだ首筋にまとわりつき、僕の胸をむかつかせる。僕は早くそこから抜け出たくて先を急いだ。

木箱の間から漏れる白い西陽がチラチラと目の端で閃く。ふいに木箱の向こうで男の笑い声がした。僕は魚のように身を翻すと木箱の陰に隠れた。数名の工員が談笑しながら通り過ぎて行く。僕は足音が消えるのを確かめてから目の前の目標を見た。

ほんの数メートル先で木箱の壁は途切れ、強い陽光が工場の壁を照らしている。川岸の木麻黄の影が壁のすぐ手前まで伸びている。そのくっきりとした影を見ていると、固い一枚の硝子でそこから先が遮られているような気がした。僕はあたりに人気が無いのを確かめ、木箱のひとつを引きずり出すと壁の前に運び、上にのって網戸の中を覗き込んだ。

熱い湯気が顔に吹きつけ、たちまち汗の玉をつくる。湿った埃のこびりついた網戸の中では、オレンジ色の電燈が滲むように浮かんでいる。その下で、白い作業服の女工達が湯気にまみれて忙しく働いていた。ベルトコンベアにのってくる皮を剝かれたパインを輪切りにしては缶に詰め、次の工程へ送り出す単純な作業を彼女達は休む間もなくくり返している。すぐ目の前では幾重にも列を作った銀色の缶詰がコンベアにのって熱湯の中をゆっくり渡っている。消毒された缶詰は湯から上がると温風で乾かされ、女工達の手で木箱に詰められていく。一人の女工が次から次へと送り出されてくる缶詰を捌ききれずに台から落とし、沖縄人の監督から叱責を受けた。その男は床に転がった傷物の缶詰を隅の木箱に投げ込むと、別の部所へ巡視に行った。僕は工場の目まぐるしい動きの中に彼女の姿を捜した。

突然、目の前に白い顔が浮かんだ。僕は驚いて箱から飛び降りると、すぐにも逃げられるよう身構えた。白い細い手が伸びて網戸を押し上げる。一度に溢れ出した湯気の中から一人の女工が身をのり出した。彼女だった。僕は息を飲んで彼女を見つめた。彼女は悪戯を楽しむように何か短い言葉で話しかけ、笑いながら僕を手招きした。こういう明るい表情をした彼女を見るのは初めてだった。

僕は網戸の下へ歩み寄ると、彼女の顔をまじまじと見つめた。汗と湯気で濡れた額にほつれ毛がはりついている。彼女は工場の中を振り向いて監督が来ないのを確かめると、何か新聞紙に包まれた物を僕に差し出した。僕は恐る恐るそれを受け取った。それが出来たばかりのパイン缶詰であることが手触りですぐに分かった。「マサシ」僕は呆気にとられて彼女を見上げた。「シマサン……ノ…オトウト?」彼女は僕を指さして片言の日本語でそれだけ言うと、嬉しそうに笑い、あわてて網戸を閉め、湯気の中に消えていった。

「兄が教えたのだ」僕は門の方へ走りながらそう思った。胸に抱えた缶詰の熱さが僕の体を火照らせた。門をよじ登って飛び越えると、そのままの勢いで河口の平野部に広がる砂糖キビ畑の中へ飛び込んだ。そして若い砂糖キビをなぎ倒しながら広い畑を駆け抜け、海へ出た。僕は砂浜に座り、新聞紙を破り捨て、うっすらと汗をかいている艶やかな缶を撫でまわした。それはあの木箱に無雑作に投げ込まれた傷物のひとつだった。

監督に叱責されている彼女の姿が浮かび少し気になった。僕はポケットから軍用ナイフを取り出すと缶詰を開け、黄色い輪を鳥のように丸ごと口に入れた。そうして日暮れまで海を見てもの思いに耽った。

　あたりがすっかり暗くなると、僕は岩の間から湧き出している清水で顔や首を洗い、残っていた汁を浜にぶちまけ、缶で湧水を掬って飲んだ。僕の体の内と外にまとわりついているパインの甘ったるい匂いを全て洗い落としてくれる自然の冷たさが、しばらくは僕の表情を大人びたものにしていた。体中の筋肉が引き締まり、先程までの高ぶりが嘘のようだった。僕はもう一度缶に湧水を掬うと、一気に飲みほした。そして、川沿いの道を自分でも気付かぬ変化を顔に刻み込んで家へと急いだ。

　外でNが僕を呼んだ。夕食を済ませて机に向かっていた僕は、ゴム草履をつっかけると表へ飛び出した。「あんち夜中《ゆなか》から何処にね?」母が台所から出て来て訊いた。「Nの所で勉強してくるさ、すぐ帰るよ」僕はそう返事するとNと共にパイン工場の方へ走った。その日、学校からの帰り道、僕らは女工達の宿舎へ忍び込むことを決めたのだった。

　このあたりでは珍しい水銀燈の青白い光が、水底の景色のように工場を美しく浮かび上がらせていた。夜になっても、パイン缶詰を運び出すトラックが工場の広場をひっきりなしに行き来している。明かりの反射した川面に魚群のつくる波紋が現われては消える。Nは土手の上からススキの茂みへ合図の指笛を吹いた。SとYが茂みをかき分けて姿を現わした。「じゃあ、行くからな」Nが先頭になると、僕らは川沿いの道を小走りに進んで行った。

台湾の女工達の宿舎は工場から少し離れた対岸に、ススキの原野を切り拓いて建てられた粗末なバラックだった。それはL字形に並ぶ平屋建ての二つの棟から成っていた。宿舎は赤錆びたバラ線で囲われていたが、あらかじめ拵《こしら》えておいた切れ間から僕らは易々と中に入った。砂利の敷かれた裏庭に女工達の洗濯物が干されていた。僕らはその間を身をかがめて野犬のように駆け抜けると、宿舎の壁に横一列に背を張り付けた。ほとんどの窓は既に明かりが消えている。僕らはすぐ頭の上にある窓の中の様子に聞き耳を立てた。

「この前Tらが来た時にはとてもおもしろかったたって、あちこちの部屋でやってたってさ」Nが僕にすり寄ると耳元で囁いた。僕はそれには応えずに、もう一つの棟につながる宿舎の角の方へ目をやった。Nはすぐ上の窓から何の物音もしそうにないと判断すると、SやYを連れて別の窓へと移り始める。僕は彼らとは逆に建物の角の方へ向かった。「おい」と慌てて引き返して来たNが僕の服を引っぱった。「あそこの棟は工場の守衛室から丸見えど。止めとけよ」「ただあそこの角から覗くだけやさ」僕はそう言って再び進み始めた。Nはそれ以上何も言わずに自分の楽しみを探し始めた。

僕はいくつかの窓の下を通り過ぎた。途中、あの声がかすかに聞こえ、僕の胸を騒がせた。だが、僕は何よりも彼女の部屋の明かりを見届けたかった。目的の場所へ着くとコンクリートの軒下に腹這いになった。鏡のようになめらかな川面に宿舎の影が映っている。彼女の部屋の明かりはまだ点《とも》っていた。コンクリートの冷たさが火照った胸や腹に気持ち良かった。黒く濁った体中の血が熱を帯びてざわめきながら局部に流れて行く。

　僕は彼女の部屋の明かりを見つめながら魚のように静かに腰を動かした。ふと、明かりの中に影が浮かんだ。僕は動きを止めた。彼女の影だった。そしてもう一つの影がそれに重なった。僕は目を閉じた。体が強張り、爪先が痺れた。再び目を開けた時、明かりはもう消えていた。僕は胸の茂みの奥で蠢くものの姿を見極めようとしたが、ただ葉のざわめきを聞き得たのみだった。僕は長いためらいの後、彼女の窓へ向かおうと体を起こした。

　「逃げろ」突然Nの叫びが聞こえた。振り向いた僕の顔を眩しいライトが真っ直ぐに照らし出す。「待て、逃げたらただじゃあすまさんぞ」聞き馴れた声だった。ライトは身動きできずにうずくまっている僕の所へ迫って来ると、頭の上から僕を照らしつけた。「マサシ、何してる」兄の声だった。バラ線の所で捕えられたNらが数名の青年達に引き立てられて来た。窓に次々と明かりが点り、僕らは中庭に並ばされ、土下座をさせられた。女工達が何か言葉を交わしていたが、僕は顔を上げてその声の主を確かめる勇気がなかった。

　「さあ、謝れよ」兄の手が僕の頭を押さえつけたが、僕は頑として拒んだ。兄の平手が僕の顔を激しく打った。女工達の間から哀れむ声が上がったが、兄は更に数回僕を殴りつけた。僕の目から焼けた石粒のようなものが落ちた。怒りが体の芯を貫いて、息が詰まる。「何だ、お前の弟じゃないか」

一人の青年が僕に気付いて言った。「ふん」兄は鼻でせせら笑うと、僕ら一人一人を張り倒し、「二度とここに来るなよ。今日のことは親には黙ってるからな。お前らも何も言うなよ」と脅して僕らを帰した。

帰り道、僕らはやり場のない怒りに、ほとんど声もなかった。Nは棒切れでススキの葉を叩き切りながら、青年達の名を呼び、舌打ちした。SやYも同じだった。僕は黙って歩き通した。彼女の窓の二つの影と、もつれ合う兄と彼女の姿が、目に焼きついて離れなかった。それは、テラピアの眼を射ぬいた針のように僕の内奥にまで達し、憎悪と怒りの毒を染み渡らせていた。

先に中に入ったNが工場の建物の陰から手で合図を送った。僕らは門の鉄扉の下を潜り抜けるとNの所まで走った。それから先は僕の案内で、木箱の陰に隠れながら無事、排水口の近くまで辿り着いた。僕らはススキの茂みに飛び込んだ。驚いた水鳥が数羽水面を駆けるように飛んで行く。僕らは排水口の近くに忍び寄った。それは目を見張らずにはおれないくらい夥しい数のテラピアの群れだった。底の方からどんどん湧き上がって来る直径五メートルはあろうかという雨雲のような黒い群れ……。貪欲に汚物を喰い漁り、あらゆる在来の魚類を脅かすまでに急速に繁殖して来たこの外来魚のすさまじい生命力に圧倒されて、僕らは口々に感嘆の声を漏らした。

「やるぞ」Nは先になって水際に膝をつくと、針先を嘗めて矢を弓へつがえた。SやYもそれぞれ手にした弓に矢をつがえる。これだけ魚影があれば外れることはまずなかった。しかし、僕らの標的はあくまで瞳孔であり、それを射抜くことは至難の技だった。Nらは次々に矢を放った。矢は固い鱗にはじかれて水に浮かんだかと思うと、たちまち餌と間違えられて水中に引きずり込まれる。

僕は川の上に突き出た太い排水管に馬乗りに跨がった。そして体をぐっと前に倒すと腕を精一杯伸ばして弓を構えた。熱い排水の甘ったるい湯気がすぐに僕の顔や首筋に汗を吹き出させる。「おい、危いぞ」テラピアの群れはNの声にたじろぐこともなく、大きく口を開けて流れ込む汚物を待ち受けている。僕は空虚で威圧的な数知れぬ口腔と瞳孔の黒い群れと向かい合った。僕の中に新しく生まれつつある感情が憎悪と怒りと共に目覚めようとしていた。

僕は排水管の上に腹這いになると、水面スレスレまで身をのり出した。熱水に温められた排水管の温もりが生々しかった。彼女の部屋の明かりが黒い群れの中に浮かぶ。そして彼女の影が。僕は目を閉じた。音を立てて流れ落ちる排水管の震動が、僕の中を流れる熱い濁った血の波動と呼応した。排水管の温もりは僕の下腹部の血を滾《たぎ》らせた。

僕は目を開けて、巨大な一匹のテラピアの瞳孔に照準を合わせる。それはまさしく兄の目であり僕自身の目だった。僕の中でどよめいていたものが一つの新しい感情の流れとなって迸《ほとばし》り出る。針先が青白い閃きを発してテラピアの瞳孔を貫く。テラピアは水飛沫を上げるとぐんぐんと水中深く消えて行った。

僕はぐったりと排水管に身を任せ、手足をだらりと垂らし、排水管の温もりに頬を押しあてた。全てが流れ出した後の虚脱感が僕をさいなんだ。このまま眠り込んでしまいたかった。「守衛が来た」というSの声に、僕は疲れ切った体をやっと起こすとススキの茂みに倒れ込んだ。

守衛の自転車の音が遠去かる。僕らは身を寄せ合って再び一枚の透明な膜の中にいた。「さすがだな」Nが僕の耳元で囁く。Sは僕の神聖な腕に少しでも多く触れていたいのか、肩から指先までぴったりと腕をからませている。僕はSの肩に頭を凭せかけた。Sは心から嬉しそうだった。僕はぼんやりと雲の流れる川面を見つめた。

「あ、あれ」ふいにYが川の中央部を指さした。一本の矢が水面と垂直になって、帆柱のようにゆっくりと流れに逆らって進んでいる。深々と眼に突き刺さった矢を立てたまま、弱りきったテラピアが身を横たえて泳いでいるのだった。それは厳粛な死への航行だった。何が可笑しいのかYがクックックッと声を殺して笑い始める。それはたちまち僕ら全員に感染した。僕らは喉の奥で忍び笑いながら静かに進んで行く矢を見つめた。テラピアがもがいているのだろう、矢は時おり斜めに傾いたが、すぐにまた元に戻った。やがて矢はゆっくりと沈んでゆき、ついに水面下にその姿を永遠に消してしまった。

僕らは皆、大人びた深い溜め息をついた。しかし、その中には感傷や悲哀は微塵も含まれていなかった。むしろ僕らの力の象徴が消えてゆく瞬間まで見極めることの出来た喜びと、新しいものが生まれようとする予感に健康な笑いを芽吹かせていた。皆、この膜の中に立ちこめているそれぞれの新しい匂いに既に気付いていた。もうこれからはこの膜の中も息苦しいだけだ。僕らはこの透明な膜を突き破ると、めいめい新しい思いをめぐらしてススキの茂みから出るのだった。

Nが大丈夫と合図を送る。僕らはススキの茂みから木箱の陰まで一気に走った。〝カタッ〟とふいに網戸が開き、白い手が湯気の向こうにぼんやり見える。僕はすぐに彼女だと直感したが、Nらは驚いて木箱の陰に身を隠した。彼女は僕の姿を認めると、いつかのように笑いながら僕を手招きする。僕が彼女に近寄るとNらも安心したらしく姿を現わした。彼女は窓の下に集った僕らに、身振り手振りで少し待つように示し、たちこめる湯気の奥に消えた。間もなくして、彼女は両手に銀色のパイン缶詰を抱いて現われた。そして何か話しかけながら僕らにそれを差し出した。Nらは互いに目配せしてためらっていたが、僕は手を伸ばしてそれを受け取った。それは前と同じように傷物だったが、出来立てでまだかなり熱かった。僕は黙って彼女を見上げた。

彼女は微笑を浮かべて僕に頷いた。そして、Nらに缶詰を差し出す。Nは僕を見て、それからためらいがちに缶詰を受け取った。SとYもNに倣った。彼女は自分のささやかな贈り物が皆の手に行き渡ったことが、嬉しそうだった。その姿を見て、僕の心にいつかの晩以来渦巻いていた憎しみと怒りが消えていった。

僕は指先で缶のなめらかな表面を撫でながら、彼女の目を見つめた。ふと、僕は彼女の深い黒眼の奥に、小さな弟と遊んでいる幼い彼女の幻影を見たように思った。僕は感謝の気持ちを表わそうと彼女に手ぶりで話しかけようとした。その時、何が起こったのか彼女の表情は急に強張り、瞳が拡散し僕から遠去かっていった。僕は驚いて振り向いた。

Nの投げたパイン缶が銀色の弧を描いてゆっくりと落下し、鏡のような水面を砕いた。鈍い水音が響く。「台湾女《たいわんいなぐ》から物もらわれるか、馬鹿にするなよー」Nは吐き捨てるように言った。SとYも次々と缶詰を投げ捨てる。鈍い水音が連続して響いた。それはまったく思いもよらぬ彼らの行為だった。

Nらは催促するように僕を見つめて言った。「おい、マサシ、早くそんな物川《もん》かい投ぎ捨てれ」僕は途方に暮れて彼女を見た。彼女は僕らの頭越しに川面に拡がる波紋を見つめている。その顔は心の動きが完全に止まってしまったかのように無表情だった。彼女の目が僕の目を見つめた。それは射抜かれた魚の瞳孔のように痛ましかった。僕は指先に彼女の目の傷口の感触を感じた。次の瞬間、彼女の白い手が機械的に伸び、網戸は閉ざされた。

「えー、何してるか、早く逃げんと」呆然と立ち尽くしている僕に、門の方へ走り出していたNが声をかける。水音を聞きつけてもうすぐ守衛が駆けつけるだろう。僕はパイン缶を抱えたまま彼らの後を追った。振り向き様、僕はもう一度網戸を見た。白い湯気が何事もなかったように溢れ出ていた。しかし、網戸が再び開かれることはなかった。

僕は建物の陰から飛び出し、広場を突っきるとそのままの勢いで門の下から転がり出た。僕らの後を追って来た守衛が自転車を投げ出すと、「待て」と怒鳴っているのを無視して、僕らはバラバラに砂糖キビ畑に逃げ込んだ。

僕は体中泥にまみれ、砂糖キビの葉で切り傷をつくって家の戸を開けた。長い夏の午後を僕は砂糖キビ畑で缶を見つめて過ごしたが、それを捨てることはできなかった。

「どこから持って来た?」土間に胡座をかいて農具の手入れをしていた父が、僕の手にしているパイン缶を見て言った。「また工場から盗ってちゃんな?」父は立ち上がると黙ったままの僕の頭を小突いた。「台湾女からもらって来た」僕は呟いた。鈍い痛みが手首を襲う。鉄の心《しん》が入ったような父の固い指が僕の手から缶を叩き落とした。

コンクリートの床に落ちた缶は入口の敷居まで転がっていく。僕は昂然と頭をそらすと父の目を見据えた。怒りに唇の端が痙攣しているのが分かった。「お前はまだあんな所に行ってるのか」父はそう怒鳴りつけ、僕の顔に拳を振りおろす。僕は反射的にそれを避けた。父の顔に驚きの色が走る。僕の反抗が全く意外らしかった。「やな童《わらび》や、言ちん分からんさや」父は僕の襟首をつかむと床にひきずり倒した。僕は屈辱的な四つん這いの姿勢に激しく抗ったが、首を押さえつけられて身動き出来なかった。騒ぎを聞いて奥から飛び出して来た母が、父にすがりついて許しを乞うたが、父の手は緩まなかった。

「止みれ、止みれ、みっともない」いつの間に帰って来たのか、戸口に立っていた兄がもつれ合った三人を見下ろして言う。「此《く》ぬ、やな童、またん台湾女が所かい行じゃんでぃやさ」父が吐き捨てるように言う。兄は鼻先でせせら笑うと侮蔑的な口調で言った。「吾んもマサシもあんたの子だからな」「何……」父は兄を睨みつけた。

兄は悠然とパイン缶を拾い上げると、ポケットから軍用ナイフを取り出して缶を開けながら言った。「何の心配も要らんさね、明日から台湾女達《たいわんいなぐたー》や居《う》らんからよ」父の手から力が抜けた。「何、台湾女達や帰《けー》たんばーな?」「なま時分や那覇かい着《ち》ち居《う》んて」兄はパインの輪を指にひっかけると口に放り込みながら言った。父は急に僕を突き放すと仁王立ちになって兄を睨みつけた。兄はそれにまったく頓着せずに缶を口へ持って来ると汁を飲み始めた。

ねっとりとした汁が縁から溢れて兄の太い首筋をゆっくりと流れ落ちる。父は兄の態度に成す術もなく、荒々しく兄の前を通って表へ出て行った。

母が僕の背中をさすりながら慰めるように何か言っている。僕はそれには耳を貸さずに、外の残光に浮かぶ兄の影を見上げた。兄は作業服の袖で口を拭くと僕の目の前に缶を差し出した。「吾達《わったー》と台湾女達とで作った物やさ、飲め」僕は身じろぎもせずに兄の目を見据えた。「ふん」兄は缶を引っ込めると外へ出、疲れた体を引きずるように井戸端に行って汚れた体を洗い始めた。僕は土間に両手をついたままその音を聞いていたが、憑かれたように立ち上がると、暗い土間に母を残して、川の方へと走った。

宿舎はひっそりと静まり返り、朽ちるのを待っているかのようだった。僕はつい少し前、彼女の窓の明かりを眺めた宿舎の角に立って、川面を流れる様々な生活の汚物を眺めた。工場の水銀燈の青白い光が揺らめいている。僕は彼女の部屋へ歩いていった。

閉ざされた窓はカーテンが降ろされ、中を覗くことは出来なかった。僕は石を拾うとガラスを割り、内鍵を開けて部屋の中へ入った。開け放した窓から水銀燈の明かりが射し込む。部屋はビニールの茣《ご》蓙《ざ》が敷かれてるだけで、他に彼女を偲ばせる物は何もなかった。僕はカーテンに顔を押しあて、彼女の残り香を求めたが徒労にすぎなかった。

僕は幻の彼女と体を重ね合わせるようにして、部屋の中央にうつ伏せになり目を閉じた。瞳孔を射抜かれて川の底へと消えていったテラピアの姿が闇に浮かぶ。テラピアは西陽に側面をきらめかせながら、静かに体を波打たせている。屹立する矢が水面下に消えていく。僕の指先に魚の眼球の感触が蘇り、彼女の深い瞳が魚の瞳孔と重なり合う。僕は死期の迫った魚のように体を波打たせ、細かい痙攣をくり返した。そして静かに闇の中へ消えていった。

どれ位時が経ったのだろう。僕はドアのノブを回す音で目が覚めた。僕は首をもたげるとぼんやりと暗がりに浮かんでいるノブを息を殺して見つめた。ノブは再び苛立たしい金属音を軋ませる。「守衛だ」僕はいつでも窓から逃げ出せるよう身構えた。少し経ってドアを叩く音がした。体中の筋肉と神経が引き締まった。「K」それは僕が初めて耳にした彼女の名だった。

「K」声は再び部屋の中へ呼びかけた。聞き馴れた声だった。ドアの向こうで中の様子を窺っている男の息づかいが伝わるような沈黙が流れる。男は諦めてドアの前を去った。僕は窓から身を躍らせると、宿舎の角を回り、去って行く男の後ろ姿を見つめた。水銀燈の明かりが急ぎ足で去る男の姿をぼんやりと照らし出している。男は今一度未練気に部屋を振り向いた。その姿は、まぎれもなく父だった。

ポンプの軋む音が屋敷内の隅々まで染み渡る。僕は迸り出る水を頭からかぶり、顔や手足を洗った。水の冷たさが過剰な血の濁りを取り、快かった。家の中は寝静まっている。

僕は芝生の上で夜を明かそうと思い、庭へ回ろうとして銀色に光る物を見出した。パイン缶だった。手にとると底の方に残っていた汁が揺れ、甘い匂いが漂う。地面に叩きつけてやりたい衝動が起こったが出来なかった。その甘い匂いが彼女の残り香のように思えて、僕はそっと缶を口にあてると汁を少しずつ味わった。舌にまとわりつく粘りが不快だったが、僕は一気に缶を傾けた。次の瞬間、僕は缶を投げ出すと、激しく嘔吐した。缶の中から赤ん坊のこぶし程もある黒い虫が固い甲殻をぬらりと光らせながら現われ、芝生の上をよろめきながら歩いた。一瞬動きを止めると、それはおもむろに羽を開き、飽食した重い体を持ち上げ、誘蛾燈目指して飛び去った。

　土間の戸が開いて母が顔を出した。「マサシれん?・」僕は何も答えずに座り込んだまま、虫の飛び去ったあたりを見つめていた。母は戸を開け放って飛び出して来ると僕を抱いて泣き始めた。家の中に明かりがついて父が姿を現わした。「今時分まで何しておったか?・」僕は黙って父を見た。明かりを背にしていたので表情を知ることは出来なかったが、その姿からはもう僕を威圧するものが抜け落ちていた。

「何で黙って居る?・」父の声はことさら荒々しくしているようで、僕は冷ややかに黙り続けた。「何で怒るね、魂落《まぶい》としているかもしれないのに」母は僕を庇って体をあちこち撫で回す。それが僕には煩わしくて仕様がなかった。「台湾女の所へ行ってたんだよ」父の後ろで兄が冷やかすように言う。父と兄のいつもの口論が始まる。奇妙な笑いがこみ上げて来る。

　僕は芝生の上に転がった空のパイン缶を見つめた。僕ら四人がその中にすっぽりと収まってしまいそうで、僕は声を押し殺して笑った。その中にはKもいるだろう、そしてNやSも。川が海に注ぎ込むように、あらゆるものがその空虚な空洞の中に流れ込み、消え去っていく気がした。

　母は僕の笑いを泣いているものと勘違いしたらしく、一層きつく僕を抱き締める。僕はひどく空腹だった。早くこの場から逃れて胃の中に何か詰め込みたかった。僕は胃液の混じった口の中の不快な唾を空缶目がけて吐き捨てた。指先がかすかに痛んだが、それ以上に僕の飢えは激しかった。

マーの見た空

　僕は白い石灰岩の埃で汚れた車窓に映る半透明の自分の影を見つめていた。半島廻りの最終バスに乗っている客は僕一人だった。窓の外の内海に浮かぶブイが赤い光を明滅させている。遠浅で波もおだやかなのに、何かに魅入られたようにしばしば釣りのボートが転覆し、毎年何名もの水死者の出る海面には、溺死者の頭髪のように叢木を揺らめかせた小さな島影がいくつか浮かんでいる。僕は夜の海をさまよう人魂の話を思い出した。漁師だった祖父はよく夜の海で人魂にまとわりつかれた時のことを寝物語に話してくれた。それは海面に瞬く無数の海蛍が知らぬまにひとつになって海面を離脱したように突然、青い光を放って祖父の目の前に現われると、緩急自在に船のまわりを飛びまわるのだという。そういう時祖父は、漁の手を休めて腰をおろし、人魂が消えるまで村の近況を話してやる。果てしもなく長くも思えれば、ほんの一瞬のようにも思える奇妙な時間を、次から次へと村の誰かれのことを口が勝手に動くのにまかせて話し続けているうちに、祖父は海底に引き込まれるような感覚に襲われる。そして薄れゆく意識の底で、鼠花火のように激しく回転しながら輝きを増してゆく人魂が、その極点で無数の光の粒子へ砕け散ったと思った瞬間、ある大きな叫び声を聞くのだという。陸の影も見えない大洋のただ中で、空と海を音叉のように震わせながら走り抜けていくひとつの大きな叫び声。それは聞く者の胸に忘れ難い痛みを刻む声であり、人間の魂の奥底へ突き抜けていく叫び声なのだ、と祖父は眠りに落ちていく僕の耳に囁いた。

僕は窓を少し開けると、冷たい風を車内に入れた。昼間の乗客の残した体臭が鈍い圧迫感を伴って皮膚にまとわりつくのをかき消すために。僕は自分の座っている最後部の位置から車内を見渡した。人気のないバスの中は、体液を流出して乾燥しきった昆虫の体腔を想わせる。チラチラと今にも消えそうに不確かな光を放つ車内燈が、その内部をぼんやり照らし出している。僕はその光源を覆っている白いプラスチックのケースに溜まった埃を見た。いったいどこから入り込んだのだろう。ケースの縁に沿って丸く堆積している埃は、よく見ると折り重なって死んでいる無数の羽蟻なのだった。先程から気になっていた他人の臭いが、実は車内燈に熱せられて発するこの羽蟻の臭いだと知って、僕は軽い吐き気を覚え、座席に深く身を沈めると目を閉じてこらえた。そして、バスが終点に着くまでの短い時間をひと眠りしようと窓ガラスに額を凭せかけた。

二週間前のことだった。正月だというのに帰省せず、友人の所へ出かけるでもなくアパートの一室に籠っていた僕に、母から電話がかかってきた。僕は呼び出しに来てくれた管理人の耳を気にしながら、階下の管理人室で早口に母と話した。

「正月くらい、家に帰って来ればいいのに」

母は遠慮がちに言った。一浪して、予備校に通うためにN市でアパートを借り、一人で生活するようになってから一年と八カ月余、僕はまだ一度も帰省していなかった。その間、両親とは大学の入学式の日に顔を合わせただけだった。

「ちょっと大学の講義の課題があってね。冬休み中にやらないといけないんだよ」

ぞんざいな僕の口調に気圧されたらしく、母はしばらくためらった後で、臆病そうに聞いた。

「成人式には帰ってくるんでしょう」

僕はその気がないことを告げた。母は、予想はしていたがそれでも気落ちしたのは隠せないというように「そうね……」と、短くつぶやいた。

子供の頃から見馴れた母の少し眉をひそめたもの悲し気な表情が思い浮かんだ。

「でも、今年はあんたが代表で挨拶するようになっているみたいだから……やっぱり、帰ってきた方がいいんじゃないね」

母は僕の反応をうかがいながら途切れがちな声で言った。僕の心を動かすいくらかの効果を期待していたのかもしれない母のこの知らせは、僕の帰る気を余計に喪失させただけだった。

「どうしても抜けられない用事があるものだから……それに、代わりはいくらでもいるだろう」

母は返事に詰まって黙り込んだ。受話器の向こうでテレビの音が聞こえている。僕はテレビの前に座って酒を飲みながら、電話の会話に耳をそばだてているであろう父の姿を想い浮かべた。これという理由もないのに父と口をきかなくなってからかなりになった。おそらくあまりに性格が似過ぎていたのだろう。僕と父は、互いに自分の過去と未来の姿を見るような気がして、面と向かい合うのを恐れていたのだ。

「それじゃあ、もし都合がついたら帰っておいでね。一生に一回しかないんだからね。帰ってこれないんだったら、N市のお祝いにでも行ったらいいんじゃないかね」

母はやっと沈黙を破って、平静を装った声で言った。

「ああ、そうするよ」

僕はいい加減うんざりして投げやりに言ってから、どこか後ろめたさを覚えている自分を苦々しく思った。

「そういえば、Mさんも帰ってくると言ってたね……」

Mという名前を耳にして、僕は受話器を置こうとしていた手を止めた。目の前のガラス窓にひとつの幻影が浮かんだ。

幼い少女のMが草むらの中にしゃがんでいる。人の心を不安にさせる、かわいた、瞳の色の薄い切れ長の目をして。何か病んでいたのだろうか。日に焼けた、蜥蜴《とかげ》のように艶やかな僕らの皮膚と違い、幼い頃からMはいつも静脈の透けて見える、白く薄い植物質の皮膚をしていた。高い松の林がMの姿を道から隠している。松脂の匂いがMの気を遠くさせ、白い木漏れ陽が体の上で躍る。潮騒のようなセミの狂声。肩口で切られた髪が弧を描き、Mの首筋に赤い線が水平に走る。誰かがMの名前を呼ぶ。振り仰いだ顔に斑《まだら》の陽と影が揺れる。眩ゆそうにうっすらと開いた切れ長の目に、若い男の影が映っている。彼女の口がゆっくりと開く……。

「どうかしたのかい、マサシくん」

受話器を手にしたまま、ぼんやりしていた僕に管理人が声をかけた。気がつくと電話は切れていた。僕は受話器を置いた。

「マサシくんも今年成人式か。じゃあ家に帰って喜ばしてやったらいいよ。親はそれが一番の楽しみなんだからね」

父と同じ年頃の管理人は、人の良さそうな笑顔を見せて言った。

「ええ、できたらそうします」

僕は気のない返事を返すと頭を下げて二階に向かった。

「マー」

その時、僕の耳元にひとつの声が聞こえた。

階段の途中で足を止めた僕は、冷たい汗で腋が濡れるのを感じながら、テレビに見入っている管理人の後ろ姿を眺めた。僕の視線を感じたらしい管理人が、怯えたように僕を見る。

「今、僕を呼びませんでしたか」

管理人は表情を強張らせて、黙って首を横に振った。

「どうも」僕は軽く会釈をすると階段を上った。


「おい、マサシ、着いたよ」

バスの運転手に揺り起こされて目を覚ました。狭い村のことで、三十歳を少し過ぎたばかりの運転手とは、高校時代の三年間、バス通学をしていた頃からの知り合いだった。

「成人式か、早いもんだな」

運転手は自分のことのように感慨深げに言って笑う。

「ええ、まあ」

僕は照れ笑いを返すと、一日分の着替えの入ったバッグを提げて、車外に降りた。

外はすっかり冷え込んでいた。車内の不快な臭いから解放され、澄んだ硬質の夜気を肺の隅々まで吸い込む。バスの終着所から家までは五百メートル足らずだった。僕は人目につきやすい表通りを避け、川沿いの草の茂った細道を選んで歩き始めた。

電話口からMの名が漏れた時、僕はひどく驚いた。僕とMの間に何があったか、母には知る由もなかった。おそらく、幼馴染のMの名を出せば、僕の気持ちが変わるかもしれない、とでも考えたのだろう。しかし、僕が帰省しようと思ったのはMのためではなかった。Mの幻影とともに訪れたひとつの名前が、僕をとらえて放さなかったのだ。

「マー…」

川向こうの製糖工場の常夜燈が輝いている。十一時を回っているというのに、数メートルの高さに積み上げられた砂糖キビの周りを忙しくトラックや作業員が行き来している。砂糖キビは土地の痩せたこの島の基幹産業として生産され、工場には村だけでなく半島一帯の砂糖キビが運び込まれて来た。僕は心に浮かんだ、砂糖にたかる蟻のようだ、という比喩を自嘲しながら、せわしく動き回る作業員の群れの中に父を捜したが、見つからなかった。

風もないのに、工場の灯を反射している川面がざわめき、細かく光が乱れる。テラピアの幼魚が群れて水面近くを夜行している。子供の頃、僕らはいつもこの川で魚とともに過ごした。僕は水底に厚く堆積した泥に身を埋めて、冷たい水の圧力に耐えているテラピアの群れを想った。魚鱗を軋ませておびただしい数のテラピアが互いに身を擦り寄せ、金属質の音を立てているのが、凍て付いた鼓膜にギシギシと響いてくるような気がした。工場の廃液で在来の魚類が次々と死に絶えていくのとは裏腹に、驚異的な繁殖力をもったテラピアは川の汚染も苦にせずに増え続け、冬でも陽が射せば川底から亡霊のように浮かび上がり、群れをなして川面をさまようのだった。

夏の午後だった。白い陽が川にせり出した岩の上に寝そべる僕らの体を焼き尽くしていた。基地から村の浜に泳ぎにくるアメリカ人の女の背中に浮かんだソバカスのように、無数のテラピアの群れが油ぎったゆるやかな川面に漂っていた。

突然、鋭い銛《もり》がその群れを突き抜け、一匹のテラピアが横腹を貫かれて銀色に反り返る。僕らは歓声を上げた。水中から姿を現わし、恥らうように笑みを浮かべたマーが、立ち泳ぎをしながらテラピアを銛からはずすと、僕らの方へ放り投げる。僕らはテラピアの所へ駆け寄ると輪を作ってしゃがみ込み、跳ねまわるその姿を見た。

僕は小学校の五年生になっていただろうか。すでに五、六メートルはある淵の底まで潜ることが出来たはずだ。しかし、銛はまだ自由に使いこなせなかった。そういう僕の目に、大人でも太刀打できないマーの銛の腕は、賛嘆と憧憬の的として映っていた。マーは銛を口にくわえると、平泳ぎでゆっくり岩に近付いてきた。だが、岩に手をかけたところで、マーは水から上がるのをやめた。

中学生のジンのグループが、僕らの頭越しにテラピアを眺めていた。ジンは僕らの輪に割り込むと、渇いた岩の上で喘いでいるテラピアをいきなり野鶏のように筋張った足で踏みつけた。青いゴム草履の下で、固い鱗が岩と擦れ合い、ギシギシという音を立てる。僕は歯を嚙みしめてその音に耐えた。マーは痛ましい目をして、銛で突き破られた腹から血と生臭い泥が溢れ出すのを見つめている。

「上がれよ、マー」

ジンが冷ややかに命令を下す。いつもジンにつき従っているヨシとイジュがマーをせきたてる。マーは怯えたように卑屈な笑いを浮かべると、逞しい両腕を塔のように伸ばし、一七〇センチを優に超す体を水中から一気に引き上げた。激しい水音とともに、辺りに漂っていたテラピアの群れが一斉に姿を消した。

岩の上に立ったマーの体は、逞しくはあったが妙にいびつな形をしていた。長い腕と盛り上がった肩や胸の筋肉に比べて、はるかに貧弱な下肢の歪みが、殻を割られたヤドカリを思い出させる。鳩尾《みぞおち》の少し上のあたりに、三つ目の乳首と見粉《みまが》うばかりの大きな突起状の黒子《ほくろ》があり、それを中心にして、うっすらと胸毛が生え始めていた。ジンはマーの体を上から下へ眺め渡し、濡れてはりついた下着を透かして黒々とした陰毛をみとめると、低く唇を鳴らしヨシらに目配せした。ヨシとイジュの顔に淫靡な笑いが浮かぶ。ジンは足の親指をテラピアの腹に強く押しつけた。

赤味を帯びた排泄口から青白い液体が糸を引いて吹き出す。

「おい、マー、お前もこのテラピアみたいにあれを出してみろよ」

ヨシとイジュが汚れた歯の隙間から押し殺した笑い声を漏らす。マーは言葉の意味が理解出来ないらしく、困惑した表情でジンを見る。

「分からんな、これよ、これ」

ジンは右のてのひらを丸くすぼめると、ズボンの股の付根にあてがい、その動作をして見せた。マーは卑屈な笑いを浮かべたまま途方に暮れたように立ち尽くしている。

「マー、吾《わ》んが言うし聞《ち》からんな」

一転してマーを睨み付け、ジンが指先で素早く合図を送った。ヨシとイジュがマーの横に走り寄り、両側からマーを抱え込むと一気に下着を引きずりおろす。驚いたマーは反射的に太い腕で二人を振り払い、二人は岩の上に投げ飛ばされた。うずくまって唇を押さえた指の間から血を滴らせたヨシが、上目使いにマーを睨みつけ、それからジンを見る。ジンは倒れた二人には見向きもしないで、同じ命令をくり返した。

「やれよ、マー」

その声には、一塊になって目の前の光景を黙視している僕らを脅かす刹那的な響きがあった。マーはヨシの切れた唇から流れる血を見てすっかり動転してしまい、謝ろうとして口を大きく動かしたが、言葉を発することが出来なかった。ジンはゆっくりマーに歩み寄ると、いきなりその顔を打った。マーの鼻から粘りのある血が岩の上に落ちた。マーは膝をつくと鼻血を拭おうともせず、哀願するような目でジンを見上げる。

「やれよ、マー」

ジンは無表情にくり返す。マーは濡れた膝で体を支え、目をきつく閉じて命令に従った。白い陽が血と涙の入り混じったマーの顔に熱と光を注いで、その顔に呪術的な彩色を施し、成す術もなく悲惨な儀式を見つめている僕らの体を焼いた。やがて、マーの喉の奥で何かが破れ、鳥が短い叫びを上げ、激しくはばたいた。同時に乱熟した赤黒いすももが裂け、性器から青白い液体が飛び散った。僕は目を閉じ、うつむくと、胸骨を震わせて苦しい息を漏らした。歯を噛みしめて、ヨシの上げる調子はずれの歓声に耐えた。

ふいに固い指が僕の顎をしゃくり上げる。僕は眩《まばゆ》い光の中にジンの影を見た。

「おまえも、やってみるか」

僕はまぶしさと恐怖に抗ってジンを見つめ続けた。細く鋭い爪が僕の喉に喰い込んで三筋の跡を刻みつける。その時、僕は白い光と黒い影が交錯する中に「オー……ン」という不思議な叫びがゆっくり湧き上がるのを聞いた。ジンの手が僕を突き放し、僕は血の混じった水溜りに倒れた。四つん這いになって顔を上げた僕の目に、立ち上がったマーが水鳥のように身を翻して川に飛び込むのが見えた。激しい水音と飛沫を残して、マーは水棲動物のように素晴らしい勢いで水底に消えていく。

僕らは皆、岩の縁《へり》から川の中をのぞき込んだ。しかし、そこにはもう、深い緑色の川底に波の影が揺らめいているだけだった。僕らは不安になって互いに見つめ合った。無表情を装ったジンの薄い唇に細かい痙攣が走っている。皆が口々に何か喚きたてている中で、僕はぼんやりと一人、川下の流れを見つめた。やがて、五〇メートル以上も下流の水面に、マーの頭が浮かんだ。皆の蒼ざめた唇から溜め息が漏れた。いかにも忌々しそうにジンが唾を吐き棄てると、石を拾ってマーに投げつけた。石はマーのすぐ近くに落ち、飛沫を上げる。ヨシとイジュがすぐにジンに倣って石を投げ始める。石はとうていマーには届かなかったが、マーは再び水中に姿を没した。そして、ジンらが石を投げるのをあきらめた頃、はるか下流の岸辺に素裸のマーが姿を現わし、振り向くこともなく森の中へ走って消えていった。

川は、今では水害防止のための拡張工事によってすっかり浅くなってしまい、工場の排液で汚れた泥が厚く堆積していた。かつて、僕らが寝そべる間にテラピアの血がゆっくりと乾いていったあの岩も、工事によって消えた。

刈り取りの終わった砂糖キビ畑が枯れた葉に覆われ川の両岸に荒涼として広がっている。

腕時計は十一時を回っている。僕は家に向かって歩みを速めた。

家の明かりはすでに消えていた。僕は鉄の門扉を飛び越すと、玄関のドアが開かないのを確かめて、家の裏手にまわった。高校に入学した時、建て増しして僕の部屋にあてられた一室が、今は妹の勉強部屋になっていた。予想にたがわず明かりのついている窓辺に近寄ると、アルミサッシの格子の間から手を伸ばして、軽く窓ガラスを叩いた。カーテンの向こうで影が揺れ、こちらの様子をうかがっている気配があった。僕はもう一度軽くノックした。

「だれ」

妹の緊張した声が、締め切ったガラス窓を通して聞こえた。

「僕だよ」

返事をするとすぐにカーテンが開けられ、目にまだ怯えた色を漂わせたアイが、歌手の写真が貼られたガラス窓越しに顔をのぞかせる。アイは窓を開けて、僕の顔を確かめるようにまじまじと見ると、前髪をかきあげながら溜め息混じりに言った。

「はあ、びっくりした。待ってて、今すぐ玄関を開けてくるから」

アイはそう言うと、玄関に向かって走っていく。その仕草が可笑しくて、僕は一人で笑いながら玄関の方に向かった。ゆっくり歩きながら、神経質な父の手によって寸分の乱れもなく刈り込まれた庭木をひとつひとつ見た。冬の夜気に打たれて、生気のない葉を密生させたそれらは、どれも自然の成長を阻まれて衰弱した愛玩動物を想わせた。

玄関を開けると、トレパンにTシャツの上からカーディガンを着たアイと、急いで起きてきたらしい寝間着姿の母が僕を迎えた。

「来るんだったら、前もって連絡してくれたら良かったのにねえ。そしたら、何かおいしいものを作っておいたのに……」

母はそう言いながらも、嬉しさを隠しきれないというように早速、台所に入って夕食の残りを温め始めた。

僕は居間のソファーに腰をおろし、アイとしばらく大学の話をした。テーブルの上に飲み残しの泡盛のコップが置きっ放しになっている。寝室の方を指差して父がいるかどうかを聞いた。アイは顔を曇らせ、黙って首を横に振る。僕が帰省しないことに腹を立てた父が、酒を飲んで母に当たったのだろうと推察した。

間もなくして、母の呼ぶ声に台所に入った。アイは「おやすみ」と言って自分の部屋に戻っていった。僕は食卓に着くと母が用意してくれた食事に箸をつけた。しかし、夕食もとらずにバスに駆け込んだにもかかわらず、食欲はほとんどなかった。僕は箸を手にしたまま、油のにおいを我慢して母の作ってくれた野菜炒めを眺めていたが、やがて箸を置いて母の方を見た。母はなかなか話しかける勇気が出ないらしく、向こうを向いてフライパンを洗っている。僕は母のひかがみの静脈の群らがりを目にして、思わず目をふせずにいられなかった。

「父さんは？」

僕は話の糸口を見出せないでいる母に声をかけた。母は手を休めようとせずに肩越しに僕を振り返ると「今日は残業だって」と、ぎこちなく笑いながら言う。

「そう……」

川沿いの道を歩きながら眺めた製糖工場の光景が目に浮かぶ。夕食と一緒に泡盛を飲んでから工場に戻り、あの中に混じってまだ働いているのだろう。話が途切れ、水の音だけが騒々しく響く。僕はうつむいて箸をとると、母に気を遣って油気の多過ぎる野菜を無理に口に運んだ。

「大学はどうね」

しばらく経ってから、こちらに向き直り、手を拭きながら母が聞く。

「まあ、別にどうということはないけどね」

僕は箸を置いて、温められた牛乳のコップを母から受け取った。一息で飲み干すには少し熱過ぎたが、強引に喉に流し込んだ。

「勉強は忙しいね?」

僕は母の問いには答えず、焼けた喉の粘膜を唾液で潤した。

「私たちが聞いても分かりはしないと思うけど……」

母はいつものように、自分の無学に気兼ねするような口調で言う。

「そうでもないよ」

母の口調に苛立たしさを覚え、そう言い捨てるとティッシュペーパーで口を拭った。母は僕の機嫌を損ねたのを察して話題を変えた。

「正月の三箇日に帰ってきたら良かったのにね。親戚中、みんな集まってあんたの話でもちきりだったさ」

その様子がありありと目に浮かんだ。それが正月にも帰省しなかった大きな理由のひとつなのを母は気付かなかった。悪いと思いながらも、これ以上話しつづける気になれなかった。僕は話を変えた。

「高校時代の友達から電話はなかった?」

「ああ、儀間さんからあったね……。九時頃だったかね」

母はできたら告げたくなかったのだろう、僕に訊かれて仕方なくというように話しはじめた。

「儀間さんのお姉さんがやっている店で、明日の前祝いやっているからって連絡があったさ。もし帰ってきたら、ぜひ来るようにって」

それを聞くと、僕は席を立って玄関に向かった。母はもっと話したそうだったが、僕が黙って靴を履き始めるのを見て、あきらめたように言った。

「あまり遅くまで飲まないで早く帰らないと……。明日もあるんだからね」

僕は「大丈夫」と軽く手を振って立ち上がった。

「明日は儀間さんなんかと一緒に行ったらいいさ」

母は僕が成人式に行かないかもしれないと思って、機先を制するように言った。僕は黙って玄関から出た。

「玄関は鍵をかけないでおくからね」

「分かった」

スリッパを突っ掛けて見送りに出て来た母を煩わしく思いつつ、門扉を開けて外へ出ると、僕はその閉まる音も聞かずに店へ急いだ。

儀間の姉がやっているスナック喫茶に入ったのは、一時を過ぎた頃だった。

ドアを開けると、甲高い鳥の叫びのように油の切れた蝶番が軋んだ。聞き覚えのあるカラオケの歌声になつかしさを覚えながら、ヒンプンのように並べられた観葉植物の横をまわって中に入った。狭い店内にありったけのソファーを集めて、寄せ合わせたひとつのテーブルを囲んだ十名程の見知った顔が、一斉に僕を見る。彼らの差しのべる手と喚声に迎えられて、ソファーの隙間に割り込むように腰をおろした。皆の暗黙の意図が、僕をＭの横に座らせた。向こうむきに座って手を差しのべることもなく、肩口で切りそろえた髪とうなじを見せているのがＭだとすぐに気付いた。光線のせいだろう、かすかに蒼味がかった白いワンピースに身を包んだＭの細い冷たい太股《もも》が、僕の脚に押し当てられる。しかし、Ｍは静かにうつむいたままだった。

型通りの挨拶と近況報告をすませ、無理矢理カラオケで一曲歌わされて解放されると、僕はグラスの氷が溶けていくのを見つめているＭの横顔を見た。もとより白かったＭの肌は、二年間の東京生活でさらに白くなり、冷たい光につつまれているように見えた。

「もう来ないかと思ってた」

氷を見つめたままわずかに唇だけを動かして、Mはやっと聴こえる声で呟いた。僕は周りの喧噪には目もくれずに、無機的な冷たさを湛えているMの横顔を見つめつづけた。

「卒業式にも来なかった人だから」

そう言うと、Mは初めて僕を見つめ返した。いつも僕の心を奇妙な不安に駆り立てる光を切れ長の目が、真っ直ぐに向けられている。幼い頃、その目で見つめられると、思わず目をそらさずにいられなかった。そして、気付いた時には、理由もなくMの幼い肉体を傷つけていた。一言も発せず、抵抗しようともしないで、無表情になすがままになっているMの目。その目にいつも僕は最後には言いようのない恐怖を覚え、息せききって逃げ出していた。中学に入る前ぐらいからは、さすがに体に触れることもなくなっていたが、その目が秘かに僕を脅かしつづけていることに変わりはなかった。僕らは中学の三年間をひと言も話さずに送った。

Mと数年振りに言葉を交わしたのは、高二の夏になってからだった。

その頃僕は、どうにか登校はするものの途中から授業を放棄して、海辺をひとりで彷徨い歩くようになっていた。

その日も、海辺の崖の根元に口を開いた岩屋に朝から身を横たえていた。波の浸食作用によってできた岩屋は、先がだんだん縦に狭まりながら数十メートル奥まで切れ込んでいる。岩屋の前には、崖の上から落ちてきたらしい一枚の平たい大きな岩が、岩壁に凭れかかるようにして斜めに砂に突き刺さっていた。岩屋の入口を隠しているそのヒンプンのような岩の両脇を回り込み、沖から吹いてくる風が細かい白砂を奥まで吹き上げてゆるやかな砂丘をつくり、暗がりの底で天井の鍾乳石を呑みこんでいる。

砂の上にあお向けに横たわった僕は、胎児の体に伸びてゆく無数の神経繊維のように鋭い切先を震わせて成長を続けている鍾乳石の群れを見つめていた。天井を覆った中で最も大きい乳白色の鍾乳石の先端から放たれた水滴が、僕の額に冷たい穴を穿つ。それは、気の遠くなるような長い時を超えて、太古の空から降って来た雨の一滴のようにゆっくりと、日焼けした額を打ち続けた。僕は目を閉じて目尻に流れる水の重みを確かめながら、米兵が南ベトナムのゲリラ兵士を捕虜にした時に行ったという拷問の話を思い出した。

米兵らは、捕虜にしたゲリラ兵士をベッドにあお向けに縛りつけると、頭を固定し、その上に氷を設置して一滴一滴額に滴らせた。それは、最も残酷な拷問のひとつで、数時間もすると捕虜の脳は冷えきり、激痛に悶え苦しんだ揚句、ついには脳細胞組織が破壊され、発狂死してしまう。ゆっくりと進行する発狂と死の恐怖に見開かれた目で、氷の滴を見つめているゲリラ兵士の息詰まるような緊張を僕は想像した。やり切れない、刹那的な苛立たしさが僕を苛《さいな》んだ。

ふと、人の気配を感じて上半身を起こすと、片肘で体を支え岩屋の入口を見た。入口を塞いでいる岩の両脇から射し込む光を背にして、不安定に揺らめく細い影が近付いてくる。Mだった。幼い頃から僕を脅かしていたあの目が、暗い影の中から確かに僕を見つめている。Mは乾いた砂の音をたてて傍らに腰をおろした。僕は両手を頭の下に敷いて再びあお向けになり、鍾乳石の先端の水滴を眺めた。Mの体が寄り添うように横たわる。Mは何かとりとめのないことを低く呟いている。僕はその意味を理解しなかった。ただ、何かに追いたてられるように早口で呟きつづけるMの乾いた声の響きが、僕の意識に罅《ひび》を走らせ、その隙間から滲み出るつかみどころのない感情に汗が滲んだ。海の音が岩屋に反響する。僕らの内部の波がそれに呼応する。今にも入口の岩を押し倒して雪崩れ込んで来そうな波の響きの中に、僕は崩れ落ちる砂の音を聴いた。上半身を起こしてMが僕の額に落ちた滴を見つめている。白い皮膚の奥に透いて見える細かい血管の裂けた先端から滲み出した血が、Mの頬や首筋に斑の美しい紋様をつくっている。切れ長の目がしなやかな睫毛を交差させて閉じられ、しばらくして大きく開かれる。波の律動に体を合わせると、岩屋の中に響く波と風が無数の鍾乳石を降らせ、僕たちを貫くようだった。

僕は気怠《けだる》い体を起こすと、汗の引いた体から砂を払い落とした。Mは冷たい砂にうつ伏せになり、僕の挙止を見つめている。衣服を着け終わると立ち上がってMの体を見おろした。Mは僕を見つめたまま黙って体を起こすと、胸を覆った砂を払う。静脈の透けて見える小さいが形の良い乳房が弾け、白い渇いた種子が飛び散る。僕はMが制服を着け終えるのを待たずに岩屋を出た。

西に傾きかけた陽光が砂浜と海に乱反射し目が眩む。暑熱が僕の肉体を打つ。切り立つ崖の根元に、緑の群れをなしアダンの繁みがのびている。光の粒子がガラスのように眼球を傷つけ、僕は目を開けることができずに、波打ち際を砂に足をとられながら歩いた。

風と波の音の中に、奇妙な鳴き声が聞こえていた。それはMの漏らした声に似て、何か見えない力に追い詰められた痛ましさを露わにし、長く引き伸ばされると最後は嗄《しわが》れた響きに変わり消えていく。僕は水気をもとめて渇いた口中を太い舌でまさぐった。唾液は全く失われている。僕は掌に海水をすくうと、一口含んで口を漱《すす》いだ。それがただ不快な渇きを増すだけだと知っていながら。奇妙な鳴き声はしだいにはっきりと聞こえるようなっていた。それは震えながら甲高く伸びたかと思うと、急に力を失い、失速して砂の上に落下し、乾涸《ひから》びて消えていくのだが、しばらく間をおいて、また聞こえてくるのだった。僕は涙の滲む目を開き、あたりを見まわした。アダンの幹に吊り下げられた白い物体を囲んで、崖の下に三人の男が立っている。奇妙な鳴き声は、そこから聞こえてくる。僕は砂浜を上って声の方に向かった。

近くまで来てその白い物体が、四肢を荒縄で縛られ逆さに吊り下げられた山羊だと気付いた。それは、おそらく小さな村を二分して行われている政争の生贄として供されようとしているのだろう。上半身裸になり、筋肉の隆起した背中を見せている三人の青年達の間から、僕は山羊の様子をうかがった。骨張っているが、若々しいしなやかな肉体をした山羊は、甘ったるい饐《す》えたような臭いを発して、アダンの幹を弓形《ゆみなり》にしならせている。頭がのけぞって長くのびた喉に、掌を重ねて差し込める程の裂け目が開いていた。あの奇妙な声は、剥き出した青黒い舌に食い込むくらいきつく前歯を噛みしめている口から漏れているのではなく、喉の傷口からじかに漏れているのだった。声が長々と漏れるたびに、吹き出した血の泡が首から耳を伝わって下に置かれたポリバケツの中に流れ落ちる。バケツはすでに血で満たされていた。時おり、肉体の奥の不分明な一点から四肢の末端へ走る痙攣の波が、鋸状の棘を中央と両側面に配列したアダンの細長い葉を、海からの風とともに揺らした。山羊の耳に溜まっていた血が、その度にバケツの中に滴り落ちる。何も理解し得ないまま、死を確実に迎えようとしている澄んだ水色の目の横に延びた瞳孔が、はるか沖合いを見つめている。僕は束ねられた四肢の間に、怒張した赤い性器が白い毛の中から突き出しているのを見た。その先にはまだ固まりきっていないゼリー質の銀色の粘膜が、軟体動物が這った後のように光っている。死が浸透しつつある白い肉体の中で、その赤い性器と喉の傷口だけが生命感に満ち、山羊を雌雄同体の新しい生命体のように見せている。だが、傷口から溢れる血が絶え、性器が萎んでしまうのに長い時間を要しないのは明らかだった。もうすぐ鳴き声も止み、山羊は沈黙の深さを測る錘《おもり》になるだろう。僕は三人の青年達の手が、少女を弄ぶように山羊を解体する様を思い描いた。青年らの掌に密着し、指紋の溝を埋める内臓の柔かな粘膜の感触が、青年らの血に粘りのある情欲を誘発する……。

「行こう、マサシ……」

後ろからMが僕の腕を引いた。それまで向こうを向いて山羊の死を眺めていた三人の青年が、振り返って僕らを見た。

「ヒューッ」

一人の青年が低く口笛を鳴らす。その手には刃渡り七〇センチ以上もありそうな厚みのある山刀《さんとう》が握られていた。黒い毛が密生した青年の太い手首から山刀の切先に向けて、血の流れ落ちた跡がすでに固まりはじめている。指先で軽くこすれば、湿った柔らかな粉末となって付着しそうに。僕はふと、それを口に含んでみたい欲求に駆られた。

「お前ら、授業逃げて昼間っから楽しんでたんか」

山刀を持った手の甲で太い眉に溜まった汗を拭いとると、青年は脂《やに》で汚れた歯を剝き出しにしてニヤニヤ笑った。眉の上に汗で溶けた血糊が付着している。他の二人も猥雑な笑い声を立て、挑発するように僕らを眺めまわす。僕は彼らの言葉には耳を貸さずに、山羊を見つめつづけた。それが彼らの気にさわったらしく、山刀を持った青年と、もう一人の山羊と同じ体臭を発している長髪の青年が、舌打ちして今にも突っ掛かってきそうな気配を見せる。その時、ふいに山羊が大きく弾ね上がると振子のように左右に揺れ、傷口から血の塊を吹き出して叫び声を発した。虚を衝かれた青年達は体をすくめ、振り返って山羊を見た。溢れ出した血が触手のようにうねりながら山羊の顔を這っていく。

「やな山羊《ひーじゃー》ー、人驚《ちゅーうどう》るかち」

忌々し気に青年が山刀の峰で山羊の横顔を打った。鈍い音がし、反り返った山羊の体は、激しく痙攣しながら砂の上に血の円を描いて回転する。

「お前の彼女は気分が悪いみたいだな。早く帰った方がいいぞ」

それまで黙って腕組みをし、深い眼窩の奥から鋭い眼差しを僕らに向けていたリーダー格らしい男が口を開いた。膝の上で無造作に切ったＨＢＴの作業ズボンから伸びた足が軍鶏を想わせる。Ｍは僕の背に額を押し当て、体に凭れかかると後ろから抱くようにして僕の両腕を押さえている。汗に濡れた背中にかかる喘ぐような呼吸から、Ｍが吐き気をこらえているのが分かった。僕は踵を返すとＭの脇腹に腕をまわし、抱くようにしてその場を去った。彼らの忠告に従ったのではない。今にも、あの青年の手から山刀を奪い取り、彼らの喉に叩き込みそうな自分を恐れたのだ。

焼けた砂の上を僕らは歩きつづけた。熱にやられたＭは、僕の腕を強く自分の胸に押し当て、血管の浮きでたこめかみを僕の肩にこすりつける。汗に張り付いたシャツを通して、Ｍの体熱が伝わる。アダンの茂みを皮膚を傷つけながらくぐり抜け、農道につながる小さな道に出た。木麻黄《もくまおう》の林と道沿いに茂るギンネムの樹陰を吹き抜ける風は冷たかったが、それは僕らの肉体の内部から発する熱を際立たせるだけだった。僕は汗を浮かべてぐったりと目を閉じているＭの体を抱き上げると、ギンネムの茂みを押し分けて木麻黄の林に入った。そして古い石垣で囲まれた御願所《うがんじゅ》の中に湧き出ている湧水でハンカチを濡らし、Ｍの体を拭いた。白くひからびた唇に水を与えると、Ｍは美しい歯並《はなみ》を見せて喘ぐ。白い喉に赤い血の染みが浮いている。それが切り裂かれた山羊の喉を思い出させた。僕はMの喉に唇を押し当てた。Mの漏らす呻き声が、山羊の断末魔の声と交錯し、僕の内に嗜虐的な衝動を呼び起こす。三本の指をMの喉に喰い込ませ、瞼をなめ、首筋に歯を押し当てる。Mの体が強張り、抱きついてくると肩を血の滲む程噛む。僕は思わず呻き声を漏らした。その時、農道への道を行き来する乱れた足音が聞こえてきた。僕はMの腕から体を剝がすと、静かに横たえた。ギンネムの茂みを音を立てぬようにかき分けて、道の様子をうかがう。

「居たか?」

「居ない」

さっきの青年達だった。ギンネムの葉の間から声のするあたりをみた。血走った目を輝かせた二人の青年が、大きく息をつきながら顔を見合わせている。リーダー格の男の姿はなかった。口笛を吹いた男の握りしめている山刀は、生々しい血を滴らせて蒼ざめている。

「もう農道に出たかもしれんな」

「クソッ、さっきでやっとけばよかったんだ」

口笛を吹いた男は吐き捨てるように言うと、手にした山刀でギンネムの枝を薙《な》ぎ払った。血が白い石灰岩の粉末に飛び散り、小さな玉を作る。怒りと怯えが入り混じって泣きそうに見える顔が、次の瞬間には、興奮で充実した輝きを放って歪んでいる。

「まだ、急げば間に合うかもしれん」

胸から腹、背中と黒い毛の密生したもう一人の男が、しきりに額の汗を拭いながら言う。二人はうなずき合うと、石灰岩の白い道を蹴立てて、農道の方へ走って行った。

僕はMのもとへ戻った。女の髪のように繊細な葉をもつ木麻黄の影が、目を閉じて喘ぐMの体の上で揺らめいている。僕は木麻黄の林を斜めに貫く陽光を見た。そして、その陽光を受けて煌《きら》めく巨大な蜘蛛の巣を。放射状に広がった金緑色に輝く同心円の中心に白色の光を放つ太陽があり、その中から一匹の黒い蜘蛛が錘《おもり》のようにゆっくり下降していく。大人の掌の大きさはありそうな蜘蛛には、三本の足しかなかった。逆光の中に浮かび上がる蜘蛛は真下に眠るMの喉に降り、三本の足を白い喉に深く喰い込ませるのだった。


蒼味がかった薄暗い空間に浮かんだMの首筋は、今も植物質の清潔さを保っている。Mは氷の溶けきったグラスをなおも見つめつづけている。言葉を交わさなくても、Mが僕と同じことを思い出していたのは明らかだった。

カラオケのマイクを他の誰かに渡して、儀間が席を立って側《そば》にやってきた。

「あまりMばっかり見つめるなよ、見せつけやがって。いったい、何を話してたんだ」

儀間は二年前と変わらない屈託のない態度で言った。僕はそれには答えずに、帰省した本来の目的を聞いた。

「マーのことを覚えているか」

儀間は怪訝な顔をして聞き返した。

「マー？　何だ、それは」

「俺も本当の名は思い出せないんだけど、俺達が子供の頃、よく一緒に遊んだ奴がいただろう。歳は今の俺達位になっていたかもしれんな。学校にも行かなければ、仕事もしないで、俺達と遊びまわっていた少しトットローの青年が……」

「マーか……」

儀間はそう言うと、記憶の中を手さぐりしているようだったが、やがて諦めたように言った。

「だめだ、やっぱり思い出せない。ちょっと待てよ、皆に聞いてみるから」

彼は手を叩いてカラオケの歌を止めさせると、今しがた僕の言った質問を皆にくり返した。騒然としていた店内が静かになり、皆、お互いに聞き返しながら考え込んでいたが、マーを憶えている者は一人もいなかった。

「誰も知らないみたいだな」

再び音楽が流れ、賑やかな笑い声が起こる。

「そんなはずは……」

僕は意外な結果に驚いた。そんなことはありえないはずだった。マーはいつもわれわれの身近にいたのだ。だいいち、あの川での一件があった日、儀間もあの場にいたのではなかったか。

「子供の頃……」

「ん」

儀間はグラスにウイスキーを注ぎながら僕を見た。

「よく川にテラピアを釣りに行ったろう」

「ああ、あの頃は楽しかったな。まだ、川の水もきれかったしな。でも、今はもうだめだな、あそこも。とても泳げたもんじゃない。昔はテラピア以外にもいろいろいたけど、今ではもう、テラピアしかいないんだからな」

儀間は少し寂しそうに笑った。そして、グラスを僕の前にかざした。僕は自分のグラスをとって合わせると、ウイスキーを口に含んだ。

「それで、いつかジンがマーの捕ったテラピアを踏みにじったことがあったろう。あれは、確か夏休みに入る少し前位だったと思うんだが……」

「悪いけど、思い出せないよ、マサシ。確かにジンが僕らの捕った魚を踏みにじったことは何度かあったと思うけど、その場にマーという奴がいたかどうかは記憶にないんだ」

儀間はすまなさそうな顔をして言った。

「それより、もっと飲もうじゃないか。やっと成人なんだしな。お前も成人式を契機に酒を止めるのか」

笑いながらそう言うと、儀間は僕を皆の話の輪の中にひき入れようとした。だが、僕は皆に悪いとは思いながらも、マーのことが気にかかり、どうしても賑わいの中に溶け込むことができなかった。

突然、Mが皆に気付かれないように僕の腕を引っ張ると、耳元で囁いた。

「出よう、マサシ」

僕は驚いてMを見た。Mはすでに席を立っている。僕は急いでその後を追った。

「おい、もう帰るのか」

儀間があわてて声をかけた。

「いや、Mが気分が悪いみたいだから、少し風に当たってくるよ」

咄嗟《とっさ》にそうごまかすと、皆の冷やかしを受けて、鳥の声のように軋むドアを押して僕たちは外へ出た。

外へ出ても、僕らは何か話し合うわけではなかった。川沿いの道を先へ進んで行くMから遅れがちに、僕はマーのことを考えながら歩いた。誰もマーのことを知らないというのが信じられなかった。口裏を合わせて嘘をついているとしか思えなかったが、そうする理由などあるはずがない。僕はゆったりとした川の流れに歩調を合わせて歩きつづけた。

そう、確かあの時にもマーは僕らとともにいたはずだ。いや、マーとともに僕らがいたと言ってもいい。あれは、マーの家での出来事だった。

それは樹齢何百年とも知れない大きな合歓《ねむ》の老木だった。白い砂の敷きつめられたマーの家の庭に生えたその合歓木は、石垣に囲まれた屋敷の中にあるものすべてを守るように入り組んだ枝を球状にひろげていた。深い緑の樹冠を作る柔らかな葉と薄紅色の丸い綿毛の花が、わずかな風にも敏感に反応して波打つ。降り積もった花をかき分け、僕達は砂の上に四角い線を引いて、その中にガラス玉を投げ入れて遊んでいた。自分のものだけが何か特別な力を秘めているように神妙な手つきで持ち玉を扱いながらも、僕らの目はしだいにマーのガラス玉に注がれていく。それは学校近くの売店で売っている、絵の具を流し込んだような模様のありふれたやつとは異って、混じり気のない深みをもつ水色のガラス玉だった。その山羊の目のように美しい透明なガラス玉は、僕たちの羨望の的だった。誰もがそれを欲しがり、自分のとっておきの宝物を持ち出してきては、マーに交換して欲しいと頼んだ。だが、マーはどんな交換条件にも応じようとしないのだった。僕らはマーのガラス玉への羨望と妬みで苦しんだ。それがあの日、僕らをマーに対する酷い仕打ちへと駆り立てたのだろう。

その日も、マーはいつものようにルールを破って勝手に自分のガラス玉を投げ始めた。皆が再三注意したが効果はなかった。とうとう、業を煮やしたアキオが、マーのガラス玉を取り上げた。やどかりのように、がっしりした上半身には不釣合な細い短い足で、オロオロと僕らの後を追って哀訴の声を上げるマーの姿に、日頃の妬みが解消される喜びを感じて、僕らはガラス玉をあちらこちらへと投げ合った。そして、それが何度目かに僕の所へ投げられた時、ガラス玉を受け取った僕は、近寄ってきたマーをよけながら合歓木の幹に開いた穴の中にそれを入れたのだった。ちょうど、ガラス玉がすっぽり入るくらいの大きさで、僕の中指の長さより少し深い位の穴だった。マーは悲痛な叫び声を上げて合歓木に駆け寄り、一所懸命ガラス玉を取り出そうとした。しかし、マーの太い指では、小指でさえ入口でつかえてしまうのだった。日頃の鬱憤を晴らして、さすがに後ろめたさを覚えはじめていた僕らは、マーを押しのけると、代わりにガラス玉を取ってやろうとした。だが、どういう訳か、それはどうしても取り出せないのだ。アキオと代わった僕が、人差し指を穴の中に差し入れると、指先がかすかにガラス玉に触れるのだが、爪で引っかけようにも滑らかな玉は穴の底でくるくる回転してしまい、どうしても引き上げることができない。僕は焦った。マーのガラス玉を目にすることができないということは、マーにとってばかりでなく、僕たちにとっても一大事だったのだ。僕は仲間の一人に竹を切ってこさせると、それを細く削って耳掻きのようなものをこしらえ、それで取り出そうとしたがうまくいかなかった。僕らはもどかしさのあまり、しだいに増してくる苛立たしさに歪んだ怒りを、側で心配そうに見ているマーにぶつけたりさえしていた。僕はついに我慢しきれなくなって、ポケットから軍払い下げの飛び出しナイフを取り出すと刃を立てた。

「もう、これでやるしかないな」

僕がそう言うと、皆は黙ってうなずいた。その時、それまで僕らの肩越しに、半分泣きそうな表情になって作業を見守っていたマーが、反対の声を上げた。

「ならんど、合歓木、傷付《きじち》きてぃやならんど」

僕らは一斉にマーを見た。マーは僕らの二倍はありそうな肩をすくめて、恐る恐る僕らを見ながらくり返した。

「ならんど、合歓木、傷付《きじち》きてぃやならんど」

「何《ぬ》ーが？　何《ぬ》ーりち、ならんが？　マーや、ガラス玉取らんてぃん、済《し》むんな？」

僕は後ろめたさを隠すために、ことさら声を荒立てて言った。マーは悲しそうな目で僕を見つめていたが、やがて消え入りそうな声で呟いた。

「此《く》ぬ木ぬ精魔《せいま》ぬ苦痛《くち》さすんど」

僕らは互いに顔を見合わせて噴き出し、マーに嘲笑を浴びせかけた。

「何《ぬ》ーが、マー。お前《いやー》、何時《いち》からユタ物言《むぬい》いする如《ぐとう》、成《な》たーが？」

僕はマーの言葉に頓着せずに、穴の入口にナイフを押し当てると、柔らかな樹皮に刃を喰い込ませた。

次の瞬間、いつものマーの動きからは想像もつかない勢いで、体を丸めたマーが僕に体当たりを喰らわせた。マーの半分の重さもない僕は、砂の上にはね飛ばされた。背中を強打し、勢いあまって倒れ込んできたマーに押し潰されて、僕は体をよじって喘いだ。マーはすぐに起き上がると、自分のした行為の意味が理解できないというように突っ立って、もがき苦しむ僕を見下ろしていた。急いで駆け寄ったアキオらに助け起こされ、どうにか息のつけるようになった僕は、右手の親指の爪がナイフで深くえぐられていることに気付いた。シャツやズボンに飛び散った血を僕は無感覚に眺めた。アキオが自分のシャツを脱いで、僕の手をぐるぐる巻に縛り、マーを睨みつける。マーは苦しそうに顔をしかめて僕を見つめている。僕は心臓の一打ごとに増してくる痛みをこらえ、右手を胸に抱いてしゃがみ込んでいた。マーへの怒りや憎しみはなぜか微塵もなかった。侮蔑や妬みさえ消えてしまい、むしろ穏やかな憐憫の思いを抱いていた。僕はマーだけが僕の痛みを共に苦しむことのできる人間だということを、痛ましいくらい澄んだ山羊のような目の中に直感していたのだ。

「りか、マサシ、早《へー》く手当《ていあてい》さんねー、大事《でーじ》なんどー」

アキオがそう言って後ろから両脇を抱えて立ち上がらせると、まわりにいた仲間達も、何か神聖なものにでも触れるように指先を緊張させて僕の体を支えた。僕は皆に助けられて歩き出しながら、マーに何も心配しないように声をかけようとしたが、皆の剣幕に押されて口をきくことができなかった。マーもしきりに謝ろうとしているのだが、切り出せないでいるのが分かった。マーは肩を落とし、小さく一歩僕らの方に足を踏み出した。その途端、アキオが怒鳴った。

「マーはいいよ」

マーは立ち止まると、深くうなだれた。僕はマーに対してすまない気持ちで一杯だったが、何も言うことはできなかった。マーの家を出て数十メートルも歩いてから振り返ると、マーは合歓木の下にうなだれたまま立ちつくしていた。海から吹く風に静かにうねる合歓木の樹冠から薄紅色の丸い花が雪のようにマーを包んで降っていた。

月はなかったが、海底のように深く青い静けさの中に、遠くの山脈《やまなみ》や森の木々が影を浮かび上がらせている星晴れの夜だった。僕たちはいつの間にか、街はずれの小高い森に囲まれてすり鉢状の空間をつくっている闘牛場の前に来ていた。建築用のブロックを積んだだけの階段を上るとスタンドの最上段に僕らは立った。数百人の観客が収容できるスタンドは、鉄柵《てっさく》に囲まれた直径二〇メートル程の円形の牛庭《うしなー》に規則正しく同心円を描いて傾斜している。旧正月や豊年祭の時に闘牛大会が行われると、北部の村々から集まった人々がこのスタンドを埋めつくし、周囲の榕樹《ガジマル》や松の木にも、よじ登って観戦する人々が鈴なりになった。

今はまだ旧正月まで間があるせいもあって、冬枯れの草がスタンドばかりでなく、闘牛場の内部にも茂っている。僕らはスタンドの中腹部まで下り、並んで腰をおろした。闘牛場は三方を松の老木が枝をひろげる小高い森に囲まれ、南側だけが広々とした砂糖キビ畑に面して開けている。森は村人達の帰る墓地になっており、亀甲墓や石灰岩の岩壁をくり抜いた古い墓が、闘牛場を見おろす形に並んでいる。

静けさが細い渦になって闘牛場の中心部に流れている。僕はマーのことを考えつづけた。僕に怪我を負わせて以来、マーは僕達の輪に入って来なくなった。臆病で繊細なマーは僕らに冷たくあしらわれるのを恐れて、話しかけることができないでいたのだ。僕も時おり偶然の機会を利用して話しかけようとするのだが、どうしてもできなかった。僕らはお互いに相手の姿を目にした途端、つい目を伏せてしまうのだった。

一学期の終業式の日、僕はわざと皆から遅れて、一人で人気のない農道から帰った。僕が期待した通りに、マーは一頭の喧嘩牛《おーらさーうし》を連れて、砂糖キビの葉ずれの音が走り抜ける農道に、白い陽射しを受けて立っていた。

「マサシ、もうお手々は痛くないか」

それがマーにとっては精一杯の丁寧な言葉づかいのつもりだったのだろう。僕は思わず声を出して笑った。マーは顔中を皺だらけにして唇をめくれ上がらせると、馬のように頑丈そうな黄色い歯を剝き出しにした。そして、恥ずかしそうに短く刈り上げたいびつな形の頭を掻くのだった。

僕たちは連れだって、中央部だけ馬のたてがみのように青草の茂っている石灰岩の砕けた白い農道を海の方へ歩いた。僕たちは何も語らなかった。マーと牛の匂いを嗅いで、それだけで満足だった。

僕は胸をときめかせて、マーの横をおとなしくついてくる牛の体を眺めた。マーを本当に理解できたのは彼らだけだったのだろう。どんな気の荒い牛でも、マーが鼻綱をとるとおとなしくなり、それでいて闘いの時には最も勇敢になるのだった。だから、闘牛を養っている家では、どこでもマーの手を喜んで借りた。マーは一銭ももらわずに、一日中でも牛の世話をしていた。

闘牛大会の場で、マーの綱さばきはどれだけ見事だったことだろう。マーは水を得た魚のようにという表現そのままま、いつもの鈍重な動きからは想像もつかない敏捷さで、縦横に牛庭《うしなぁ》を跳ね回るのだった。それまで一方的に押され気味だった牛も、マーが力強く地面を蹴りながら耳元で矢声《やぐい》を入れると、俄かに元気を取り戻した。勝った牛の腹に反物や帯を巻き、色とりどりのタオルで角を飾って、白い泡を口のまわりにこびりつかせた牛の鼻綱をとり、場内を一周するマーの姿がどれだけ誇らし気だったことか。その時だけは、日頃ろくに相手にもしない村の人達も、賛嘆の目でマーを見た。僕はスタンドの中や森の亀甲墓の上で、時には榕樹の太い枝にまたがってマーの勇姿を眺め、いつか自分がマーのように闘牛の鼻綱をとることを夢想して、熱い吐息を漏らした。

僕らは夕陽の沈みかけた海に出ると、下半身ずぶ濡れになって牛の体を丁寧に洗ってやった。マーは途中で手折った砂糖キビの葉をいくつも折り重ねて束ね、牛の背中に潮をかけながら体中をしごいた。張りのある漆黒の皮膚の下で隆起するうねりが夕陽を照り返し、僕を体の芯から身震いさせる。恐る恐る体に触わって、わずかな筋肉の動きにも思わず手を引っ込める僕のことなど眼中にないように、波のやってくる彼方を見つめて牛は長い咆哮をくり返す。海はそれに応えるように、牛の厚く垂れた胸を濡らし、はるかな昔から波を送りつづけて尽きることのない力を漆黒の体に分け与えるのだった。

「夏《なち》ぬ闘牛大会にや、出《い》じいらや？　マー」

「出《い》じいんど」

マーは満足そうに答えた。僕は喜びを表そうにも言葉が見あたらず、口ごもった揚句、一切の言葉を放棄して深く息を吸い込んだ。マーと牛の匂いを海の匂いが包み、肺の奥で白い飛沫を上げて僕を内部から浄めた。海に溶けた太陽の残照の中で、僕ら三名の生きている、、、、ものは、もうひとつの世界からやってくる波の中の声に聴き入るのだった。

それから、牛を主《ぬし》のもとへ返すと、僕はマーの家に寄った。僕達は星の瞬きはじめた空に甘い香りを放っている合歓木の下に立った。合歓木は葉を閉じて眠りにつこうとしていた。それでも海から風が吹くと薄紅色の花を降らせた。僕はこの間、マーのガラス玉を入れた穴に指を入れて、もう一度玉を取り出そうと試みたが駄目だった。

「なあ、済《し》むんよ、マサシ」

マーはやさしく、慰めるように言った。

「あぬガラス玉や、此ぬ木の精魔《せいま》からもらった物《むん》るや事《くとう》、返《けー》ちゃしと同じやしが」

暮れなずむ合歓木の下に浮かんだマーの顔には、満足気な微笑さえ浮かんでいるようだった。僕はマーがけっして嘘を吐《つ》かないのを知っていた。僕はもう一度細い穴の中のガラス玉を指でなでた。もう取り出すためではなく、クルクルと回転するガラス玉の感触を確かめるために。それは、合歓木の奥に身を潜めている精魔の目玉のようだった。

突然、僕の体を包むようにして、後ろから僕を抱いたマーが耳元で囁いた。

「マサシにだけは、教えるさ。此《く》ぬ木ぬ中んかいやよ、大穴《まぎあな》が開《あ》ち居《う》てぃよ、大昔《うふむかし》からぬ水《みじ》ぬ溜《た》まてぃ居《お》るさ。あんし、此《く》ぬ水んかいや、彼方昔ぬ空《すら》ぬ映《うち》てぃ居《う》てぃ、今《なま》やなー居《う》らん者達《むんたー》も、此《く》ぬ空《すら》んかいや映《うち》てぃ居るさ……マサシ、吾んが、おっ母ぬ姿《しがた》ん此ぬ空に見いゆんよ」

そう言ったきりマーは口をつぐみ、眠ったように僕の体に凭れかかってきた。僕はマーを砂の上に寝かせた。マーは魂《まぶい》でも落としたように大きな鼾《いびき》をかいて眠っていた。僕はマーの横に寝転がると、合歓木の中の水面に映る空を夢見ながら、柔らかな花の降りしきる下で眠りに落ちていった。

「何を笑っているの」

Mが聞いた。僕はうつむいていた顔を上げた。星明かりに白く浮かび上がったMの表情は定かではなかった。しかし、戸惑う僕の内面を見透かすような眼差しの気配が強く伝わってくる。僕は目をそらし闘牛場の中を見た。

昼間、誰かが牛を鍛錬させたのだろう。踏み荒らされた地面が濡れた獣の皮膚のようにけば立っている。

ふいにMが僕の耳に囁いた。

「さっき、マーの話をしていたでしょう」

僕は驚いてMの顔を見た。暗がりに馴れてきた目が、Mの表情を正確にとらえはじめる。Mは僕の顔を正面から見つめると、からかうような微笑さえ浮かべて話しはじめた。

「皆、憶えてないって言ってたけど、無理もないかもしれないわね。あれから十年近くも経っているんだから。もっとも、理由はそれだけではないかもしれないけど……。でも、私は忘れはしない」

Mは上ずった声で早口に話しつづけた。

「小学校四年生の夏のことよ。夏休みに入ってしばらく経ったある日、私は一人で親戚の家に遊びに行ったの。そして、帰りにこの闘牛場のあたりで急に用を足したくなって、上の森に入って草むらにしゃがみ込んだのよ。その最中のことだった。マーが突然、私の目の前に現れたのは」

抑揚のない乾いた声が、無機的な響きで僕の鼓膜を強張らせる。

「マーは、身動きもできずに下半身を剝き出しにして草の葉を濡らしている私をじっと見つめていたのよ。そして、しゃがみ込んだままうつむいて泣き出した私の脇の下に両手を差し入れて立ち上がらせると、無抵抗の私を恐ろしい力で抱きしめた……。マーの腰のあたりまでしかない私の顔を腿の付け根に押しつけて、頬を太い指でなでていた。私は顔が焼けるように火照って、息苦しさと饐《す》えたようなマーの体臭が我慢できずに必死でもがいたけど駄目だった。マーはすごい力で私の後頭部を押さえていて、私は意識が朦朧となって、汗みずくの体で立っているのがやっとだった。そして、マーの成すがままになったのよ。森の中でセミが狂ったみたいに鳴いていて、私はいつもと違うマーが恐くてしかたなかったけど、それでも、だんだん妙に心が安らぐのを感じていた……。小学校四年生のこの私が」

Mはかすかに自嘲を漏らしたようだった。

「でも、それは私が後から潤色したことかもしれないけれど。それから、マーは何とも言えないくらいかなしい声で長く叫ぶと、ズボンのベルトを弛めて、剝き出しにしたものを私の口に含ませた……」

Mはそう言ったきり、再び沈黙の底に沈んでいった。愉楽と苦しみに恍惚となったマーと、大人びた表情さえ浮かべて、マーの仕打ちに耐えているMの姿が目に浮かぶ。松の針葉に切り裂かれた陽光が二人の体で乱舞する。

森の奥で一羽のセミが狂ったように鳴いた。僕はMの体を抱くと倒れる草の叫びを聞いた。僕たちの下で、草は細い体から冬枯れとは思えないみずみずしい体液を流す。深い夜の果てから一羽の黒いつぐみのような鳥が闘牛場の中央に降り立ち、短い羽搏《はばたき》をくり返した。草のざわめきと彼女の喉から漏れる渇いた喘ぎの中で、その羽搏の音は僕に不思議ななつかしさを呼び起こした。鳥の艶やかな漆黒の目に映る白い肉体は、殻を割られた貝のように繊細で、不安に怯えた複雑な形をしているだろう。やがて鳥は、闘いの激しさの極みに、力尽きて脱糞した牛の排泄物によって肥沃になった闘牛場の砂地を固い嘴で突つき始めた。そして、探りあてた青白い幼虫を喉をいっぱいに含らませて呑み下すと、鋭い叫びを発して夜の深みに消え去るのだった。


「マサシ、もう九時になっているけど、どうするね」

母が僕を揺さぶっている。近くの農協でパート・タイマーとして働いている母は、不似合な制服を着て、薄く化粧までしていた。

「ああ、もう起きるよ」

僕は体を起こすと、寝不足の頭を振った。

「じゃあ、私はもう仕事に行かないといけないから、御飯は自分で食べてね。おかずは食台の上にあるから」

母はそう言うと、僕の顔色をうかがいながら言った。

「お父さんが、あんたのために背広を買って用意してあるさ。成人式は二時からだから、昼休みには戻って準備しておくからね」

僕は返事をせずに立ち上がった。あからさまに断るのは気がひけた。母は、僕が口を開くのをむしろ恐れるように、そそくさと仕事に出ていった。

僕は床をたたむと、洗面所に行った。顔を洗って出ようとした時、洗濯機に突っ込んだままになっている父の汚れた作業着が目にとまった。昨夜は僕より遅く帰宅し、今朝はすでに仕事に出かけたらしい。庭に出ると、低い家並みの向こうに聳える製糖工場の煙突から、黒煙がどんよりとした空に拡がっている。今日も成人を迎える者以外は、祝日返上で村全体が働いていた。襖をそっと開けて、母に気付かれぬように僕の寝姿をのぞいている父の姿が目に浮かぶ。背広を拒否すれば、父は激しく怒るだろう。僕よりも、母に対して。多少白々しくても、父と母を喜ばせるだけでも良いではないか、とも思ったが、やはり式に出る気にはなれなかった。

作夜Mから聞いて、改めて場所を確かめておいたマーの家を訪ねるために要する時間と、帰りのバスの時間を素速く計算し、着替えをすませると朝食もとらずに家を出た。

マーの家は街の中心地を貫いて流れる入神川の河口にあった。そこは、水面から出ている半ば朽ちかけた杭の規則正しい配列が、戦前は山原船《やんばるせん》の出入りしたという港の跡をとどめている寂しい場所だった。川岸にはマングローブの林が茂り、細い道を隔てて防空壕や空墓《あきばか》が壁面に口を開けている崖が川に沿ってつづいていた。

マーの家は、その崖が途切れて、海との間にできたわずかな平地に建てられていた。限られた空間を最大限に生かし、周囲を頑丈な石垣で囲んだその家は、冬だというのに青々と繁った巨大な合歓木の樹冠に守られ、外からはほんの一部しかその姿を見ることができなかった。

　石垣の中に入ると敷きつめられた白砂を踏んでヒンプンをまわり、母屋の台所の方に声をかけた。返事はなかった。僕は開け放たれた一番座の濡縁に腰をおろした。家畜小屋の中から数頭の山羊の鳴き声が聞こえている。もう一度家の奥に声をかけた。やはり留守のようだった。僕は家の中の様子を見た。家財道具と呼べるものはほとんどなく、すり切れたビニールの花茣蓙《ござ》が床板に敷かれ、垢光りした古い飯台の上には急須と茶碗がひとつ置かれている。磨《すり》ガラスの格子戸で閉ざされた仏壇は、古びてはいるが立派なつくりで、丁寧に磨きこまれていた。

　僕は家人が帰って来るまでしばらく待とうと思い、白い砂の敷きつめられた中庭を石垣に沿って見てまわると、冬にもかかわらず太い幹から旺盛に緑を噴出している合歓木の下に立ち止まった。淡い薄紅色の花こそ降っていなかったが、合歓木は昔と少しも変わっていなかった。ただ、十年の間に確実に成長していて、新しい表皮が木に開いた穴を埋めてしまったのか、昔、僕がマーのガラス玉を入れた穴は見あたらなかった。僕は曖昧な記憶をたよりにその穴を探した。

　ふと、誰かに声をかけられたような気がした。

「マー、マーれんなー？」

振り向くと、僕を呼んだのは、片手に鎌を持ち、もう片方の手にはみずみずしい匂いを放つ山羊の草を抱えた、粗末な身なりの白髪の老女だった。

「あいえー、マー、何時《いちけー》帰てぃ来《ち》ゃーが？　おばーや、ちゃー心配《しわー》そーたんどー」

老女は砂の上に鎌と草の束を落とし、震える声でそう言うと、前のめりに走り寄って僕の腰のあたりにしがみついた。そして、僕が幻でないのを確かめるように腰や足をなでまわした。その体からは、昔のマーのように甘ったるい山羊のにおいが漂っていて、白髪も山羊の髭のように金色の艶を帯びている。すぐにこの老女がマーの祖母だということに気付いた。僕は肉の削げ落ちた老女の肩に掌をおいた。老女は涙で濡れた顔を上げて、僕の顔を見る。その目には、マーと同じ穏かな光が宿っていた。それは、すでに僕の目から喪われて久しいものだった。

「いゃーや、マーや、あらんさや……」

老女は僕の目を見つめてそう言った。僕は黙ってうなずいた。老女は顔を伏せると、ひからびた足で砂を踏み、家の中に僕を案内した。僕は遠慮して濡縁に腰をおろした。老女は台所の暗がりに立って行ったまま、長いこと姿を現わさなかったが、そのうち大きな皿いっぱいに盛ったソーメンチャンプルーを両手に抱えて持ってきた。ネギとサバの缶詰めが入っただけのそのソーメンチャンプルーは、何ともいえないくらいうまかった。僕と老女は黙ってひとつの皿からソーメンをとって食べつづけた。それは、二人で食べてもなかなか食べ尽くせないだけの量で、僕が一息つくと、先に箸を置いてお茶を飲んでいた老女は、皺だらけの顔いっぱいに微笑を浮かべて、

「なあひん食《か》みよー、なあひん食《か》みよー」

と、くり返すのだった。

やっとすべて食べ終わって、改めて皿の大きさに気付いた時、それまで僕の食べる様子を満足そうに眺めていた老女が静かに口を開いた。まるで、十年の間、僕が訪れるのを待って、一人でくり返しくり返し語りつづけていたというように。

「マーぬ病気や大事《でーじ》な悪っさ事《くとぅ》よ、病院に入《い》っちから長《なげ》ーないしが、なま治《のう》らんさ。腎臓ぬ悪っさんよ、マーや。ありが、女親《いなぐうや》ん、腎臓悪っさる如《ぐとぅ》、有いてーとぅ、血引《ちーひ》ち居《う》いてーさ。色清《いるちゅ》らさぬ、肝《ちむ》ん清《ちゅ》らさぬ、大事《でーじ》な良《い》い女子《いなぐんぐわ》やたしが、生ちちょーる間《えーま》や、吾んや此ぬ事《くと》分らぬ哀りしみていや……。悪っさたしや、吾達《わったー》、清一るやたしが。台湾からパイン工場んかい、働きが来《ち》い居《う》たる女童《いなぐわらび》んかい、手出《ていい》じゃち、マー孕まちゃせー。うぬうち、清一や海かてぃ行じてぃ戻らん、女子《いなぐ》や、マー生《な》ち腎臓悪っく成い、吾んやなー物分《むぬわか》らんなてぃよーやー、ありからマー取り上ぎてぃ、台湾んかい追《う》い返《けー》ちゃせ……。今《なま》から思《うむ》いねー、あぬ時分、吾んや狂《ふ》りてぃる居《う》いたんでぃ思《うむ》いしが、なー、ちゃん成《な》らんせ……。マーぬんやー、腎臓悪っさ事《ぐとぅ》、学校にん行からんたしが、肝心《ちむぐくる》や大事《でーじ》な清《ちゅ》らさんど。清一が血やあらん事《ぐとぅ》、女親《いなぐうや》ぬ血、引ち居いてーさ。何《ぬ》ん、村ぬ者達《むんちゃ》ーの言う如、台湾女ぬ血ぬ悪っさ事やあらんよ。あぬ女子《いなぐぐわ》や良《い》い子《くわ》ーやたんよ。悪っさたしや、吾達《わった》ーるやる……」

まるで何かに憑かれたように、老女は語りつづけた。僕ははじめてマーの出生の秘密を知った。そして、老女が腎臓病という言葉で何かを隠そうとしていることに気付いた。おそらく、マーは腎臓病で入院したはずではなかった。

「あぬ合歓木ぬ下居《しちゃう》てぃ、台湾んかい帰《けー》るぬ前《めー》、マー抱ち泣ち居《う》いたんよ。清《ちゅ》ら花ぬ降てぃ居《う》る下《しちゃ》にんてぃ、吾んがマー引き離ち、家《やー》から出《い》じゃすまでぃ……」

それっきり老女は唇を閉じ、ぼんやりと合歓木の根元を見つめたまま、小さな体を萎《しお》れたように縮めて座り込んでいた。老女の視線を追った僕は、合歓木の下に一瞬、いびつな形の肥大した頭をもった幼児を抱いている美しい女の姿を見たように思った。僕は目を閉じて、海から吹く風に揺れる合歓木の葉摺れの音を聴いた。それはマーの囁いた、太古の空を映すという合歓木の中の水と響鳴して、屋敷全体を不思議な羽音で覆っているような気がした。

僕は目を開けた。老女は色彩の薄れた穏かな目で僕を見つめている。僕は黙って腰を上げた。

「帰《けー》ゆんな?」

老女は淋しそうな表情を見せて言った。

「又《また》、来《ち》ぅ事《くとぅ》よー。今日《ちゅー》や、なー行かやー」

僕は老女の手を握ってそう言うと、柔らかな砂の感触を記憶に刻み込むように踏んで門の方へ歩いた。

「マー」

ふいに、老女が僕をそう呼んだ。僕は胸を衝かれて立ち止まった。だが、それと同時に急に言い知れぬ不安に襲われ、振り返ることができなかった。

「おばー、またやー」

僕は老女の姿を見ないように深々と頭を下げ、門を出た。

家に帰った時は、すでに一時半を回っていた。玄関の戸を開けると、台所から出て来た母が僕を迎えた。

「今まで、どこに行ってたのね。急がないと成人式に間に合わないよ。奥に背広が下げてあるから早く着替えてきなさい」

母は、哀願するような眼差しで僕を見る。僕は小さく首を横に振った。

「悪いけど、どうしても行く気になれないんだよ」

母は溜息をついて張りのない皮膚に落胆の色を浮かべた。

「何で、せっかくお父さんが背広まで買ってあげてるのに、少しは気持ちを考えてあげてもいいんじゃないね……」

母が僕に抗議するのは久し振りのことだった。僕はうつむいて靴を脱ぐと、廊下に上がりながら聞いた。

「父さんは?」

「お昼御飯食べて、すぐ製糖工場に戻ったさ。キビ搬入で忙しいらしくて……」

僕は母の前を横切って奥の部屋に向かい、襖を開けて中に入った。紺地に灰色の細い縦縞の入ったスリーピースが、正面の壁にかかっている。僕はしばらく立ったままそれを見つめた。しかし、背広には手を触れず、自分の部屋に行って鞄をとり、玄関へ急いだ。廊下に立って僕を待っていた母は、もう成人式のことは口に出さないで靴をそろえてくれた。

「ありがとう」

小さく礼を言い、手早く靴をはいた。

「午前中はどこに行ってたのね」

母は気落ちしたのを隠すように聞いた。

「マーの家まで行ってきたんだけど……」

「マー? 高校時代の友達ね」

「いや」

訝《いぶか》しそうに僕を見ている母を一瞥して目をそらすと、玄関の靴箱の上に飾られた安っぽい造花のバラに目をやった。

「母さんも憶えていないかな、僕が小学校の五年生の夏に生爪を剝がしてきたことがあっただろう。

あの時、父さんが怒鳴り込んでいった家に、名前は思い出せないけど、皆がマーと呼んでいた青年がいたのを……」

「マーの家ってあんたが言っているのは、川下の方にある、昔、大きな合歓木があった家のことね」

「そうだけど」

母の表情が見る間に変わり、恐ろしいものでも見るように僕を見つめる。

「あんた、あそこに行ってどうしたのね」

「別に、ただマーのおばあさんと話しただけだけど……」

「話したって、あんた、あそこのおばあさんはもう何年も前に亡くなって、あの家はずっと空家になってるのにね……。あんた魂落《まぶい》としたんじゃないね」

魂という言葉を聞いて、僕は真面目にとりあおうとした自分が可笑しくなった。子供の頃、母の言うことをきかないと、いつも魂が落ちると威《おど》されたことを思い出した。母の手口は見え透いていた。そのようにして、ユタの家に行くことを口実に、僕を引き止めようというのだった。そうして父と話をさせようというのだろう。幼い僕に使ったやり方まで使わないではいられない母に、哀れみを覚えた。

「マーのお母さんは、台湾の人だったってね」

「何で、あんたがそういうことまで知っているね……」

母は血の気の失せた唇を震わせて聞いた。僕はふと、そのことについて、何か触れてはならない秘密が、母を含めた村の人の中にあるような気がした。だが、困惑しきって言葉を失っている母に、これ以上聞くことはできなかった。

「顔色が悪いよ、午後からは仕事を休んだ方が良いんじゃないか」

母は声をひそめて言った。

「えー、マサシ、今日は帰るの止めなさい。明日、ユタの家に行ってみよう」

僕は腕時計を見た。バスの発車時刻まで、あまり時間がなかった。

「成人式に出なかったのは悪いけど、背広はまたいつか、別の機会に着させてもらうさ。じゃあ、無理しないでちゃんと休んでくれよ」

僕はそう言い残して玄関から出た。

「えー、マサシ、待たんね、マサシ」

「父さんにも、すまない、と言っておいてな」

僕は母の呼ぶ声を振り切ってバス停に走った。

「マサシ、成人式は？」

「えっ、ああ、ちょっと急用ができて、すぐにN市に戻らないといけなくなったものだから……」

「そうか、残念だな」

バスの整理券を取る時、いつもの運転手と短く会話を交わした僕は、最後部から二番目の座席に腰をおろした。他に客は一人もいなかった。エンジンをかけっ放しにして発車時刻を待っているバスの震動が、走って息切れしていた体に軽い目まいを起こさせた。僕は冷えきった窓ガラスに額を押し当てると、瞼を閉じて目まいをこらえた。

ふと、人の気配を感じて目を開けると、切れ長の乾いた目が僕を見つめている。

「帰るの」

Mだった。

「ああ」

僕は力なく答えた。

「私と一緒に来ない」

「成人式に?」

僕はシートに頭を凭せかけると、目を細めてMを見下すように言った。

「まさか」

Mは冷笑を浮かべ、有無を言わさぬ目で僕を促し、先にバスを降りはじめる。僕は運転手の驚きをよそに、急いでバスから降りるとMの後を追った。

今にも雨の降り出しそうな低い空だった。僕らは闘牛場のスタンドの最上段に立って、空《うつ》ろな渦の全体を見下ろした。微弱な光にさらされた闘牛場は、死んだ貝のように風が音を立てて吹き抜けている。

やがて、Mは大きく弧を描いている最上段のスタンドをゆっくりと歩き始めた。僕は黙ってその後に従った。火を放てば一気に燃え上がりそうな乾いた草を踏みしだいて、僕らは闘牛場を半周程歩いた。Mはふいに立ち止まると、松の老木が黒ずんだ葉をささくれ立たせている北側の森に登りはじめる。苦もなく急な斜面を登っていくMの馴れた足どりに驚きながら、僕は生い茂ったソテツや灌木をかき分け、後をついていった。

あたりの音に耳を澄ませているように目を閉じて立っているMにやっと追いついたのは、松の巨木に囲まれた狭い空間だった。色の褪せた冬枯れの草が膝のあたりまで生い茂っている。Mはその草の中にしゃがみ込むと、汗ばんだ僕の顔を見上げて呟いた。

「ここだったのよ、私がマーと会ったのは」

感情を押さえつけたような抑揚のない声だった。切れ長の目が刹那的な光を発している。僕はMと向かい合って立った。Mは立ち上がると右手を握って差し出した。ゆっくりと指が開かれる。僕は思わず息を呑んで掌の上の球体を見た。それは、山羊の目のように水色で透明な静けさをもつマーのあのガラス玉だった。

「どうしてそれを……」

Mは無表情のままガラス玉を握り僕の背後を指差した。

「それが何だか分かる?」

繁茂したソテツや灌木に隠されて今まで気付かなかったが、そこには石灰石の岩壁をくり抜いて造られた小さな墓があった。入口を封じてある赤ん坊の頭大の石が上部から崩れ落ち、暗い穴が開いている。長い間誰も訪れたことのないのが明らかだった。そこは、村人達の墓の群れからは孤立した場所だった。

「マーの墓なのよ」

落ち着いた声に打ちのめされてMを見た。

「あの日、私の様子がおかしいのに気付いた両親に詰問されて、私はマーにさせられたことを話したの。その夜、何があったかは、子供の私には知る術もなかった。ただ、私が知っているのは、その夜、とうとう父が帰ってこなかったことと、マーが村から居なくなり、私達は暗黙のうちにマーのことを一切、記憶から消し去るように強いられたこと」

僕の脳裏に鮮やかにひとつの情景が浮かんだ。その日の夏休みの宿題をすませ、眠りにつこうとしていた時、突然訪ねてきたMの父と数名の村の男達が、父と何事か声をひそめて話し合っている情景が。夜に入って急に降り出した土砂降りの雨で、男達はずぶ濡れになり、体から湯気を発して興奮していた。父は母に命じて米軍の野戦用の雨合羽を持ってこさせると、肩越しに僕に「寝ろ」と恐ろしい形相で言い、男達と一緒に出て言った。そして、その夜はとうとう戻らなかったのではなかったか。

Mは僕の前を通り過ぎ、固いソテツの葉に傷つくのも恐れず、マーの墓に近付く。そして、墓の入口の前に立つと、掌にのせたガラス玉を崩れた石の間から墓の中に入れた。厨子甕に当たったのだろうか。それとも、剝き出しのいびつな形をしたマーの頭蓋骨にじかに当たったのだろうか。墓の中で、〝カチリ〟という乾いた音が聞こえた。僕は目を閉じ、きつく唇を噛んだ。

次の瞬間、頭上でけたたましい叫び声が上がったかと思うと、鋭い嘴が僕の喉をかすめた。黒い塊が闘牛場の中央へスタンドをまっしぐらに翔け降りる。それは一羽の黒いツグミのような鳥だった。闘牛場の真ん中に頭から突っ込んだ黒い鳥は、ハブの毒牙にでも打たれたように激しく羽搏《はばた》き、もがきながら甲高い叫び声を上げる。小さな砂埃が闘牛場のあちこちに上がる。と見る間に、闘牛場は全身鳥肌立ち、低い空から大粒の雨が降り始めた。

三日間降りつづいた雨で、闘牛場は泥の海だった。音を立てて角をぶつかり合わせている牛や綱をとっている男たちは、泥に足をとられ、膝をつき、腰を落としながらも必死で闘っていた。

朝からスタンドの最前列の席に陣取っていた僕は、取り組みが進むにつれて、いつしか席から離れて闘牛場とスタンドを隔てる鉄柵の上に身をのり出し、闘う牛や青年たちと一体となって声援を送っていた。

しかし、そのような最中にも、僕はマーがまだ姿を現わさないのが気になってしょうがなかった。いつもなら、闘牛大会が始まる数時間前から、牛や勢子《せこ》が足を痛めないようにと小石を拾って歩くマーが、その日は取り組みも残り少なくなったのに、まだ姿を現わさないのだった。僕はひとつの取り組みが終わり、次の牛が入ってくるまでの合間に、雨に煙る満員のスタンドの中にマーの姿を求めて目を凝らした。だが、スタンドはおろか、森の墓や木の上にまで鈴なりになった人々の中にも、マーの姿は見あたらなかった。

青いペンキの剥げた部分が斑に錆びた鉄製の扉が軋み、開かれた入場門からステテコ姿の初老の男を引き摺るようにして、漆黒の背にかけられた塩の白さも鮮やかな中型の牛が小走りに入って来た。マーがいつも連れ歩いていたN号だった。しかし、それでもマーは姿を現わさない。僕は、マーが来るのをあきらめざるを得なかった。

対戦相手の牛が場外で咆哮を上げながら近づいてくる。と思う間もなく、赤毛の巨牛が勢いよく場内に駆け込んできた。闘牛場の中央でゆったりとスタンドの観客を見渡していたN号は、素早く体勢を整えると、一直線に突っ込んで来る相手の頭突きを真正面から受けとめた。巨木がぶつかり合うような鈍い音が、観衆の胸に打ち込まれる。ひとまわり体の小さいN号は、後ろ足を膝まで埋没させて踏んばったが、たちまち、鉄柵の設置された土手のあたりまで追いつめられる。だが、鼻綱を手にした老人の矢声《やぐい》と老練な手綱さばきで、巧みに右にまわり込むと首を振り、相手の耳の下に尖った角の先を当て、赤牛をはね上げた。赤牛の耳の付け根が切れ、返り血がN号の角を染める。低いどよめきがスタンドを包み、指笛があちこちから鳴り響く。それから、闘牛場の中央で激しい掛け技の応酬が始まった。N号の技は素晴らしかった。短めの角の先が、ちょうど相手の目のあたりをこすり、首を激しく左右に振っての掛け技に、赤牛の顔は見る間に血にまみれる。出足の勢いを失い、掛け技では不利とみた相手は作戦を変えて、体を引いて距離を置くと、体力にまかせて正面から猛烈な割りを連発し、N号を押しまくり始めた。体力で劣るN号は、ずるずると鉄柵のあたりまで追いつめられたが、ぎりぎりのところで体を入れ替え、腹取りの逆襲に出る。息もつかせぬ攻防に、スタンドを埋めつくした観衆は騒然となり、指笛と声援が入り乱れる。僕もN号の奮闘に熱狂してマーのことはすっかり忘れ、闘いに見入った。取り組みは互いに譲らないまま三十分が過ぎた。時間が長びくにつれて、体力の劣るN号の形勢は徐々に不利になってきた。そして、とうとうN号は白い泡を吹いた口から青黒い舌をだらりと垂らし、脱糞を始めた。闘牛場全体が大きな溜息を漏らした。さすがに、誰の目にもN号の疲れは明らかだった。

「マーがいれば……」

一瞬、マーのことが脳裏によみがえった。上目使いにN号の様子をうかがっていた赤牛が、低く体を沈めて身を引く。次の瞬間、すさまじい割りがN号の眉間に炸裂した。N号は必死に踏ん張って割りを受けたが、泥に足をとられ、尻もちをついた。赤牛はこの好機を逃さずに、体勢を立て直そうともがくN号の横にまわり込むと、激しく土手の方に追い立てながら腹取りを狙う。N号は懸命に赤牛の角を逃れようとしたが、追撃は鋭く、僕のすぐ目の前の鉄柵にものすごい勢いで体をぶつけると、今にもスタンドの方に巨体をのり上げそうになった。僕は後ろにとびのきながら、大きく見開かれて僕に向けられているN号の目を見た。

「駄目だ」

僕は思わず目をつむった。その時だった。叫び声とも唸り声ともつかない異様な声が森の方から聞こえてきたのは。と同時に、いくつもの悲鳴が上がり、森の木や墓の上にいた人々が、慌ててそこから飛び降り、スタンドに雪崩れ込んできた。観客の目が逃げまどう人々に注がれる。そして、短い叫びを発した人々の目が一カ所に集中し、見開かれたままになった。細かい葉を震わせる合歓木の樹冠のようにスタンドがざわめき、ひとつの大きなうねりとなって雨中の闘牛場を揺さぶる。

あまりに思いもかけない事に、僕はすぐ目の前でN号の巨体が鉄柵をしならせ、僕の上にのしかかろうとしていることさえも忘れて、人々が逃げた後の森の一角を見つめていた。森の中に並ぶ多くの墓から離れて、ひとつだけ急な斜面に造られた粗末な小さな墓があった。その墓の入口を封じてある石が崩れ落ち、そこから一本の太い男の腕が突き出て、何かを摑もうとでもしているように指を動かしている。やがて、子供の頭程の石が内側から突き崩され、暗い墓の中から一人の男が姿を現わした。

老若入り混じった女達の叫喚が飛び交い、人々の興奮を駆り立てる。墓の中から現われた男は、いびつな頭を丸く剃られ、泥にまみれた水色のパジャマを着たマーだった。死人さながらに血の気の失せたのっぺりした顔に開いた暗い穴から、再びあの異様な叫び声が発せられる。次の瞬間、逃げまどう人々が左右にひしめく森の斜面を、マーは海に飛び込む水鳥のように素晴らしい速さで滑降し、急勾配のスタンドを駆け降りると鉄柵を飛び越え、闘牛場の中に躍り込んだ。そして、泥をはね上げて僕の方に走って来ると、茫然としている老人を押しのけてN号の鼻綱をとり、裸足の足で糞尿の溶け込む泥濘を踏みしめ、狂ったように矢声《やぐい》を入れはじめた。N号はマーの矢声に応え、死に物狂いで鉄柵を蹴り、土手から飛び降りた。赤牛の角から逃れて右に回り込み、すぐさま反撃に転じる。雨に打たれて湯気を発する漆黒と赤茶色の二つの巨体が、からみ合った二対の角を中心に勢いよく回転する。そして、ついに勢いに勝るN号が赤牛の側面に回り込んだ。体中泥にまみれたマーの体がN号の体に密着し、N号とマーは一体となって赤牛の体にぶつかって行く。赤牛の巨体が鉄柵を歪め、鈍い震動音が走る。耳をつんざく歓声が闘牛場を膨れ上がらせ、熱い血を送る血管のように動揺する太い鉄柵を握りしめて、僕は形を成さない言葉を喚きつづけた。低く身を沈めたN号が、角の上に乗せるようにして赤牛の腹を取った。充実した内臓で張りつめた赤茶色の横腹に突き立てられたN号の角が閃き、深い傷口が縦に走る。赤牛の痛ましい声が白い泡を吹いた口から漏れる。赤牛は逃げようとして足をもつれさせ、土手の上から泥の中に頭から突っ込んだ。ねっとりした濃い血が泥水に飛び散った。泥の面をかぶって逃げまどう赤牛を追って、闘牛場の中をぐるぐると駆け回っているN号の鼻綱を長々と伸ばして、マーは闘牛場の中心に立って独楽のように回転しながら激しい雨が降る空を見上げている。息を呑んで勝負のつく一瞬に見入っていた人々の間から、拍手と歓声が巻き起こり、指笛が雨をはね散らして空に突き抜けた。

スタンドから飛び降りた若者達が、傷ついた赤牛を取り押さえると、マーのもとに駆けよろうとした。しかし、マーの周りを回りつづけるN号の興奮は収まらず、誰もその側《そば》に近寄ることができない。やがて、マーの体はゆっくりと回転を止め、皮が剝けて血の滴る手からN号の鼻綱が落ちた。それでも、N号はマーを守るように輪を狭めながらマーの周りを回りつづける。雨はひとつの大きな重さになって闘牛場にのしかかり、人々のざわめきを圧殺した。不思議な静寂が闘牛場を包んだ。

僕は闘牛場の真ん中に突っ立って天を仰いでいるマーの姿を見た。腫れあがった顔は腐った果物のようにあちこち黒ずみ、今にも鬱血した血が吹き出しそうだった。雨に打たれる頭から何か白いものがこぼれ落ちている。僕はそれが丸々と太った蛆だということに気付いた。

ふいに、マーはあくびでもするように大きく口を開けた。そして、僕の胸に今まで経験したことのない思いを目覚めさせる、あのもの哀しい叫び声を発したのだ。

「オオオ……ン」

それは、マーの内奥から発し、同心円を描いてスタンドと死者たちの眠る森を駆け上ると雨の粒子を震わせて空と海へ響いていった。ずぶ濡れになって鉄柵から身をのり出した僕は、体中でマーの叫びに共鳴した。

「マー……」

だが、僕の声は周りの喧噪に掻き消された。

僕はいつしか周囲の声が、称賛から嘲笑と怒りに変わっているのに気付いた。涙の滲んだ目を拭うと、僕はマーの姿をはっきりと見た。水色のパジャマの尻が茶色く汚れ、黄土色の液体を滴らせているのは、泥と雨のせいばかりではなかった。マーは脱糞していたのだ。闘い疲れて、放心した牛のように。柔らかな物の重みがパジャマのズボンをずり下げる。あからさまな笑い声と指笛が上がり、マーに向かって様々な物が投げられはじめる。マーは怒張した性器を露わにし、太い指で握りしめると、老木の洞のような口に雨を降らせて、自らを慰めはじめた。そして、全身を突っ張ると、泥の中に青白い液体を噴出した。

興奮した観衆が飛沫を上げて立ち上がり、次々と鉄柵を飛び越えてマーに押し寄せる。それまでマーを守っていたN号もついに力尽き、若者達に鼻綱を取られて泥の中に引き倒された。N号の鳴き声がマーを呼ぶように長い尾を引いて闘牛場のひと隅でくり返される。清潔な白いバスタオルをひろげた二人の白衣の男が、マーのもとに駆け寄り、マーの体を包み込む。闘牛場は押し寄せた村人で溢れかえった。それは、まるで巨大な蟻塚を破壊したようだった。僕は背後から押してくる大人達の体と鉄柵の間にはさまれ、息も絶え絶えになりながらも、村人の手に揉みくちゃにされているマーから目を離さなかった。二人の白衣の男が両脇からマーを抱きかかえ、片手を振りまわして人波をかき分け、少しずつ出入口の方へマーを連れていく。マーは頭を大きく後ろにのけぞらせ、白目を剝き、口から牛のように青黒い舌を長々と垂らして、白い泡を吹いている。大きな喉仏が鳥がもがくように上下する。その後ろから、背中にはりつきそうなマーの頭を両手で支えるようにして、背の低い白髪の老女が付き従い、泣き叫びながら村人たちに何かを訴えていた。スタンドから投げられる物が、雨に打たれて艶を増した黒い髪の海の上を鮮やかな色彩を閃かせて飛び交う。体中から蒸気を発して蠢くひとつの黒い群れは、やがてマーの体を闘牛場の外へ押し出した。僕は人々の流れに逆らって、スタンドの最上段に這い登った。そして、引き裂かれた上着を脱ぎ捨てて火照った体を雨になぶらせ、外まで溢れた黒い群れを眺め渡した。白いバスタオルに包まれたマーは、やっと意識を取り戻したのか、頭を真っ直ぐに立て、向こう側を向いてゆっくりと白塗りの車に近付いていく。混乱を静めようと村人に罵声を浴びせている警官の手によって車のドアが開けられ、マーの体が車内に押しこめられようとした瞬間、マーは振り向くと、何も知らない穏かな山羊のような目で僕の方を見た。僕はあらん限りの声でマーを呼んだ。だが、マーの体は無理矢理車に乗せられ、警官の手によってドアは閉ざされた。白塗りの自動車は、クラクションをけたたましく鳴らしながら、人混みを押し分けて雨の向こうへ消えて行った。それっきりマーは二度と僕の前に姿を現わさなかった。

雨は降りつづけた。闘牛場の真ん中に死んだ黒い鳥を濡らして。僕は松の木の根元に膝をついて、泥の中に沈んでいくその黒い小さな物体を眺めつづけた。首筋に手をやると掌に血がついている。

「マーの家に行ってみる?」

後ろから、Mが僕の耳元に囁く。そして、すぐに先に立って、急な森の斜面を滑るようにおりていく。

僕は振り返ってマーの墓を見た。入口をふさいでいる石は苔むして、墓は静かに森と同化していた。だが、僕は今でも、不幸な肉体の奥に成長していた欲望を呼び起こされたマーが、もの哀しい叫びを発しながら雨の村を裸で走りまわっているような気がした。

「じゃあな、マー」

僕はそう呟くと、すでに闘牛場の外に出かかっているMの後を急いで追った。

小降りになった雨が波のない川面を灰色に煙らせている。肌着まで濡れそぼった僕は、寒さに歯を鳴らしていたが、前を歩くMは少しも寒そうな様子を見せず、淡々と歩きつづけている。白い蒸気を上げて川に廃液を流しつづけている製糖工場を過ぎて、河口に近付くにつれて僕らの歩調は速まった。

一匹の死んだテラピアが、群れた仲間に突つかれながら川を下っていた。死後それほど時間は経っていないのだろう、徐々に弛み始めているとはいえ、鈍い銀灰色の光を放つ魚鱗は、貪欲な仲間の歯からその肉の形をまだ守っている。白い靄のかかった目が、緊張を失ってぶよぶよと膨らんでいる。水面下で噴煙のように盛り上がる黒い蠢きは勢いを増し、雨に煙ってぼんやりと光るテラピアの死骸は上下に激しく揺れている。僕は見るに耐えかねて、膝頭ほどの石を拾うとその群れ目がけて投げつけた。腐った皮膚が破れるような音と共に、濃密な影は消滅した。破裂した水の勢いで反転したテラピアの体が、水紋の中で揺れている。紡錘形の銀灰色の塊に、暗い穴がひとつ開いている。それはやわらかな眼球が食い尽くされた眼窩だった。

「着いたわよ」

Mの声に僕は我に返った。

脳神経の模型のように冬枯れの枝を球状に錯綜させた合歓木が、川に迫った崖の傍らにその姿を半分だけ現わしている。午前中とは違う異様な様相に気付いた。

細かい雨に包まれた合歓木の入り組んだ枝を見上げながら、Mにつづいて僕はマーの家に入った。あたりの様子を見渡して驚かずにはいられなかった。白い砂が敷きつめられていたはずの庭は雑草に覆われ、捨てられた家具や電化製品が錆びついた傷口を剥き出しにして、乱雑に積み上げられている。庭の一角にあった藁葺きの山羊小屋は、屋根と梁が崩れ落ち、黒ずんだ数本の柱と石の囲いが残っているだけだった。母屋も瓦が所どころ失われ、朽ちかけた柱がかろうじて屋根を支えている。不良の溜まり場になっているのだろう、酒ビンやビニール袋が軒下に散乱している。Mは僕の驚きをよそに、あたりの荒れ果てた様に目もくれないで、軒下に入ると黒い萎びた守宮《やもり》のとまっている雨戸に手をかけた。

「入ってみる?」

Mは唇を歪めて不敵な笑いを浮かべ、立ちすくんでいる僕に声をかけた。Mの白い手が動く。敷居と鴨居の腐った雨戸は、ゆっくりと地面に倒れ、同時に家の中から異臭が溢れ出してきた。Mはひるみもせずに中に入っていく。僕は後を追った。埃と排泄物、シンナーの臭いが混じった臭気が、胸をむかつかせる。僕はハンカチで鼻を覆い、吐き気をこらえながら暗い家の中を進み、Mの名を呼んだ。狭い家の中だというのに、Mの気配は感じられない。

僕は目を凝らして、室内の様子を確かめた。泥靴で踏み荒らされたビニールの花茣蓙が、ぼんやり足下に浮かび上がる。その上に動物の死骸のように黒い毛布が塊になって横たわり、数本の酒ビンとラジオの残骸が転がっていた。壁という壁に、猥雑な文字や絵がペンキで落書されている。稚拙な文字で大書されたアイドル歌手の名は、数年前に流行ったきり、姿を見せない少女の名前だった。その下には、男と女の交合する下手な絵が、古代の壁画のような奇妙な大らかさで描かれている。だが、その周囲に書きなぐられた文字は、満たされぬ欲望に苛まれ、殺意に駆られているようだった。

僕は足下を確かめながら部屋の奥に進んだ。ふいに壁の一部が鈍い光を放って闇に浮かび上がる。僕は慎重にそこに歩み寄った。わずか数歩の距離にすぎなかったが、花茣蓙の下の床板は大半が白蟻にやられていて、ひと足ごとに足下で柔らかく崩れて歩行を阻む。

僕は破れた屋根から射し込む弱い光を反射しているそれの前に立った。それは、仏壇の奥に立てかけられている、ガラス張りの額縁に入った一枚の写真だった。ある予感が閃いた。僕は恐る恐る額を手にとると、明かりにかざして写真の顔を確かめた。次の瞬間、それは僕の手から滑り落ち、遠い世界でのようにかすかな音を立てて砕けた。写真に映っていた顔は、僕の顔そのものだった。僕は立ちつくしたまま飛散したガラス片と黒い木の枠の中の写真を見下ろした。しばらくして、強張った膝を折り曲げると木の枠を取り上げた。そして、思わず声を出して笑わずにいられなかった。額縁の中に入っていたのは、写真ではなく黄ばんだ一枚の白い紙切れだったのだ。

「マー」

深いかなしみを湛えた女の囁きが冷たい吐息とともに僕の耳にとどいた。振り向いた僕の目に、外の光の中へ出るMの切り絵のような横向きの姿が映った。白い紙を仏壇に置くと戸口に向かった。僕は敷居の所まで来ると、合歓木の下にしゃがんで横顔を見せている一人の若い女を見た。

「M」

僕は女を呼んだ。女はゆっくりと僕に眼差しを向ける。美しい顔立ちをした女は、切れ長の目を細めてかなしそうに微笑んだ。Mと驚くほど似ていたが、Mではなかった。その目に湛えられた穏かな光はマーと同じものだった。

僕は庭におりると、女のもとに行こうとした。けれども、もうその時には女の姿は消えていた。僕はただ女のいたあたりを見つめるだけだった。そこだけ、雑草がまだ勢力を拡げることができずに、わずかながらも白い砂が清らかな光を発していた。僕は合歓木の幹にそっと触れた。落葉しているだけだと思っていた合歓木は、立ったまま枯れていた。雨に湿って所どころ崩れ落ちた幹に、こぶしが入るくらいの穴が開いている。僕はマーの話を思い出した。この合歓木の中には、古い水が溜まっていて、その水面にははるか昔の空が映っているという話を。そこに、ついにマーの顔は映り得たか……。

「マーよ……」

細かい雨に混じって、何か柔らかな軽い半透明のものが降っている。僕は空を見上げた。立ち枯れた合歓木の体に開いた穴という穴から数知れぬ羽蟻が飛び立ち、薄茶色の葉を茂らせたように合歓木を覆って巨大な樹冠をつくっていた。雪のように舞い落ちる羽蟻の体と半透明の羽根が、雑草や廃棄物の上に降り積もる。それはおびただしい量の羽蟻だった。次から次へと合歓木の奥から噴き出し、狂ったように真冬の乱舞を行っている羽蟻は、廃屋から飛び立ったものも混じり合い、空と地面を覆い尽くしている。僕は口の中に入り込んだ羽蟻を吐き捨てると、怒りに震える叫びを発し、真冬の生殖の乱舞を見上げて立ち尽くしていた。

雛

「すぐにコーヒーを飲むのはよくないのよ」

Kが言った。

「ちゃんとバターをトーストに塗って、食べながらじゃないと。バターは胃に膜をつくるのよ」

私は黙ってKからトーストを受けとると、気ののらぬ咀嚼をくり返しながら朝刊を開いた。目をひくような記事は特に見当たらなかったが、ひっきりなしに浴びせかけられるKの言葉を遮るために、私は両手いっぱいにひろげた新聞をさもそれらしく眺めまわした。アパートの隣の住人が飼っている金糸雀《カナリア》のさえずり声が、埃をきらめかせた朝の陽光とともに、丁寧に磨きこまれたガラス窓を斜めに通過してくると新聞の紙面に反射する。

「きれいな声ね」

ささやくようにKが独り言《ご》ちた。私はほんの一瞬だけ、朝のまどろみからまだ醒めやらぬように幸せそうな自足の表情を浮かべているKを見ると、目をそらして新聞の細かい文字を再び追った。

「私も何か小鳥が飼いたいな」

Kが甘えた声で言う。

「白い手乗り文鳥がいいな。子供の頃、あこがれてたのよね。テレビのホームドラマによく出ていたでしょう。ほら、いかにも良い所の令嬢って感じの少女が、手に白い文鳥を乗せてピンク色の嘴にキスをするの。そういう場面って、きっと何回もドラマに出てきたんじゃない。私でも憶えているくらいだから」

一面から順に新聞をめくってきた私は、社会面のトップに掲げられた一枚の写真に目をとめた。少年の暴走バイクがカーブを曲がりきれずにガードレールに激突し、死亡した事故の現場写真だった。後ろはギンネムの林だろうか。夜、フラッシュをたいて撮ったらしい写真の背景は、ゴッホの絵のように暗く渦巻いている。路上に転がる大破したバイクは、無邪気な子供に手足や羽根をもぎとられて玩《もてあそ》ばれた昆虫の死骸のようだった。それを数名の警官がとり囲んでいる。警官の足下に、若者の死の形が白い縄で縁どられてアスファルトに記されていた。それは、ナスカの平原に遺された巨人の絵の航空写真を思い起こさせた。何か理解することのできないメッセージを送りつづけている古代の絵のようなその奇妙な形を私は眺めつづけた。だが、自分の漠然とした考えをそれ以上進める意志力がなくて、私は新聞を閉じた。若者の最後の形が、警官の指でするりと持ち上げられ、一本の縄に戻されると無造作にパトカーの助手席に投げ込まれる。瞼の裏を白い縄の残影がかすめる。私はやりきれない思いを抱えてKを見た。新聞を読んでいた間、ずっとそうしていたのだろう。Kは右手で軽く頬杖をつくと、内心の喜びが自然と滲み出してくるというように、穏やかな笑みを浮かべて私を見つめている。

「どうしたの」

Kは笑顔を絶やさずに訊いた。

「いや」

私は口籠《くちごも》ると、Kの形の良い唇から顎の先、首筋、胸元へと視線を移した。かつて、Kと付き合い始めた私を友人の誰もが羨んだ。その頃の美しさをKはまだまったく失っていなかった。私はティーシャツの襟元からのぞいているKの鎖骨の窪みの清潔な影に、胸を衝かれるような不安さえ感じて、あわてて目をそらした。うつむいて煙草に火をつけると、深く吸い込んだまま、しばらく息をひそめてKの様子をうかがった。Kは身動きひとつせずに私を見つめている。初めてKと喫茶店に入った時、Kは私の口や鼻孔から紫煙が出るのを見て、エクトプラズムのようだと笑った。今もあの時の新鮮な喜びを失っていないかのように私を見つめて微笑している。あれから五年が経ったというのに。

「こないだ新聞にこんな記事が載っていたのよ、知ってる？　雛鳥が孵る時、卵の殻を蹴破るでしょう、あれ、ものすごい力なんだってね」

Kは突然、喉の奥でクックックッと笑った。

「それでね、私、こういう想像したのよ。もし人間の赤ん坊が鳥の雛のように強力な脚の力を持っていたら、とても子供がおなかを蹴ったとか、動いたとか言って喜んでいられないだろうって」

Kはそう言うと、思わずビクッとせずにはいられないくらい大声で笑い、そして急に笑い止むと同意を求めるように思いつめた眼差しで私を見た。私はテーブルの陰に隠れたKの下腹部のあたりに目をやった。

五カ月くらい前から、Kは私にけっして裸体を見せなくなった。それまでは、お互い惰性的にではあれ続けていた夜の営みにもけっして応じようとしなくなった。ひとつのベッドで、私に背を向け、体を丸めて寝ているKの胸から腹へと、私は何度か掌を這わせたことがあったが、いつも手首をきつく摑まれて厳しい拒絶にあった。いつの間にかKの肉体への情熱を失ってしまっていた私は、そうされるといつも萎えた性器をKの尻に押しつけたまま寝入ってしまうのだった。その一方で、Kは深夜、突然、寝ている私の手を引き寄せると、下腹部に導くことがあった。食塩水の中の卵黄のように、眠りの中間層にたゆたっている私の耳に、

「ほら、動いているでしょう」

というささやきがかすかに聞こえてくる。Kの熱い下腹部に押し当てられた掌は、汗ばみ、吸いつくように密着しているのだが、慢性的な疲労に緊張を失った私の神経は、その微妙な動きを感じとることができなかった。ただ、執拗に洗い立てられてバサバサにかわいた陰毛が指先に触れ、その先に

進もうとすると、Kは素早く体を捩って腕を振りほどいてしまう。そういうくり返しが、ここ数カ月続いていた。

「新聞の話には続きがあってね……」

Kはフォークでサラダ皿の千切りにされた水気のないキャベツをいじりながら言った。

「最近、その卵の殻を蹴破れない雛鳥が増えていて、問題になっているんですって。卵の中で立派に成長しているのに、自力で出てくることができないで、とうとう死んでしまう雛鳥が……」

Kの顔から微笑が消え、深い傷跡のような皺が眉間に一筋影を落とす。

「新聞では、その原因が飼料のせいなのか、それとも、何か別の新しい公害のせいなのか、まだ不明だってあったけど……狭い殻の中から出ることができないなんて、恐いことよね」

Kは怯える犬のように上目使いで私を見た。私はその朝初めてKの視線をまともに受けとめた。

「もし、人間の赤ん坊が、自分で生まれてくる力がなくなったら、どうなるのかしら……」

声が震えていた。私は煙草を揉み消した。ほとんど黄緑色に見えるKの手が、白いテーブルクロスの上を滑るように伸びてくると、私の手首をきつく握りしめる。私は求めに従って椅子から立ち上がり、Kの頭を胸に抱いた。ぐったりとなった体の奥から細かい波が送られてくる。Kは喘ぐような声を漏らすと、私の掌を下腹部に強く押し当てた。

「ねえ、動いてるでしょう」

同意を求める声はいやに乾いている。

「ああ」

掌に神経を集中させて、それを待ちかまえた。しかし、それは訪れなかった。私はしばらくＫを抱いたまま窓から射し込む陽光を見つめていた。金糸雀の声は止んでいた。

「そろそろ、行かないといけないな」

私は壁にかかっている時計を見て言った。七時五十分を回っている。おそらく、今日も遅刻だろう。遠まきに私の生活の変化を窺っているような同僚の視線を浴びた時の苛立たしさが、想像しただけでチクチクと首筋を刺す。

「ねえ、小鳥飼っていいでしょう」

「えっ」

私はＫの顔を見た。

「さっきの話、聞いてなかったんでしょう」

Ｋはすねたように私の胸を打つと、いたずらっぽく笑った。

「いいよ、勝手に飼うから」

そう言うとＫは、この頃では珍しく、自分から唇を求めてきた。コーヒーの苦みをまといつかせた軟体の生き物が、海底をさまようように蠢く。私は目を細めると、逆光を受けて赤黒い血管の透けて見えるKの耳朶を見つめた。それは、赤裸の雛鳥の腹部に似ていた。からみつく腕から身を離し、私は時計を見る素振りをした。Kは気だるそうに椅子から立ち上がり、鞄を取ってよこした。

「帰りは何時になるの」

「今日は会議があるから遅くなるかもしれない」

「そう」

Kはそれだけ言うと、急に私への興味を失ったように寝室に向かい、それっきり、見送りにさえ来なかった。


私の勤める県庁舎は、那覇市のメイン・ストリートである国際通りの突きあたりにあった。榕樹《ガジマル》の固い肉厚の密生した葉が、午後の日射しを反射している。昼休み時に降ったにわか雨でアスファルトの中庭にできた水溜まりが瞬く間に蒸発し、五月とはいえ体中にまとわりつくような蒸し暑さだった。大学を卒業して、一年間臨時の仕事をしたあとに県の職員に採用された私は、広報課で仕事を始めて三年目になっていた。

出勤してから胃に痛みを覚えたこともあり、広報車で市内を回るのを午後からは交代してもらい、久し振りにじっくり机に向かった。頭に浮かぶ雑念をひとつひとつ振り払いながら細かい数字を書き記していた私は、いつの間にかその単純な作業に没頭していて、Mが机の側《そば》に立ったのにも気付かなかった。

「Sさん、お電話ですよ」

不意をつかれた私は、ずい分異様な眼差しで彼女を見たのだろう。この春採用されたばかりのMは、少し臆したように体を引いた。

「奥さんからのようですよ」

Mは人あたりの良い笑顔を取り繕って言った。

「いよう、お安くないね」

斜め向かいの机からNが声をかけた。まわりでいくつかの笑いが起こった。何を勘違いしたのか、耳朶まで赤くしてMはあわてて頭を下げると、急いで自分の机に戻っていく。私は寛容ぶった笑い顔を作っている若い新任の係長に一礼して席を立った。

Mの机に行くと、うつむいたまま受話器をとって差し出す。礼を言って受けとると、Mの掌の汗が生あたたかい湿りを与えていた。私はあいた手をズボンのポケットに入れ、無意識のうちに性器に触れていた。それは死んだ雛鳥のように冷たく、青黒い目を閉じたままだった。

「ああ、僕だけど」

返事はなかった。

「もしもし」

私はあたりの様子を目の端で窺いながら言った。受話器は真空の闇に放り出されたように無言のまだった。事務仕事に飽き飽きしている皆が、耳をそば立てているのが分かった。Mはあからさまに気掛りそうな表情をして、私を見た。私は黙って受話器を置いた。体中、沼地にでも入ったようにねばつく汗で気持ち悪い。

「どうした?」

不審そうな顔をして係長が訊いた。

「いいえ、別に……」

そう言って席に戻ろうとした時、再びMの前の電話が乾いた音を立てた。私は立ち止まると肩越しに受話器を見た。Mの白い指が脂に汚れたプラスチックの受話器をとる。私を見ているMの目が急に義眼のように思えた。それは、受話器のプラスチックと同じ鈍い光沢を放っている。室内に点在するプラスチックの眼差しが、自分に向けられているのを意識しながら受話器を受けとった。

「もしもし」

返事は依然としてなかった。鳩尾《みぞおち》のあたりに不愉快な痛みが起こる。朝のコーヒーが、荒れた胃の粘膜を刺激しつづけているのだろう。私は今にも受話器を叩きつけそうになるのを抑えて大きく息をつくと、Mに礼を言ってゆっくり電話を切った。Mは怯えたように目を伏せ、浅くうなずいた。

「何かあったのか」

眼鏡の奥で細い目を見開いて、わざとらしいくらいに真顔になった係長が聞いた。その気のおけない風な振る舞いが、いつも私には気に入らなかった。

「ええ、ちょっと」

私は体裁を保つために軽く返事をした。

「今日は早目に帰った方がいいんじゃないか。初めての子供の時には、誰でも精神が不安定になるものだよ」

私は内心の驚きを隠し、部下を思いやる上司の役を演じている男の顔を見た。Kの妊娠のことは、職場の誰にも話していなかった。そもそも、身内にもまだ打ち明けていないのに、それを自分で自惚れている割には広報課内の情報にも疎い係長が知っていることが、私を狼狽させた。

いったい、どうして知ったのだ。もしかしたら、今日のような電話が、私のいない間に何回もかかってきているのかもしれない。その時、応対したMに妻は胎児のことを得意気に話したのではないか。私に伝えるのが憚《はば》かられるような中味まで……。

そう推量しながら私はMを見た。Mは仕事に専念している振りをしていたが、胸の内では明らかに私への羞恥と口の軽い係長への怒りで熱い泡を湧き上がらせているようだった。同僚の眼差しが、すべてを知ったうえで哀れみの色を浮かべているように思え、いたたまれなかった。訝《いぶか》し気に私を見ている係長を見た。その時、再び電話が鳴った。受話器を見つめたまま手を出しかねているMを一瞥して、私はできる限り平静さを装い、それをとった。冷たい液体のような沈黙が熱くたぎった耳の奥に流れ込んでくる。背筋に鋭い悪寒が走る。

「今すぐ帰るからな、そのままじっとしているんだよ」

私は精一杯やさしい口調でそう言うと、電話を切り、真っ直ぐに自分の机に戻った。そして、手早く書類を鞄につめた。

「すみません。今日はこれで失礼させていただきます。どうも、体の調子が思わしくないようなものですから」

小刻みにうなずいている係長の唇が動くのを確認し、私は深々と頭を下げて部屋を出た。

アパートのドアを開けると、熱暑で弱った感覚器官を一気に覚醒させ、そしてすぐに疲弊させるような強烈な甘い匂いと、毒々しい色彩の花の半球が押し寄せた。見当もつかないくらい多種類の大量の花が、結婚記念に二人で買った大型の花瓶から吹きこぼれ、食卓の上を巨大な茸さながらに飾っていた。

バス停からアパートの四階まで駆けつづけ、荒い息をついていた私の体内に、室内に充満していた花の香気が勢いよく流れ込んでくる。むせ返った私は軽いめまいがするのをこらえ、靴を脱ぎ捨てて台所のガラス窓を開け放った。水道の栓をひねり、舌にまとわりつく植物質の苦みを洗い流し、迸《ほとばし》る水を無理矢理喉に流し込む。何か得たいの知れない大きな生物の体液のように生温《なまぬる》い水だった。

私は日射しに焼かれて柔かくなった黒い模造皮の鞄をテーブルの上に置き、温気を帯びて澱んだ花の匂いから逃れるように寝室のドアを押した。

青いスチール板の空に上半身をめり込ませたように、白いワンピースを着たKの下半身が、尻を高く上げた不安定な姿勢でベランダの手すりの上で揺れていた。それは、千切れた下半身だけで動きつづける蜂のように滑稽であると同時に、いやに不安を駆り立てる姿勢だった。黒いストッキングにつつまれたKの足が床から離れる。四階のベランダから白いワンピースを膨ませてゆっくりと落下していくKは、あの穏やかな微笑を浮かべていて美しい。

私は親指と人差指で眼球を強く圧迫し、目まいをこらえた。窓から吹いてくる風で、花の匂いはどうにかここまでは漂ってこなかった。

目を開けると、Kはまだ不安定な遊戯を楽しんでいた。私は佇立したまま、黒い薄いストッキングがその白さを一層鮮かに引き立てているKの足の裏の細かい横皺を眺めた。それは、やがて十分に楽しんだ後の満足感を湛えて床におろされた。青いスチール板の中からKの上半身が引き戻され、ゆっくり回転すると今しがた夢想した通りの微笑があり、その中に鈍い光沢をもったプラスチックの眼球があった。

「日向ぼっこさせていたのよ」

そう言うとKは手品でも見せるように小さな鳥籠をとり出してみせた。白い西陽を受けて輝く籠の中で、二羽の小鳥が電子モデルのように規則的に、素速く交錯し、回転運動をくり返している。

「番《つがい》なのよ、文鳥の」

Kはそう言うとベランダのイスに腰掛け、鳥籠を膝に置いた。

「これはまだ手乗りじゃないけど、これから雛を孵して手乗りに育てるのよ」

Kはまるでそこに文鳥を乗せてでもいるかのように細い指をしなやかに反らせて目の前にかざし、陽光を受けて生き生きとした手をうれしそうに眺める。

こんなことを伝えるために、わざわざあんな電話をして呼んだのか。

私は胸の中でつぶやいた。けれども、その言葉に伴って訪れるべき怒りはやってこなかった。私はKに歩み寄ると籠の中の文鳥を見た。小首をかしげて、黒目がちの目で私を見る仕草が、かつてのKを思い出させた。我を忘れて文鳥に見入っているKの横に腰をおろした。白いワンピースが、涙腺の機能に変調をきたしかねない程、眩しい光を放っている。

付き合って間もない頃、Kは好んでこの白いワンピースを着てきた。そして、私の語るちょっとしたことにも小首をかしげて不思議そうな表情をしてみせたものだ。それも今ではなくなり、私も期待しなくなっていたのだが。

私は久し振りにこのワンピースを引っぱり出して身に着けたKの感情の変化を推察しながら、この二、三年は着ることのできなくなっていたであろうこのワンピースを、再び身にまとえるまでにKの体が痩せてきていることに気付いた。私は何気なくKの下腹部に目を走らせた。つい数カ月前まではきつ過ぎたはずなのに、今は余裕さえできているように思える。私はKを横から抱き寄せ、学生時代のKの肉体を思い出すように指を這わせた。しばらく交渉を絶っているうちに、その体は明らかに変化し、少女のように固く引きしまっている。私はその変化に驚きつつ、ふとなつかしいような気持に駆られて淡い欲情を感じ、Kの胸から下腹部へと掌を這わせようとした。だが、私の手首はいつものようにすぐに停止させられた。Kは身を捩って私の腕をすり抜ける。その身のこなしの敏捷さに、私はあらためて驚いた。Kは鳥籠を手に提げて、軽やかな足どりで台所に入って行った。

しばらく、ぼんやりとベランダから市街を見おろしていた私は、花の匂いを警戒しながら台所に入った。Kは鳥籠を花の傍らに置き、野菜を洗っている。

「今日はもう仕事に戻らないんでしょう」

水しぶきを浴びて艶やかに響くKの声は久しくなかったものだった。息詰まるような花の匂いは、まだ濃密な層をなして足下を漂っている。私は返事をせずに、鳥籠の中を覗いた。二羽の文鳥の姿はなかった。その代わり、いつの間に備え付けたのか、藁縄《わらなわ》を壺状に巻いた巣が、止まり木に支えられて暗い口を開けている。私はそこから目をそらさずにはいられなかった。

仕事帰りの乗客が詰まったバスの車内は、冷房もあまり効かず、息苦しくてたまらない。私は横に座った老人の体臭に悩まされながら、昼休みに電話で交わした医師との会話を思い出した。

「それじゃあ、やはり想像妊娠なんですね」

「ええ、そう言えると思います。実際に奥さんの体を診察してみませんことには、はっきりしたことは言えませんが、Ｓさんのお話から判断する限りでは、その可能性が大きいですね」

私は受話器を握りしめたまま、電話ボックスのガラス越しに国際通りの雑踏をぼんやり眺めた。

「何か思いあたる節はないんですか」

「えっ」

私は気をとり直して聞き返した。

「この間、こちらの方でうかがった時には、確か結婚して三年目だとおっしゃってましたが……」

「ええ、そうです」

「まだ、そんなに焦るような年齢でもないんですけどね」

そう言うと医師は忍び笑いを漏らしたようだった。

「御主人ももっと奥さんの気持ちを汲んで相談にのってあげることですよ。とにかく、奥さんが心の底に思っていることを口に出して言えるような雰囲気をつくることが、まず大切ですね」

「ええ」

目の前にKの幸福そうな微笑が浮かんだ。

それから、医師は何か教訓めいたことを言ったようだが、医師に相談したことを後悔し始めていた私は、ほとんど耳を傾けていなかった。

「それじゃあ、来週にでも奥さんと御一緒に来て下さい。詳しいお話は診察の後にいたしましょう」

私はまったく訪ねる意思を持たなかったが、おざなりに承諾の意を示して電話を切った。待ちくたびれて険しい顔をした老婦人に頭を下げて、電話ボックスを出た。それから雑踏をしばらくぶらついた後、バスに乗り込んだのだった。

想像妊娠という言葉はそれまで何度か耳にしたことはあっても、まさかKがそういう妄想を抱くようになるとは予想だにしなかった。

医師の口にした「思いあたる節」という言葉が頭に浮かんだ。はっきりとした理由は思い浮かばなかった。ただ、たとえそれが分かったとしても、何も変わりはしないことだけは明らかだった。もし、本当にKが懐妊したのであれば、一つの新しい段階に進み得たのかもしれないが……。私はKの子宮内で成長を続ける仮空の胎児を想像して肌寒さを覚えた。閉じた瞼の裏に、それは土偶のような目をした巨大な雛鳥の顔をして現われたのだった。子宮を蹴破る力のないその仮空の雛は、弱々しい脚で空しくKの下腹部の壁をいつまでも蹴りつづけるだろう。

私は目を開けた。向かいに座る老人の膝の上に、組み合わされた痩せた手がのっている。それは、年老いた鶏の脚のようだった。Kの体内でもがきつづける仮空の雛のひからびた枯れ枝のような脚が思い浮かぶ。老いた脚の指先には爪も捥《も》げ落ちてなくなっていた。

Kと一緒になってから三年が経った。学生時代の付き合いも入れると五年になる。私達は大学の法学部の先輩と後輩として知り合ったのだった。三年の間、Kは一度として子供が欲しいと口にしたことはなかった。むしろ、三十になるまでは、子供をつくらないと言い張っていた。それが、五カ月前に急にあのことが始まったのだった。

いつものように朝のコーヒーを飲んでいると、ふいにKが、

「子供ができたのよ」

とつぶやいた。私は驚いてKの顔を見た。もう知り尽くしていたと思っていたKの顔に、まだこういう表情も残っていたのかと思う程、満ち足りた美しい笑顔をしてKは私を見つめていた。私はすぐにそれが冗談ではないことを悟った。思わず目をそらした私は、コーヒーを一口、口に含んだ。

「どれ位になる、気付いてから」

「それが、よく分からないけど、動くのよ。鳥みたいに、元気よくおなかを蹴るの……」

そう言うと喉の奥でクックッと笑いながら深くうなずいて体を震わせているKの姿は、確かに鳥を

思わせるものがあった。私はコーヒーカップを受け皿に置くと、組んでいた脚を降ろして座り直しKを見た。Kは顔を伏せたまま、心底から可笑しそうに笑いつづけている。

「いろいろ準備しないといけないいな」

私はいつ失敗したのかと思いめぐらしながら力無く言った。Kは急に笑うのを止めると、今までの楽しそうな雰囲気とはうって変わって、思いつめた顔になった。

「そうね、いろいろ準備しないといけないいね」

鋭い目が、上目づかいに私を見つめている。と思うと、私の動揺のすべてを見透かして、それが可笑しくてたまらないというように、Kは再び笑いはじめた。今度は大きな笑い声さえ上げて。

「大丈夫よ、こんなに元気が良いんだもの」

Kは大事そうに両方の掌で下腹部を押さえると、当惑した表情の私を眺めながら笑いつづけた。

雨の残した埃の縞模様がバスの車窓を曇らせている。観光客で賑わう国際通りは、見るものすべてが昼間の暑さで膨張した後のたるみをだぶつかせているようだった。

Kの突然の妄想の理由は何とでもつけられるだろう。世間並みの倦怠、夫のセックスへの不満、あるいは心の奥に抑圧された欲求の具現化……だが、それはどうでもいいことではないのか。とにかく、Kはかつてなかったように生気に溢れ、私には与えることのできなかった笑みで笑う。私はKがそれ以来、私の夜の求めを拒むようになってもたいした不満は感じなかった。Kの体に倦みはじめていたというだけではないだろう。私も何か満足感を覚えるものがあったのだ。

バスは国際通りの渋滞を抜けると坂道を上っていく。Kと私が住むアパートは、かつて城下町として栄えた首里にあった。そこは、学生時代、Kと私がよく一緒に散策した場所だった。

今にも雨の降り出しそうな低い空だった。

Kの飼いはじめた文鳥は、卵を抱いているようだった。私にはどれが雄か雌か区別できなかったが、二羽そろって姿を見せることはなくなった。藁の壺巣の底で、卵を覆う親鳥の体から発する熱が、数個の卵黄の中心に血の染みを生じさせる。それが、やがて網の目のように赤い繊毛を伸張させ、生命が形になっていく濃密な気配が日増しに強くなっていった。私は母鳥の心音に共鳴して、殻の中で鼓動を打ちはじめる血の塊を想像しているうちに、ふと、その鼓動の最初の一回が打たれた瞬間、母鳥はその震動を微妙に感じとり、喉の奥でクックッと奇妙な声を立てて笑うのではないか、という想いに駆られた。

それは、人間にもあるのだろうか。

私は朝の食卓に座って、一心にパンと野菜を貪《むさぼ》っているKを見ながら思った。ここ数日、Kは少しでも文鳥の注意が削がれるのを恐れて、部屋の中の音を消そうと細心の注意を払っていた。テレビやラジオのスイッチを入れることはもちろん、私が何か話しかけることにさえ、露骨に嫌な顔をした。

私は毎日仕事を終えると、喫茶店で遅くまで時間を潰した。土曜日は学生時代のように昼前から映画館をはしごし、オールナイトの上映を見終わると、喫茶店を転々としながらうたた寝をして日曜日の朝を迎えるのだった。

口には出さないものの、Kがそうすることを望んでいるのは分かった。私は黙ってそれに従った。私も文鳥の雛が孵るのを待ち遠しく思っていたのだ。そして、こういう形ではあれ、Kと文鳥に協力していることに喜びさえ見出していた。

ある朝、疲れのたまった重い体をひきずるように寝室のドアを開けた私は、居間の奥に白いネグリジェ姿のまましゃがんで、鳥籠の中を覗いているKの姿を目にした。私は足音を忍ばせてKに近付いた。音という音が柔かく冷たい絨毯《じゅうたん》の襞の間に吸い込まれてしまったような静けさの中で、私は衣ずれの音にも神経をとがらせて、Kの背後に歩み寄り、腰をおろした。肩口から見えるKの横顔に、喜びに溢れた微笑が湛えられている。そこだけまだ朝が訪れていないように暗い口を開いている巣の底から、ゴムのような細い管を通り抜ける鳴き声が聞こえている。籠の底に下りて餌をついばんでいた文鳥が顔を上げる。それはおそらく雄だったのだろう。私は産室から廊下に響き渡った産声を初めて耳にした時の感慨を語った同僚の言葉を思い出した。

「いったい、細く小さな喉から絞り出されるには、余りにも大き過ぎるあの声を発しているのが俺の子供なのか」

私は籠の底の文鳥もこのような感慨に誘われているような気がして、そういう自分を自嘲しながらも、文鳥の雄に親近感を覚えずにいられなかった。

私の心にずい分長い間失われていた穏やかな感情が蘇ってきたような気がした。ひとりでに口元がほころぶのを意識しながら、私はKの肩に手を伸ばした。

生まれたんだね。

耳元にそうささやこうとした私は、しかし、言葉を発することができなかった。Kの顔に湛えられた自足的な微笑に私の入り込む余地はなかった。ふいに、Kは今私が後ろに座っていることに気付いていないのではないか、という気がした。実際、Kは私が近付いてから今まで、何ひとつ私の動きに反応を示していないのだった。私の心の襞を柔かくしていた穏やかな感情のぬくもりが急速に冷えていった。

暗い穴の底の苦し気な声は、ずっと続いている。この痛ましく、か細い鳴き声も、人間の赤ん坊にたとえるなら、私達の鼓膜が破れる程の絶叫なのだろう。私はKの耳元で、この雛鳥のように激しい叫び声を上げたい衝動に駆られた。しかし、結局、私は物音ひとつ立てることなく立ち上がると、急いで身支度をすませ、アパートを出たのだった。ドアを閉める瞬間、私は居間の方を振り返った。Kはずっと同じ姿勢のまま、憑かれたように鳥籠の中を覗きつづけていた。

帰りのバスから降りた私は、どこへ行こうかとまどった。卵が孵化したのだから、喫茶店で時間を潰す必要もなかった。それでも、すぐにアパートに向かう気にはどうしてもなれなかった。私はアパートと反対の方向へ所在なく歩き始めた。

しばらくは一緒に文鳥を育てよう。そして雛鳥が私達の手に乗るようになるまで成長したら、言い諭して病院に連れて行こう。私は喫茶店を探しながらそう考えた。

ふいに、雑踏の賑わいの切れ間に、あの雛鳥の絞り出すような声が聞こえた。そしてじっと暗い巣の底を覗きつづけているKの姿が目の前に浮かんだ。私は来た道をとって返すと、アパートに向かって走った。

階段を四階まで一気に駆け上がった私は、ドアの前で乱れた呼吸を整えた。もしかしたら、Kは朝からずっと同じ姿勢のままいるかもしれない、という考えが、ドアを開けるのを一瞬ためらわせた。私はドアのノブをゆっくりと回すと、静かに中に入った。

次の瞬間、私は予想とは裏腹に、朝とはまったく違った情景が部屋中にくりひろげられているのを見た。食器棚のありったけの皿が床にぶちまけられ、破片がモザイクの壁画のように台所の床を覆っている。引き倒された椅子やテーブルの向こうに、テレビが居間の奥でチャンネルも調整されずに、ざらつく白目を剝いている。私はあわてて台所に上がり、Kを捜して寝室のドアを押した。カーテンの閉めきられた寝室に、台所から射し込んだ光が、取り散らかされた衣類の波を浮かび上がらせる。

私は壁のスイッチを入れた。明かりの下に、ベッドに顔を埋めて、体中を不規則に震わせているKの姿があった。私はKに駆け寄った。両肩を抱かれた瞬間、Kは大きく体を後ろにのけぞらせると、両手で喉を押さえて絞り出すように泣き声とも呻き声ともつかぬ声を上げた。両目のまわりが隈取りのように血にまみれ、流れ落ちる涙が顎の方へ数本の歪んだ根を伸ばしている。私は自分の喉を締めようとするKの指を引き剝がした。頭を振りながら抵抗するKの右の掌は、親指と人指し指の間が大きく裂け、おびただしい血が流れ出している。私はKの体をはがい締めにすると、ベッドに押さえつけた。背中を搔きむしるKの手から流れ出る血が、汗まみれのワイシャツを新たに濡らす。やがて、力を使い果たしておとなしくなったKは、すすり泣きを始めた。私は体を起こすと、Kの右手の傷口をハンカチでしばり、体を抱いて愛撫した。

「猫がやったのよ、猫が」

Kは幼い子供のようにしゃくり上げながら私の耳元で訴え、居間の方を指さした。私はKをベッドに寝かせると、明かりを消し、居間に向かった。

散らかったレコードのジャケットや本や書類で足の踏み場もない居間に入ると、テレビのスイッチを切った。急に静まり返った室内に、叩きつけられて変形した鳥籠が転がっていた。私は鳥籠の方に歩いた。ふと冷たく濡れた柔かいものを踏んだ。私は足を上げてそれを確かめた。それは無惨にも羽根をむしられ、切り取られた男性器のように薄く目を開いて絨緞を血で汚している赤裸の文鳥の死骸だった。鋭利な刃物で切られたように裂けた腹から内臓が溢れ出している。私は吐き気をこらえて血と体液で濡れた靴下を脱ぎ捨てると、慎重に足元を確かめながら鳥籠を拾い上げた。細かい羽毛と粟粒が絨緞の上にこぼれ落ちる。籠の中には、もう一羽の文鳥の死骸があった。しかし、あの藁の巣はなくなっていた。私はあたりを見まわしたが見つからないので、四つん這いになってソファーの下を捜した。巣はテーブルの下に無造作に転がっていた。私はそれを拾い上げ、今まで覗くのを恐れていた暗い口の奥を初めて覗いた。そして、それを床に落とすと、胃の中からこみ上げてくる液を絨緞に吐いた。転がった巣の中から、粘つく金緑色の体液と細切れにされた雛鳥の残骸が流れ出る。私は、今では鳴き声をたてることもなく、静かな塊と化した雛の肉片の中に小さなナイフとひとつの卵があるのを見た。血と体液で光るその球形を私は細心の注意を込めて掌に乗せると、立ち上がってトイレのドアを開けた。

洋式トイレに片手をついた時、肉体の奥から這い出ようとする何かが、喉の奥で必死に爪を立てる。それは、私の喉を蹴破って荒々しい叫び声とともに生まれ出ようとしているように思える。だが、空しい嗚咽のくり返しのうちに、それはついに力尽きて体内の闇の底に消えていった。私は掌を開くと小さな卵を便器の中に落とした。貧しい音を立てて砕けた殻の中から、土偶のように目を閉じた雛が現われ、ゆっくりと便器の溜水の中に滑り落ちていく。私はふいにそれが閃くような一蹴りとともに、大きく目を見開いて産声を上げそうな気がして、羊水に浮かぶ胎児のような雛を見つめた。だが、私はコックをひねることしかできないのを知っていた。雛は激しい渦巻きに巻き込まれ、たちまち下水道に飲み込まれていった。

　手を洗うために洗面台の鏡を見た私は、自分の顔が血と涙で汚れているのを知った。石鹸をつけて顔を洗い寝室に戻った。Kはベッドにうつ伏せになって、まだ小さな声を上げて泣いていた。私は傍らに腰をおろすと、Kの肩に手をかけた。Kを慰めると同時に、私自身の不安と苦しみを鎮めるために。その時、かつてなかったようなやさしさで、私の手はKの手につつまれ、下腹部に導かれた。

「ねえ、動いているでしょう」

　薄暗い中にKの笑顔がぼんやり浮かび上がる。

「ああ、動いているよ」

　やりきれなさに耐えながらそう言った瞬間、私は思わず小さな声を上げた。確かに動いたのだ。Kの下腹部の奥で、何かが。Kは私の掌をさらに強く下腹部に押しあてると、穏やかな、しかし確信に満ちた声でつぶやきつづける。

「ねっ、動いているでしょう」

　私は汗にまみれ、ぐったりとなったKの体を抱きしめると、湿った私の掌を蹴る雛鳥の激しい一撃を待ちつづけた。

風音

最初に「登れるか」と言ったのはシンだった。だが、シンは自分から言い出していながら、登るのを尻込みした。アキラたち数名の仲間はそういうシンを嘲笑いながらも、誰も自分から「登る」とは言い出せずに垂直に切り立った崖を見上げた。

村の中央を貫いて流れる入神川の河口に面して、所どころに艦砲の跡が残る黄褐色の岩肌を剝き出しにした崖がつづいていた。その一角の中腹に、蜘蛛ヒトデの足のように細長い根を縦横に張りめぐらした榕樹《ガジマル》が、扇状に枝を広げている。硬い光を浴びた深緑の葉が、風のない空の青の中に鮮やかだった。枝から垂れた気根が村の祭に現われる獅子の体毛のように密生し、崖の下の柔らかな腐葉土の甘酸っぱい匂いに誘われて秘めやかに伸びている。その気根にからみつく昼顔の泡立つ若葉が陽の光を受けて溢れかえり、緑の洪水がアキラたちの前に降り注ぐ。

アキラはその生命力の勢いに圧倒されそうな自分を奮い立たせながら、気根と昼顔の滝の横に口を開いている四角い空間に目をやった。

それはいつできたのか、村の老人たちですらはっきりとは知らない古い風葬場の跡だった。そこに死んだ人を置けば、鳥と蟹とフナムシと、そして海からの風が美しい白骨にしてくれるのだと、老人たちは昔をなつかしむように目を細くしていった。アキラは白い砂に半ば埋もれたまばゆい白骨を思い描いた。一度でいいから自分の目で実際にその中を見てみたかった。

しかし、今、風葬場は生い茂る榕樹と昼顔の陰に隠されようとしていた。戦前までは、崖に沿って頑丈な石段が造られていて、そこに登ることもできた。村人たちは、数名で龕《がん》を担いで後生《ぐそう》に旅立つ人を運び上げた。だが、艦砲が石段を破壊し、上陸した米軍が基地建設の資材として石を運び去った。戦後、森や山の襞から蟹のように群れて這い出てきた村人たちは、自分の命を守るのに精いっぱいで、石段のことを省みる余裕などなかった。時が経って村の生活は元に戻ったが、石段が再建されることはなかった。

風葬場は登る手立てが失われたまま、岩の割れ目から芽をふいた榕樹に徐々に隠されていった。しかし、村人から忘れ去られたわけではなかった。むしろ、以前とは別の形で村にとって大切な場所となっていた。

アキラたちは目を凝らして、薄暗い空間に浮かぶ白いぼんやりとした塊を見つめた。それはまるで誰かがわざとそこにそうして置いたように、風葬場の入口に安定した位置を保っている一つの頭蓋骨だった。二つの暗い視線が海のはるか彼方を見つめていた。

凪《な》いでいた河口の水面にさざ波が走る。川上に上る小魚の群れを風が追い越し、波が静かに輝く。透明な鳥が飛び立ち、木麻黄《もくまおう》の細い葉がゆっくりと揺れ、セミの声が遠くに聞こえるゆるやかな時間の中に、ものがなしい笛の音《ね》のような音が流れた。

アキラたちは息を詰めて、白い塊を見つめた。音はその頭蓋骨から聞こえてくるのだった。誰の口からともなく「御尊《うーとうと》、御尊……」というつぶやきが漏れた。風音《ふうおん》は高く、低く、暗い崖の下の細い径を蛍火のようにさまよい、耳を澄ましているアキラたちの鼓膜をつきぬけて胸の底に降り、古い木の洞に溜まった冷たい水に溶けていく。

いつもは風音が鳴り出すと、震える心を必死でおさえ、足音を忍ばせてその場を立ち去り、しばらく行ってから一斉に喚声を上げて走り出した。しかし、今日は誰も動こうとしない。

耐えきれなくなった誰かが溜め息を漏らした。それが合図のようにお互いの顔を一瞬見つめ合い、風音の源に目をやった。その音は海を渡って来た風が眼窩《がんか》を吹き抜ける際に、頭骨の空洞に反響して起こるのだと言われていた。だが、だれもそれを確かめた者はいない。気性の荒い村の青年達でさえそのような蛮勇を振るおうとはしなかった。

「あの音、確かめてみるか」

アキラは自分の言葉に驚いた。皆の顔がみるみる強張っていく。仲間内ではリーダー格のイサムが、自分の権威が揺らぐのを恐れるように、

「お前にやれるか」

と、鼻先で笑った。アキラは小脇に抱えていたマヨネーズの大ビンをイサムの前にかざした。今しがた釣ってきたばかりの大人の掌ぐらいのテラピアが、ガラスビンの丸みで肥大した目を二人に交互に向けた。

「これをあれの横に置いてきてもいいさ」

皆は呆気にとられてアキラを見た。

「そのかわり、一週間経ったらイサムがこのビンをとってくるか？」

イサムは一瞬顔をしかめたが、アキラとテラピアの目に射すくめられ、うなずかざるをえなかった。

「よし、じゃあ一週間後、このテラピアが生きているかどうか、賭けようや」

素早く皆の顔を一瞥したアキラは、判断の暇も与えずに崖の真下に走り寄ると、昼顔のつる草を束ねてしがみつき、勢いよく登りはじめた。我に返った皆が、首をいっぱいに反らして呼び戻そうとした時には、すでに五メートル以上の高さを、急流を遡る魚のように全身をくねらせて進んでいる。ビンからこぼれ落ちる水が、下で見上げるイサムたちの顔を濡らした。

一〇メートルも登ると腕の力が急に落ちた。下を見ないように自分に言い聞かせ、アキラは太腿の間につるをはさみこんで体を支えると、右手で一気に体を引き上げようとして、逆に大きくずり落ちた。とっさにつるに嚙みついて落ちるのを防ぐ。苦い汁が口中に広がり、青臭い匂いが胸をむかつかせる。驚いたテラピアが上下左右に目まぐるしく反転し、汗まみれのアキラの顔に飛沫《しぶき》を浴びせかけた。濡れたビンが、血色を失って震える腕の中で、どんどん重くなり柔らかく波打つ。両腕を使っても登るのが困難なのは明らかなのに、なぜ自分があゝいうことを言い出したのか分からなかった。目を閉じて体内を流れる川の音を聞いた。血が洪水のように激しく流れ、柔らかな血管を膨脹させる。ただ、その血は腕にだけは流れてこない。昼顔のつるをつかんでいた右手の握力がなくなり、体が震え、アキラは短い叫びを発した。ふいに海から風が吹いた。風は硬直したアキラの背中を襲い、髪の毛を逆立てた。昼顔の葉裏が返り、ざわめく葉ずれの中にあのものがなしい音が意外な近さから聞こえる。目を開くとテラピアの目がアキラを見つめている。全身が鳥肌立ち、アキラは残った距離を一気に登りつめた。

流れこむ汗をぬぐうことができずにアキラは何度も目をしばたたいた。ぼんやりした白い塊がやがてひとつの形をとりはじめ、深い二つの空洞が冷たい風を送ってくる。天然の崖のくぼみを利用した風葬場は、入口がていねいに横長の矩形に削りとられ、低い天井には折られた鍾乳石の根元が数本残っていた。奥行きは一メートルほどしかなく、床一面に敷きつめられた細かい砂は灰色に変色して冷えとしている。

アキラは体中の熱がその砂に吸い取られ、血液が青く澄んでゆくような不思議な感覚を覚えた。気が遠くなりそうなくらい深く息をつくと、白い砂の上にぼんやり影を落としている無数のかわききったサンゴ樹を見た。それは数十年の間、風雨にさらされ、汚れを落とした一体の美しい白骨だった。半ば埋もれた肋骨が砂にぼんやりした影を落としている。すっかりボロボロになって変色した軍服の残骸が奥の方にわずかに残っていて、ひしゃげた軍靴の底だけが原型をとどめていた。

肋骨の位置から遺体はうつぶせに横たえられたのが分かった。アキラは白くさえざえとした頭蓋骨を見た。何者かの手で動かされたらしく、それは本来あるべき場所からは離れ、入口から砂がこぼれ落ちないように設けられた縁石の上に置かれている。

深い眼窩が遠く海を見つめていた。噛みしめた歯の光沢がそこだけ生々しく、アキラを脅す。アキラは崖に体を寄せて縁石に肘を乗せると、膝を使ってビンを支え、その口をつかんだ。張りつめた筋が今にも高い音をたてて切れそうだった。歯をくいしばって頭蓋骨の方に腕を伸ばす。水は半分に減っていたが、水銀のように重く、腕が肩の関節からすっぽりと落ちてしまいそうだった。

テラピアはビンの底で大きく呼吸をくり返している。開いては閉じる鰓《えら》の奥で、黒ずんだ血の色が三日月形に現われては消える。身をよじったテラピアの目がぐっと大きくなり、アキラを見つめた。その目を正視できずに頭蓋骨の方に目をそらしたアキラは、ふと、左のこめかみのあたりに小指が入るくらいの穴が開いているのに気づいた。だが、次の瞬間、それはテラピアの歪んだ目に覆い隠された。

ビンの底を受けとめる固い石の感触があった。凍りついた指をビンの口から必死で離す。すべての指を離し終えたと思って腕を引こうとすると中指と親指がまだくっついている。ぐったりと深まる疲労に抗《あらが》い、血の気を失って感覚のない指をどうにか離し終えた時、反動で縁石からかしいだビンが頭蓋骨に寄りかかるようにして止まった。テラピアの尾が水面を打ち、飛び散った水滴が頭蓋骨を濡らす。滴の流れ落ちた眼窩から鋭いカギ爪を持った一本の脚が現われ、目の縁をカリカリと引っ搔いた。青紫色のハサミを胸の前で構えた蟹が半身を出して突き出た目を動かしている。蟹は一匹ではなかった。岩の奥から姿を現わした数匹の蟹が、紫や朱色のハサミを上下させながらゆっくりとアキラに近づいてくる。突然、一匹が砂の上を駆け寄ってきた。反射的に縁石から離れようとして、アキラは垂直に垂れる昼顔のつるに巻き込まれるように落下した。

イサムたちは、アキラが急に手を離したのに驚き、落ちてくる体を受けとめようと腕を伸ばした。アキラの体は差しのべられた細い腕の真ん中を破って、柔らかい腐葉土と生い茂った夏草の上に仰向けに落ちた。弓なりにのけぞり、うつぶせに反転してうめくアキラに、イサムたちは手を触れることもできず、顔を見合った。

「早く、病院に連れていかないと」

シンの泣きだしそうな声を耳にして、あわててアキラを助け起こそうとしたイサムは、顔面を打たれてはじきとばされた。跳ね起きたアキラが、虚ろな目であたりを見回し、何かの気配に驚いた鳥のように首をすくめたかと思うと、両腕を振り回しながら走り出した。

皆はすぐにその後を追った。何か見えない力が周りに渦巻き、足首の腱を切って引き摺り寄せようとしている。草の葉先がイサムたちの痩せたふくらはぎを傷つけた。気味の悪いざわめきが足下に押し寄せてくる。イサムたちは、魔物《まじむん》を追い払うための呪文を口々に喚《わめ》き、入神川の支流に懸けられた吊り橋をよろめきながら走り抜けた。

「アキラ」

イサムは大声で前を走るアキラを呼んだ。だがその影はふり向きもせず、見る間に遠去かっていった。

なだらかな乙羽岳の稜線が、沖合の波のようにざわめき始めていた。数日前から降りつづいた雨が山肌にからみ合う木々の根元に浸透し、維管束から葉脈をめざましい速さで流れ、むせかえるような森の匂いとなって発散していた。次々と芽吹く新緑に山は日一日と姿を変え、しだいに村に近付いてくるように見えた。

昼食をすませた清吉は、久しぶりの陽光に顔をしかめて縁側から庭におりた。福木の屋敷森が家の周りを囲んでいる。夏になるとかすかに緑がかった白い小さな花が厚い葉の隙間にびっしりと咲く。匂いの強い実が黄色く熟する頃には、それを食べにきた大コウモリの鳴き声がうるさかった。

清吉は南向きに開いた門の前に立ち、物心ついた時から見なれた乙羽岳を眺めながら、ふと、幼い妹を背負って戦火の中を山に登っていく母の姿を思いだした。村では人を背負うことをウッパといった。乙羽岳は昔からウッパダキと呼ばれてきたのだろうが、いつ頃からか、戦争の時に幼い者たちや足腰の立たない老人たちを背中にウッパして登ったからそう呼ぶのだ、ということが言われるようになっていた。

夜に目覚めた魔物《まじむん》が岩陰で耳を澄ましているから何もしゃべるな、と威《おど》されて、母の背中に顔を埋めて泣きたいのをこらえている四歳の妹を勇気づけ、清吉は険しい山路を何時間も歩きつづけている。今のアキラより二つ三つ歳はいっていたが、体ははるかに小さかった。

あれはちょうど今頃の季節だった。背中にひこばえを生やした村人たちの長い行列が、森の奥深く分け入っていったのが、昨日のことのように目に浮かぶ。もう四十年以上も経ったというのに、記憶は鮮明だった。いや、むしろ最近になって、忘れていた細かい所を思い出すことさえあった。清吉は農作業着を脱ぎ、肌シャツひとつになると、軒下に座って午後の草刈りのために鎌を研ぎ始めた。

ふいに背後に人の気配を感じて、肩越しに様子をうかがうと、二人の男が戸口に立って清吉の所作を見守っている。額の汗が見るからに暑そうだった。半ズボンから剝き出しになった毛のない赤く日焼けした足を見て、大和人《やまとんちゅー》かと思った。

「すみません、あの、勝手に入ってしまって……入口の方で声をかけたのですが」

二十代半ばぐらいの若い方の男が、頭を覆っていた水色の手拭を取ると額や首の汗を拭きながら軽く頭を下げた。

清吉は不機嫌そうに眉根を寄せると、若い男を無視してもう一人の年配の男を見た。白髪の混じった髪と落ち着いた顔立ちから五十代半ばかと思った。下瞼のたるんだ光の弱い目が深い疲れを感じさせる。男は隙間にヤニが黒くたまった歯を見せて微笑むと、胸ポケットから一枚の名刺をとり出した。

清吉は座ったまま体を斜めにして名刺をのぞきこんだ。テレビ局の名が記されていたが、地元のものではなかった。藤井安雄という名をゆっくりと心の中でくり返したが、名刺を受けとりはしなかった。傍らで愛想笑いを浮かべていた若い男が、一瞬うんざりしたような表情を浮かべる。藤井は笑顔を絶やさずに名刺をしまった。

「区長さんの紹介で来ました」

藤井はていねいに頭を下げると「暑いですね」と小声で言いながらハンカチで汗を拭き、手入れの行き届いた庭を見渡した。

「あの、初めまして。泉といいます」

若い男がもう一度頭を下げて言った。清吉は男の出した名刺を無視して、鎌の研げ具合を親指で確かめた。泉は藤井と顔を見合わせると、名刺を胸ポケットに入れて少し離れた木陰に入った。

「実は今日は当山さんにおうかがいしたいことがあってお訪ねしたんです」

藤井の穏やかな口調が妙に清吉を圧迫した。二人に背を向けると、金だらいから砥石に水をかけ、再び鎌を研ぎ始めた。

「突然、お邪魔して本当に失礼しました。実は、ご存じのように今年も六月が近づいてまいりまして、慰霊の日に向けて沖縄でもいろいろ取り組みが行われるようですが、私どものテレビでも、この八月の終戦記念日に番組を一本計画しているんです。そこで、ぜひ当山さんに取材への御協力をお願いしたくておうかがいした次第なんです」

清吉は藤井の流暢な標準語に圧倒されている自分が腹立たしくてならなかった。藤井はそれには気づかないらしく、熱心に話しつづける。

「この村には泣き御頭《うんかみ》ですか、そういうふうに呼ばれている頭蓋骨があるそうですね」

清吉は研ぐ手を止め、体をよじり、肩越しに藤井の顔を見た。

「実は今度の番組で、ぜひその泣くという頭蓋骨を放映したいんです。戦争体験も忘れ去られようとしている今、ぜひ全国の視聴者に沖縄戦のことを、その一端でも伝えたいと思うんです。それで、ぜひ当山さんにも御協力をお願いできれば有難いんですが」

藤井の口調は穏やかだが熱意に満ちていた。

「聞くところによりますと、その頭蓋骨というのは特攻隊員の遺骨だそうですが、できればその身元を確認する手がかりもつかめればと思うんです。そうすれば、テレビを通して全国に心あたりを問いかけることもできますし、遺骨の供養にもなると思うんです」

「あんたなんか、誰からあの御頭のことを聞いたね?」

清吉はくぐもった声で訊いた。

「そのことでしたら、県の歴史資料館の方でいろいろ資料を見せていただいた時に、そこでバイトをしていた大学生の大城君というのがこの村の出身だそうで、彼から偶然話を聞いたのですが」

藤井はやっと清吉が口を開いたのでひと安心したらしく、一歩近寄った。

「大城君の家もこの近くだそうですが、御存知ですか」

「ああ」

清吉は藤井の足元に一瞥《いちべつ》をくれた。

「彼には話がまとまったら助手のアルバイトをお願いしようと思ってるんです」

清吉は手にした鎌をしばらく見つめていたが、顔を上げると藤井を見た。

「その御頭が特攻隊の遺骨だという話も大城がやったのか?」

「ああ、それはこちらの区長をなさっていらっしゃる石川さんからうかがったんです。当山さんをお訪ねしたのも石川さんの紹介でして、あの頭蓋骨のことでしたら当山さんが一番詳しいということでしたので」

嫌《や》な、徳一野郎《ぐわー》や。清吉は内心そう呟《つぶや》くと、二人を交互ににらみつけて言った。

「ならんさーや」

「え、何ですか」

藤井の目に戸惑いの色が浮かんだ。

「ならんて言っておるさ。あの御頭や見世物やあらんど。何《ぬー》が、わざわざテレビにまで出《い》じゃすぬ必要の有るか?」

「そこなんですよ。今、本土の方では沖縄戦といっても、ひめゆりの女子学生のことはともかく、それ以外のことはまだまだよく知られていないんです。そこで、私どもの方では、日本で唯一の地上戦を経験なさった沖縄の皆さんの戦争体験を、もっと全国に知らせたいと思いまして……」

「知ってもらったからといって別にどうなるものでもないさね。そんなに撮りたいんだったら他所に行って撮ったらいいさ」

「お気持ちは分かりますけど、しかし、この泣く頭蓋骨というのはぜひ全国に知らせる価値があると思うのですが」

「ならんて言ったらならんさ、早く帰らんね」

清吉は研ぎ上げた鎌を金だらいの中に突っ込むと、水を切って立ち上がった。

「もう行きましょうよ、藤井さん。そこまで無理にお願いする必要はありませんよ。さっきの石川さんの所で詳しく聞こうじゃありませんか」

それまで黙っていた泉が、強い口調で言った。

「君、そういう言い方は……」

藤井が注意しようとすると、泉はすでに門の方に歩き始めていた。清吉は自分より二つか三つ位年上らしい藤井のすまなそうな顔を見て、すぐに目をそらすと、鎌を握りしめて裏庭の方へ歩いていく。

「今日はどうも失礼しました。よろしければぜひお話をうかがわせて下さい」

藤井が深々と頭を下げている気配が感じられたが、清吉は押し黙ったまま、鎌の切れ味をためすようにクロトンの枝を払った。小指くらいの太さの枝が、鋭い切り口を見せて芝生の上に落ちた。

夕方、畑仕事を終えた清吉は戸板にはさまれた名刺に気づいた。台所から漏れる明かりで藤井の名前を確認すると、泥に汚れたズボンのポケットにねじ込み、鎌を柱に突き立てた。

「あんた、風呂から入るね」

妻のミツが台所から顔をのぞかせて声をかけた。

「後から」

清吉は、物問いたげなミツをよそに、蒸し暑い空気に強い体臭を発散させながら福木の間を抜けて外へ出た。

「アキラがまだ学校から帰ってこないさ。見かけたら早く帰るように言ってねえ」

後ろからミツが声をかけたが、清吉は無視して足早に歩いていった。

区長の石川徳一は、庭に敷いたビニールの茣蓙《ござ》にあぐらをかいて数名の男と泡盛を酌み交わしていた。

「やあ、清吉」

ヒンプンの陰からいきなり現われた清吉の顔を縁側の明かりで確かめ、徳一は酔いのまわり始めた口調で親し気に呼んだ。清吉は気づかれぬ程度に鼻を鳴らし、車座になっている男達の顔を見た。両隣りの字の区長をしている謝花と今泊、そして本土の私大を卒業して最近帰ってきたばかりの徳一の息子の文雄が、日焼けした顔を赤らめ清吉を見た。

「久し振りやさや、清吉。りか、一緒《まじゅん》に酒飲《さきぬ》まんな」

徳一は清吉の冷ややかな眼差しに気づかないらしく、席を空けて座るように勧めた。

徳一と清吉は小学校の同級生だった。ただ、貧農の清吉が友軍の基地建設の勤労動員以外はほとんど学校にも行かず海や畑に出ていたのに対して、徳一は村でも有数の富農の子で、年に数名しかいない中学への進学者の一人だった。もっともじきに沖縄戦が始まり、学校も何もなくなってしまったのだが。清吉は歳の割に体が小さかったこともあって、防衛隊に駆りだされるのをまぬがれ、両親とともに山中を逃げまどった。徳一のほうは鉄血勤皇隊員として動員されたらしかったが、詳しい話は聞いたことがなかった。

戦後、収容所の中で再会した時に、清吉はもうこの幼馴染みと何も話すことがないのを感じた。それは何も徳一に限ったことではなかった。父や母に対してさえ、あの強烈な事実だけが累々と重ねられた日々を過ごしてからは、いくら言葉を費しても本当のことは伝わらないと感じられた。

しかし、狭い村の中で破壊された生活を復興していくためには、あらん限りのツテを利用しないわけにはいかなかった。清吉は父と一緒に徳一の家の仕事を手伝い、わずかばかりの物資をまわしてもらった。

口論になることは分かりきっていた。清吉はもの憂い疲労感に襲われた。心の中のどこかが冷めていて、怒りがはっきりした形にならなかった。

突然、左のこめかみから右耳の後ろに激しい痛みとともに甲高い音が突き抜けた。清吉は親指と薬指で側頭部を押さえ、うずくまって痛みに耐えた。

「大丈夫か、清吉」

湿った手が肩をつかんだ。清吉はその手を払いのけて、よろめきながら立ち上がった。痛みはすぐに薄らいでいた。それは時折襲う発作のようなものだった。

「徳一、お前《いやー》藤井とかいう内地人《ないちゃー》に泣き御頭《うんかみ》の事話したんでぃやさや」

「ああ、今日の朝、わざわざ訪ねてきたから話したが、それがどうかしたか？」

「テレビに映すんでぃいうぬ事や、本当な？」

「本当ろ、いろいろ我達《わったー》にも協力お願いするでぃいうぬ事やくとぅ、あの御頭の事、一番よう知っち居《お》る、お前《いやー》ん事も、話して置いたしが、良《ゆ》たさらや？」

「何《ぬー》が、あんし、勝手な事するか」

「はあ？」

徳一はやっと、いつもの物静かな清吉とは様子が違うことを察して、酔った目を据えた。

「誰《たー》の許し得て、テレビに映して良いんでぃ言うたが？」

「誰の許しも得とらんしが、何《ぬー》が、お前《いやー》の許し得りばるやんな？」

徳一は気色ばんで言った。

「あの御頭に触《さわ》てぃならんでぃいうしや、村の者やれー、誰でも知っち居《お》る筈《はじ》やしが」

「誰も、触るとは言ち居《う》らん、テレビに撮るだけるやしが」

「同じ事やさ」

「何《ぬー》が同じが」

徳一は手にしていたコップの酒を庭にまき散らして立ち上がると、よろめく体を側のヒンプンで支えた。

「ええ、待て、徳一。清吉、何《ぬー》が、お前《いやー》あんち、嫌《や》な物言いする？」

二人の様子を見守っていた謝花が、徳一のズボンを引っぱり、なだめながら言った。

「やんど、清吉。徳一や村の為思《うむ》てぃる、テレビ局の人と話《ちゅー》しして居《お》るもんな」

困惑した表情の今泊がとにかく座るようにと清吉を促す。

「何が村の為か?」

清吉は車座になっている一人一人の顔をねめつけた。

「実《じち》やよ、清吉。今度《くんど》のテレビの放送や全国に流すんでぃろ。全国ど全国。いい村の宣伝成《な》いしが」

今泊は真面目な顔で言った。

「今《なま》まで、那覇から遠くてなかなか観光客も此《く》の村まで来《く》らんたしが、全国に放送されて有名なりば、本土から、観光客《ちゃっさん》も沢山来るしが。村の将来考えれば農業だけでは立ち行《ゆ》かんむん、今《なま》からや、観光にも力入れんねならんしが。その為にも、今度のテレビの話や大事《でーじ》な良い事やあらに?」

「浅まし者達《むんたー》が」

清吉はわざとらしく、唾を吐き捨てた。

「何《ぬー》が、村の為が。戦で死に居る者の骨使《ふにちか》てぃ、銭《じん》もうけだけ考えてぃ」

「それはちょっと言い過ぎですよ、清吉さん」

顔を赤黒く変色させて詰め寄ろうとする徳一の腕をつかまえ、文雄が仲介に入った。

「今度の話は何も金もうけの為じゃなくて、全国の人々に沖縄戦のことを知ってもらおうということで始まっているんですよ。僕も本土に行って初めて知りましたけど、あちらじゃ沖縄戦のことなんてまったくといっていいほど知られてないんですよ。大学の友人達に泣き御頭《うんかみ》の話をしても、一種の感傷的な伝説としてしか受けとられやしない。もっと沖縄戦のことを知らせないとダメなんですよ」

「それで株上げて選挙にでも出るつもりか」

清吉は皮肉っぽく唇を歪める。四人は返す言葉を失って清吉とにらみ合った。

「とにかく、我んや絶対反対やくとぅや」

清吉は、ヒンプンにもたれたまま酒臭い息を吐いている徳一を威圧するように言った。四人は押し黙ったままだった。清吉は最後にもう一度それぞれの目をにらみつけ、踵を返して門の方へ歩み去った。

「やな、腐《くさり》れ者《むん》が」

徳一は肩で息をつきながら腰をおろすと、コップに泡盛を注いで一気にあおり、茣蓙にこぶしを打ちおろした。

「あの輩《ひゃー》、人《ちゅ》の恩義《うんじ》ん忘れよって」

「急《いす》がんねー、ならんさーや」

「清吉が事やくとぅ、何《ぬー》するが分からん。年寄達《としゅいちゃー》たぶらかち、罰《ばち》被るんでぃ言ち回られると、厄介《やっけー》やんど。早く藤井《へー》さん達《たー》かい話付《ち》きらんと」

徳一は相づちを打つと、家の奥に向かって酒を持ってくるように怒鳴った。

まずいことになたっさー。徳一の家からの帰途、入神川の下流につづく新道をゆっくりと歩きながら清吉はつぶやいた。

　これまで泣き御頭のことを村の外の者に積極的に知らせようとは誰もしなかった。それは戦死者のことをむやみに口にすることに、負い目のような感情を生き残った者らが感じていたからだし、何よりもあのものがなしい風音を耳にする時に、誰の胸にも犯すことのできない畏れが生じるからだった。墓を指差すことさえ良くないことが起こると禁じられている村の中では、風葬場の跡で海を見つづけている泣き御頭を正視することさえ避ける人もいた。それを見せ物にしようというのは初めてだった。

　道の両側に生い茂る森が、互いに招き合うように枝を伸ばし、アスファルトの上に不規則に蠢《うごめ》く影を落としていた。静寂を破って、カマキリにやられたらしいセミの鳴き声が頭上で起こる。立ち止まって見上げると、月明かりで澄んだ空を二羽の大コウモリが黒い旗を振るように旋回している。羽音が鈍く宙を打ち、セミの声が絶えた。

　けだるく汗ばんだ体が急速に冷えてゆく。ガードレールの切れ間から細い径が河口の方に延びている。石灰質の白い地肌が剝き出しになっているその径を一匹の蛍が人魂のようにさまよっている。清吉はその蛍火に導かれるように径を進んだ。

　おびただしい数の蛍が榕樹《ガジマル》の気根に群がり、昼顔の葉に滴り落ちていた。崖の中腹から地面にかけて蛍の群れは静かに流れ落ち、地面に行きつくとふわりと舞い上がってふたたび榕樹の気根に還る。清吉は光の群れに照らされ青白く浮かび上がった泣き御頭を見た。こうして一人でこの崖の下に立つのは何年ぶりのことだろう。初めてあの泣き声を耳にした時の恐怖が今でも忘れられなかった。滅多にここを訪れることもなかったから、実際に耳にしたのはほんの数回にすぎなかった。だが、一度体内に深く染み込んだ音は思いもかけない時によみがえり、清吉をこのまま狂うのではないかと思う恐怖に陥れた。

泣き御頭を照らす青白い光の流れを見つめていると、あの音がかすかに聞こえてくるような気がする。清吉は目を閉じ、初めてこの風葬場に来た時のことを思い出した。

入神川の河口に密生したマングローブの中を清吉は泥に足をとられてよろめきながら先を急いでいた。前を行く父の喜昭が遅れがちな清吉を押し殺した声で叱る。ヒルギの艶やかな葉の間を漏れる月の光が生臭い泥の肌に反射し、小さな塔のように林立しているヒルギの実が薄気味悪い影を作る。足元から湧くガスに吐き気が込み上げるのをこらえ、清吉は背中のカマスを背負い直した。

米軍が上陸して一カ月以上が経ち、食糧もほとんど底をついていた。昼間の艦砲射撃が終わると、村人たちは洞窟《がま》から抜け出し、わずかばかりの芋やサトウキビをとってきて飢えをしのいだ。夜の闇をついて海岸近くの狭い畑から大急ぎで親指くらいしかない芋を掘り出してきた喜昭と清吉は帰りを急いだ。夜明けまでに山中の洞窟の奥で待っている母や弟妹たちのもとに戻れるか不安だった。

無言のまま先を急ぐ父の後ろを清吉は必死でついて行った。膝までのみ込む柔らかな泥が、腐乱した死人の手のように足をつかんでなかなか離さない。前のめりに転び、鼻先に硝煙のように酸っぱい泥の臭いをかいだ清吉は、短い叫びを上げてしまったことを恥じて父を見た。

足早に進んでいた父は立ち止まり、背中を向けて何かを一心に見つめている。清吉は父の険しい目に見すえられなかったことにホッとし、泥の味がする唾をゆっくりと落として一息ついた。父は身じろぎもせずに、あたりの様子をうかがっている。

「お父」と声をかけようとして、ふと敵がすぐ近くにいるかもしれないということに気づき、喉まで出かかっていた声を押し殺した。マングローブの陰に潜んで引き金に指をかけている敵兵の息づかいが聞こえるようだった。走り出したくなるのをこらえ、片足に体重をのせた不自然な姿勢のまま視線だけを動かす。ヒルギの気根の間を流れる水の音がしだいに大きくなっていく。揺れる光と影が敵兵の動きに見えて、今にも幹と枝の交錯するマングローブの中を閃光が走りそうだった。清吉はゆっくりと腰を落とし、いつでも走り出せるように身構えた。

やがて、父の手が注意深く動いた。それが自分を手招きしているのだと気づくまでにしばらくかかった。清吉は足を引き抜くと父の傍らまで行き、その視線の先にある黒い塊を見た。

満ち潮の時に漂着したのだろう。一人の若い兵士の死体が、ヒルギの間をぬって流れる小さな川にうつぶせに横たわっていた。着ているものから、特攻隊員の遺体であることが分かった。

「此《く》り持《む》てー」

いきなり清吉の肩に父のカマスが乗せられた。

父は遺体に近寄ると、しばらくしゃがんで様子を確かめていた。やがてその下に腕を入れて上半身を起こすと、両腕をつかまえて肩から胸の方にまわし、泥の中から引き抜くようにして遺体を背負った。

清吉は驚いて月の光に樹影が揺れる父の顔を見つめた。父は泥の中に深く沈み込む体を左右に揺すりながら歩き出す。背の低い父の体からはみ出した遺体の靴先が、泥の上に二匹の蛇を這わせ、清吉は奇妙な興奮を覚えながら後にしたがった。

やがて父はマングローブの林を抜けて切り立つ崖の下まで来ると、川に沿って村と海をつないでいる細い径に出た。両側に生い茂った草の間を音を立てて数知れぬ蟹が走り、時おり、ふっと現われる蛍が照明弾の光を思い出させる。木の影が切れるたびに、二人の体は月明かりにさらされた。

前かがみで歩きつづけてきた清吉は、腰と背中の痛みをこらえながら、しだいに増してくる不安にさいなまれた。こういうふうに月明かりの下を歩くのは危険極まりなかった。それに今から懸命に駆けたとしても、暗いうちに洞窟まで戻れるかどうか分からなかった。蟹が立てる葉擦れの中を黙々と進む父の背中の遺体と東の空を交互に見ながら、かすかに青みの増してきた空の色が錯覚であることを願った。

父がやっと立ち止まったのは、青灰色の薄い幕の向こうにアメリカの艦船がぼんやり見える河口の開けた場所だった。清吉は今にも機銃掃射を浴びせられそうな気がして体がすくんだ。しかし、いつもは臆病とさえ言いたくなるくらい慎重な父が、今はまるで、米兵は夜目が効かないという友軍の言葉を信じてでもいるかのように悠々と身をさらして崖の上を見上げている。

崖につくられた石積みの階段を、遺体を重そうに引きずりながら登りはじめたのを見て、やっと父の意図が分かった。村の古い風葬場に遺体を運ぼうとしていたのだ。清吉は心もとない足どりで必死に登っていく父の姿に胸を打たれ、担いでいたカマスを下に置くと、急いで石段を駆け上り遺体の両足を持った。清吉は両手に持ったその足の重さに驚いた。固い長靴や飛行服は海水と泥を吸い込んでいて、遺体はまるで見えない手で無理やり地の底に引きずり込まれようとしているようだった。なぜ村人たちが遺体を高い崖の上に置くのか分かったような気がした。

三〇メートルの高さはあるだろうか。石段は一番上が畳一枚位の足場になっていた。清吉は父が立ち止まると同時に、持っていた足を離した。これまで目にしたことのない眺望が眼下に開けていた。川の中央に位置する三角州と両岸を黒々とマングローブが覆い、二筋に分かれた川が河口部で一つになり、小さな入江を作って海に注いでいる。空はごまかしようもないくらいに明けそめていて、清吉は自分達が敵の目に赤裸でさらされていることを知って膝が震えた。

父は海や川の眺望には目もくれずに風葬場の内部をじっと見つめている。縁石の中に敷かれた白い砂は冷たく清潔そのものだった。父はその砂の上に背負っていた遺体を降ろすと、泥にまみれた飛行服を脱がしはじめた。清吉はあっけにとられて父の所作を見守った。下ばきまでとると父は懐から取り出した手拭いでていねいに遺体をぬぐい、全身を清らかな砂でまぶしはじめる。異様なまでに白く若々しい肉体は、朝の冷気にさらされて燐光を放っているように見える。おそらく昨日の攻撃で敵艦に突入できずに海上に不時着したのだろう。まだ二十歳前にしか見えない若者の体は、傷らしい傷もなく、腐敗も進行していないようだった。痩せてはいるが柔らかな線を失っていない肉体の中央に茂った陰毛が生々しく、清吉の目をとらえる。父の背後からそっと遺体の顔をのぞきこんだ。

美しい死に顔だった。それまで見てきた死体が、ほとんど腐乱して膨らみ、皮の破れたところから悪臭を放つ汁を流して蛆がたかっていたのに比べ、こういう死に顔もあるのかと奇異な感を抱かせるほど穏やかな表情をしていた。だが、それがかえって気味悪かった。今にも頭をもたげ清吉を見つめて手を伸ばしてきそうだった。

父は耳殻の細かい襞や瞼の裏側まで念入りに泥をぬぐいとると、頭をそっと砂の上に置いた。その時、清吉は若者の左のこめかみに銃弾の貫通した跡があるのを認めた。

「お父」

小さく声をかけた清吉は、父の苦悶の表情を見て驚いた。両手を合わせ、跪《ひざまず》いて小声で祈っている父は涙を流していた。砂の上に仰向けに横たわった若者は大和人《やまとんちゅー》に間違いなかった。父がなぜ泣いているのか分からないまま、戸惑った清吉は目をそらし若者を見た。若者の下肢から頭部にゆっくり目を移してきて、縁石の間に、なめらかな光沢をもつ黒い突起物がはさまっているのに気づき、胸騒ぎが起こった。思わず手を伸ばしかけた時、父が立ち上がり、清吉はあわてて手の汗を太腿でぬぐう仕草をしてごまかした。

「行くんど」

父は若者の遺体に黙礼すると、小走りに石段を下りはじめた。すでに水平線から広がった光は緑色の空を金色に変え、島の上の星もわずかしか残っていない。清吉は黒い突起物をどうしようかと迷ったが、振り向いた父の険しい目に、あきらめて石段を駆けおりた。

二人は海から飛びたった黒い点が凄まじい速さで接近するのを全身で感じながら、山に向かって死にもの狂いで走りつづけた。半分も行かないうちに艦砲射撃が始まった。上空を疾走するグラマンの爆音が内臓を揺すぶる。二人は焼け残った木々の間を素早く移動しながら山に登っていった。

後方で炸裂した艦砲の爆風に背中を突きとばされた清吉は、急傾斜になっている洞窟の中にもんどりうって転げ落ちた。奥から這い出てきた母が声を上げて抱きついてきた。助け起こされた清吉は自分の胸が生温かいねっとりしたもので濡れているのを感じて、思わず叫び声を上げた。やがて、それが血ではなくて、岩の間に溜まった泥水であることを知ると、全身の力が抜け、座りこんだまま動けなくなった。

「お父、お父」

清吉に怪我がないのを確かめると、母は父を捜して入口の方に行った。父は入口近くの岩陰で砕けた膝をかかえて呻いていた。母は「哀《あい》えー」と叫ぶと帯をはずして父の足を縛った。血はなかなか止まらず、剝き出しになった膝の骨がぬらぬらと光っていた。二人は両側から父を抱きかかえ洞窟の奥へ降りていった。

闇の中に父の漏らす呻き声が間を置いて聞こえている。ついさっきまですすり泣いていた幼い妹の寝息を首筋に感じながら、清吉は今朝とってきた芋も、あと二日も持つまいと考えた。爆風に吹きとばされてカマスもろとも大半が失われてしまっていた。

このあたりも壕のありかを気づかれたらしく、砲撃が日増しに激しくなっている。もっと山の奥に入らんといけない。しかし、移動するためには今のうちにもっと食糧を貯えておかないと……。

「おっ母」

「ん」

寄り添っている二つの影から返事が聞こえた。闇の中ではどれが父か母か見分けがつかなかった。

「何時《いち》までぃん、此処《くま》に居《お》ってはならんしが。那辺森《なーひん》の奥に行かにば」

「やしが、お父の傷では歩からんしが」

「早《へー》く洞窟《がま》移らんと、諸皆《むるかい》、殺《くる》さりしが。お父や我んが背負《うっぱ》すさ」

母は何も答えなかった。

清吉は枕元の平たい岩の上に手を這わすと、竹籠《ばーき》や瓶《かめ》の間からふろしき包みをさぐりあてた。急いでそれをほどき、中の位牌を岩の上に置いて手を合わせると、ふろしきを腰に巻いて立ち上がった。

「ええ、何処《だー》にが?」

「芋とってくる」

驚いた母がつかまえようとするのをすり抜け、清吉は洞窟を出て夜の山路を駆けおりた。

海の近くの畑はやせて石も多かった。木の破片だけでは掘りにくく、素手で芋をかき出すうちに爪が割れた。痛みに呻く余裕などない。やっと掘りあてたわずかばかりの芋をふろしきに包んで腰に巻くと、急いで引き返した。

マングローブの樹間を抜けた月明かりが、泥の上に光斑を踊らせている。さきほどから何かにずっとつけられている気がした。清吉は後ろを見ずに必死で走った。やがてふっとその気配は消えた。膝に両手をついて呼吸を整え顔を上げると、目の前を白く光る頭蓋骨が歩いている。思わず後ろに飛びすさろうとして尻もちをつき、叫び声を押し殺した。それは子供の頭蓋骨ほどもある大きな白い巻貝を背負ったヤドカリだった。清吉は目の前をゆっくりと横断していくヤドカリを息を殺して見守った。

やっとマングローブの林を抜け出した時には、東の空ははっきりと色が変わっていた。川沿いの径を木に隠れながら走っていた清吉は、山に向かう道の所まで来て立ち止まり、道端の草むらにしゃがみこんだ。露の降りた草が瑞々しい匂いを放っていた。死んだ特攻隊員の体が鮮やかに目に浮かぶ。

国民学校に通っていたころ、戦闘機に乗ることは誰もの憧れだった。航空隊という言葉が畏怖《いふ》をこめてささやかれると、皆、息をひそめて飛行服姿の自分を思い描いた。

清吉には、若者の死体に傷ひとつなかったのが天才的な戦闘機乗りであったからだと思えた。白い砂に横たえられたあの若者の体をもう一度見たかった。そしてもうひとつ清吉を強く魅きつけるものがあった。

それは縁石の間にはさまっていた黒い突起物だった。

去年の春、中学への入学祝いだといって、徳一が万年筆を見せびらかしていた。まわりを囲んだ皆の前で紙を広げ、下手くそな字を書いている徳一の手からそれを奪いとり、床に叩きつけてやりたいという衝動を抑えながら、羨望にかられている自分が惨めでしようがなかった。

父の目を気にしながらほんの一瞬目にしたにすぎなかったが、清吉はあの突起物が黒い高級万年筆であることを疑わなかった。それを手に入れたいという衝動が危険をおかしてまでここに来た本当の理由かもしれなかった。

決断がつかないままぐずぐずしゃがんでいた清吉は、尿意を催して立ちあがると近くに生えている榕樹の木の下に行き放尿した。突然、鈍い羽音とともに黒いボロ切れが顔に投げつけられた。一羽の大コウモリが清吉の顔を羽根で打ちすえて緑色がかった空に消えていった。舌打ちしてその姿を見送ると、濡れた手を気根で拭い、何気なく榕樹の根本を見て立ちすくんだ。気根の陰に、入口の石が崩れ落ちて内部が剥き出しになった墓があった。逗子甕《ずしがめ》からはみ出した大腿骨や頭蓋骨が闇の中にぽんやり浮かんでいる。ふいに誰かに呼ばれたような気がした。清吉は叢《くさむら》にふろしきを隠すと河口の方へ走った。

明け始めた空に抜け殻のような白い月が落ちている。清吉は石段の最上段の足場に腹這いになって沖の様子をうかがった。山羊の目と同じ色をしているという数知れぬ目が、高性能の望遠鏡で自分の指先の細かい動きまで観察しているような気がして動きがとれなかった。暑い一日を予感させて、空が青味を増していく。清吉は頬をぴったり石段につけたまま、左手を伸ばして縁石の間を順々に探っていった。

指先に、なめらかな感触を覚えた。細心の注意を払い、震える指でそれをつかむとゆっくりと目の前にもってきた。それは見るからに高級そうな万年筆だった。高鳴る胸を冷たい敷石に押しあて、子細にそれをなでまわした清吉は、キャップに細い線が刻まれているのに気づいた。薄明かりにかざすと文字のようだったが、はっきりと読むことはできなかった。あの若者の名前かもしれない。そう思うとすぐ傍らに横たわる体をもう一度見たいという衝動に駆られた。万年筆をズボンのポケットにしまい、清吉はゆっくりと頭をもたげた。今にも、海の彼方から発射された銃弾がこめかみを撃ち抜きそうな気がして、岩壁にはりつくように徐々に上体を起こし、縁石に鼻をこすりつけて穴の中をのぞきこんだ。

最初、清吉は自分の目がおかしいのかと思った。砂の上に若者の体は見当たらず、代わりに何か黒いぼんやりした大きな塊があった。やがて、清吉はその細長く盛り上がった黒い塊が、キシキシ乾いた音を立てて小刻みに動いていることに気づいた。薄暗い空間に濃い影を落としているその塊を一心に見つめた。次の瞬間、清吉は固い鳥の爪に喉をわしづかみにされた。見開かれた目に、湧き立つ泡のように蠢く無数の生き物の姿がとらえられた。黒い塊に見えたのは若者の死体に群がる蟹の群れだった。ぬらぬらと濡れた甲羅と毛の生えた固い足がこすれあう音が若者の肉を嚙む咀嚼《そしやく》音に聞こえた。数匹の蟹が砂の上に転げ落ち、奥の窪みに走り去っていく。同時に別の蟹が姿を現わし、群れに加わる。若者の体を余す所なく覆いつくした蟹は、幾重にも重なり合い、足をからませながら休む間もなく太いハサミを振り立てている。

ひとつの波が群れの底から起こり、低いうねりになって爪先から頭部の方へ伝わった。蟹の動きがせわしくなった。と思う間もなく、群れは清吉の方に崩れ落ちてきて、眼の前にもたげられた若者の顔があった。それは目も鼻も見分けることのできない黒い残骸だった。深い闇をつくっている口腔が誰かを呼ぶように動いている。石段の足場に腰を落としたまま、清吉は若者の喉から漏れたかすれた音を聞いた。這うように石段を降り、米兵のことも忘れて喚き声を上げながら川沿いの径を走りつづけた。

崖の下に立って清吉は川沿いに延びる径の向こうを見た。背中にぬるぬるした指の感触を感じながら、声を上げて走っていく自分の小さな後ろ姿が見えるような気がした。石段の登り口があったあたりの叢に立ち、清吉は頭上を見上げた。枝を広げる榕樹《ガジマル》の気根に半分ほど隠され、風葬場が口を開けている。柩形の闇の中で青白いぼんやりした塊がうつろな目を開き、自分を見つめている。目を凝らすと、泣き御頭《うんかみ》の横にもうひとつ、何か半透明のものが影のように並んでいた。

海から吹いてきた風が汗に濡れた背を這い登り、首筋をなでて昼顔の葉の群れを身震いさせる。清吉は体を強張らせ身構えた。風音《ふうおん》は聞こえなかった。夜は海の方から風が吹くことは少なく、風音が聞こえることも少なかったが、今の風なら聞こえてもおかしくなかった。

位置を変えて泣き御頭の傍らにある半透明の物体の正体を確かめようとした時、背後に人の気配を感じた。

「誰《たー》やが?」

清吉は岸辺に生えた木麻黄の陰に隠れている人影に声をかけた。

「すみません、別に隠れるつもりはなかったのですが」

長い棒で草むらを叩きながら、一人の男が月明かりに姿を現わした。清吉は警戒しながらその男を見た。昼間訪ねてきた藤井だった。

「何《ぬー》して居《お》るが? 此処で」

清吉は自分がずっと見られていたことに腹立たしさと羞恥を覚えて、耳が熱くなるのを感じながら声を強めた。

「いえ、あの、せめて一度だけでも泣く頭蓋骨というのを、この目で見ておきたいと思いまして」

藤井はハブ対策のためにもってきた棒をいじりながら人あたりの良い微笑を浮かべる。その笑い顔が清吉をさらに苛立たせた。

「下調べな？」

「そういうわけでは」

藤井は棒を捨てて近寄ろうとした。

「寄《ゆ》らんけ」

激しい口調に足を止めた。

「当山さんにぜひ聞いていただきたい話があるんです。あの頭蓋骨が特攻隊員ということについてなんですが……」

「何《ぬ》ん、聞きたく無《ね》いらん。此処や、お前達《いったー》如《ぐと》き内地人《ないちゃー》の来る所やあらんど。打ち殺《くる》されんうちに、早《へー》く帰《けー》らんな」

二人はわずかな距離を置いて見つめあった。戸惑った表情の藤井が川の方に目をそらすのを見ながら、清吉は首の汗をてのひらで拭った。自分の言葉を無視して取材を進めるなら、鎌で威すくらいはやるつもりだった。

昼間の太陽に灼きつくされた海と森は夜になっても蒸気を発散しつづけ、蒸し暑さに立っているだけでも汗が流れる。水平線から立ち上がった積乱雲が空を覆っていく。高い空を流れている風が月明かりを消した。突然深くなった闇の中にあのものがなしい音が、遠い世界から渡ってくる風のように聞こえ、ゆっくりと崖を下りて川面に流れていく。

二人は同時に崖の上を見上げた。泣き御頭の眼窩から飛び立ったひとつの蛍火が、風音の軌跡をたどるように二人の間をすり抜け、川の流れに落ちて消える。

「走れ」

藤井はいきなり肩を突きとばされて、よろめいた。

「何《ぬー》し居《お》るか。早《へー》く戻らんな」

清吉はぼんやり突っ立っている藤井を怒鳴りつけると一目散に駆け出した。怯えきった清吉の声と表情に藤井は急いでその後を追った。

風化しきれぬ骨のような石灰岩の石塊《いしくれ》が径に転がっている。とび跳ねるように走っていた清吉は、いつの間にか履いていたゴム草履をなくしていた。足の裏が裂け、傷口に入り込む石灰岩の粉が血を吸って固まり痛みが走る。だが、足を止めることはできなかった。懸命に後を追っていた藤井は、吊り橋の上で清吉が勢いあまって歩調を乱し、大きく前にのめるのを目にした。

「危ない」

藤井は飛びついて作業着の襟首をつかみ、橋板から上半身をはみ出してもがいている清吉を助け起こした。振り向いた清吉の目に、特攻隊の若者の顔が青白くぼんやりと映る。清吉は相手を突き殺しそうな恐怖とともに、内臓の感触が指先に感じられるまで強く抱きしめたいという喘ぐような衝動に襲われた。肩をつかんでいる細い指を強く握りしめ胸に引き寄せた。だが、すぐにやせた体を突きとばすと、清吉は集落の方に走りつづけた。

両側をガードレールに守られた新道に出て、家並の明かりが見える所まできて清吉は足を止め、アスファルトにしゃがみ込んだ。五分ほどそうして呼吸を整えていたが、藤井は追って来なかった。立ち上がってゆっくりと歩きしばらく行った時、森の木々がかすかにざわめき、海の匂いのする温かい風が首筋をなでた。頭上を蛍火が追い越していく。弱々しい風の音は蛍火とともに消えた。


「ほんとうに泣いているみたいなんですよ」

話しかけてきた徳一に適当にあいづちをうつと藤井は腕時計を見た。ほのかに明かるみはじめた東の空が、傾けた文字盤のガラスに映っている。五時半を少しまわっていた。

前夜、清吉と別れて後、藤井はふたたび崖の方へ戻る気になれずに民宿に帰った。

「どこに行ってたんですか、こんな遅くに」

蒸し暑いプレハブの一室で扇風機にあたりながら泉は一人でビールを飲んでいた。

「ああ、暑いんでちょっとそこらを散歩してきたんだ」

「まったくひどいとこですね。安っぽいスナック以外は遊ぶところもありゃしない。これで観光客を呼ぼうなんて甘いですよね、まったく」

「そういうことを言うもんじゃないよ」

藤井は軽くさとすように言うと、上着を脱いでタオルを取った。

「シャワーですか」

「うん」

「まったくクーラーぐらい入れればいいのに。座っているだけで汗をかいちまう。ああ、そういえば、さっき石川さんの使いだという娘さんが来ていましたよ。何でも予定を早めて明日の早朝、撮影をお願いしますということでした。村長さんや村のお年寄りたちと話もついたそうです。五時頃には来るそうですよ」

泉の言葉に短い返事を返し、藤井はシャワー室に入った。

重い疲労感が体中にひろがっていた。熱い湯を浴びてもそれは去らなかった。藤井は浴衣に着替えると、漫画を読みかけたまま寝入っている泉にタオルケットをかけ、明かりを消した。清吉に突き飛ばされた胸が少し痛む。何をあんなに怯えていたのか分からなかった。考えるのをやめて眠ろうと努めたが、ほとんど寝つかれず、徳一が呼び出しに来た頃には疲労はさらに増していた。

「もうそろそろですよ」

ぼんやり崖の上を見つめている藤井に徳一がうれしそうにささやきかける。

急にやりきれない思いがこみ上げてきた。敗戦から四年ほど経って放送局に入社し、その後テレビ局が開設されてそこに移り、番組の制作に携わるようになってからは可能な限り全国を駆け巡って戦争の残した傷をドキュメンタリーとして撮り続けてきた。高い評価を受け、賞を取った番組も何本もあった。ただ、この十年近く、やりきれない思いに襲われることが年毎に増える一方だった。

今回の取材に出る時も、沖縄ということで制作会議はもめた。

「沖縄戦もたいがい出尽くしたんじゃないですか。広島の方がまだいいんじゃないですか。反核運動も八月頃には少しは盛り上がるし」

そういう意見が出るのは予想したことだった。一時は社会派ドキュメンタリーとして高い評価を受けた番組も、今ではスポンサー捜しに四苦八苦の状態で、放送枠も深夜にまわされ、予算も微々たるものだった。

終戦特集に沖縄戦は欠かせない、と執拗に食い下がってやっと承諾を得たのだったが、その時にはもう長い取材を終えた後のような深い疲労感を覚えていた。これが最後かもしれない。藤井は胸の中でつぶやいた。昇進よりも、ひたすら自分の足で現場を歩きつづけることを生きがいとしてきたのだが、いつの間にか定年を意識する歳になっていた。

「区長さんも沖縄戦には参加されたんですか?」

何度も生あくびを噛み殺していた泉が、退屈しのぎというように気のない声できいた。

「こう見えても、私は鉄血勤皇隊でしてね。十五歳でしたよ、十五歳。海岸沿いの岩穴で戦車が来たら突っ込むつもりで爆弾抱えて待ってたんですけどね。来ませんでしたよ、私らの所には」

徳一は得意気に喋り始めた。

「来ていたら間違いなくやってましたね。こう低く身をかがめて一気に戦車のキャタピラの下に身を投げるんですよ。キャタピラやられたら戦車は動けませんからね。陸の特攻隊というところですよ」

「へえ、すごいな、沖縄の方って誰でもそういう体験を持っているんですね」

「そうですよ。私が知っている話だけでも一冊の本ができますよ」

「へえ、どういうのがあるんですか」

泉は胸ポケットからメモ帳を取り出そうとした。

「録音機の準備はいいのか」

なるべく抑えたつもりだったが苛立ちは露わだった。泉はメモ帳をしまうと、おざなりにつまみをあちこち触った。話の腰を折られた徳一が藤井をうらめしそうに見た。

「そういえば、この泣き御頭《うんかみ》も元は特攻隊員ですよ」

徳一は誰にともなく言ったが、反応がないので所在なげにあたりをぶらつき、泉の扱っている機材をのぞきこむと、小声で談笑し始めた。

風葬場の骨が特攻隊員のものであることは事前に調べて知っていた。それがこの村を取材対象に選んだ理由でもあった。藤井は仲間達が次々と沖縄に飛び立っていった五月のことを思い出した。

「外へ出ないか」

かすれた声がささやいた。加納の誘いに応じて藤井は寝台を抜け出ると兵舎を出た。おそらくは皆、明朝の出撃のことを考えて眠れずにいるのだろうが、誰もとがめるものはいなかった。

低い空を覆いつくした雲は、今にも雨を降らせそうに熱を帯びた湿り気のある風をただよわせている。窓の遮蔽された兵舎は静かだった。その中で皆最後の夜を耐えていた。蒸し暑い夜気に汗ばむ体が忌まわしく、同時にこの忌まわしさに耐えるのもあとわずかだ、という思いが脳裡をよぎる。

二人は兵舎の間を抜けて、裏庭の方にゆっくりと歩いて行った。加納から二、三歩遅れて、藤井は規則的にくり出される自分の靴先を眺めながら、砂利を踏む二人の靴音が涼し気に心地よく響くのを聞いていた。何でもない音が、緊張に満ちた一日にわずかな救いを与えてくれるような気がした。

加納を知ってからまだ二カ月にもならなかったが、一目見た時から、少年の面影の残る白皙《はくせき》の顔には不似合いな冷酷さを秘めた影が藤井の興味を引いた。

加納は部隊内のことには、人間にも訓練にも、そして自分たちの出撃の日にさえ関心がないようだった。特別攻撃隊に編入された者はかなりのことを大目に見られていたが、加納だけは例外だった。そのふてぶてしい態度のために、上官に毎日のように殴られ、それでも苦痛の表情を見せることはまったくなかった。むしろ薄い唇をかすかに歪めて、笑いを漏らしているように見えることさえあった。藤井はそれとなく加納の噂には耳をそばだてていたが、京都の大学から同じ時期に学徒出陣で入隊したこと以外は、ほとんど知ることができなかった。

その加納と初めて口をきいたのは、つい二週間前のことだった。就寝前、厠《かわや》に立った藤井が用を足していると、いきなり後ろから何者かが彼をはがいじめにした。もがいて腕を振り払おうとすると冷たいものが喉に押しあてられた。カミソリだった。藤井は息をのんで動きを止めた。

「二度と俺をああいう目で見るな」

加納の声だった。腕の力がゆるめられ、自由になった藤井があたりを見回した時には加納の姿はなかった。

それから加納の姿を目にするたびに藤井はすぐに目をそらして、その姿を見ないようにつとめたが、数日後、うつむいてすれ違おうとする藤井を呼び止めたのは加納の方だった。

「一週間後だ」

藤井は何のことか分からずに加納の顔を見つめた。

「出撃だよ」

加納は意外なくらい邪気のない笑顔を見せて笑った。藤井は驚きのあまりしばらく立ちつくしていた。我に返り、声をかけようとした時には、加納は拒絶的な後ろ姿を見せて歩いていた。

三日後、藤井らは沖縄への出撃を知らされた。残されたわずかな日数を、藤井ら大方の者は身辺整理や遺書や手紙を書くことに費やした。だが、加納はそういうことはまったくやらずに、本を読んでいるか、兵営内部を歩きまわっているようだった。何度か話しかけようとしたが、いざとなると目を合わせることすらできなかった。

二日後、出撃を翌朝にひかえて、酒盛りが行われた。その中に加納の姿がないのを確かめると、藤井は厠に出る振りをして合唱の輪を抜けた。出撃する前に加納と話したかった。何を、ということはなかった。ただ、明日のこの時刻には、互いにもうこの世には存在しないのだ、と思うと、意味のある言葉も交わさずに終わってしまうのが耐え難かった。自分から話しかければ拒絶されるのは間違いないと思い、加納から話しかけてくるのを待った。兵舎に戻って手紙と日記を書き、呼びにきた者に気分が悪いからと告げて床に入ると加納を待ちつづけた。しかし、酔いのまわった皆が口々に軍歌を歌いながら戻って来て、寝つかれない蒸し暑い夜を耐えている時間になっても加納は訪れなかった。

藤井は妙な寂しさに苦しみながら、いつの間にか眠りこんでいた。その彼を揺り起こし、加納がささやきかけたのは深夜になってからだった。

目の前の地面にいきなり赤い火の粉が散った。小さな生物をさいなむように煙草の吸殻を踏みにじった加納はさらに先に進んでいく。

「かまわんよ」

吸殻を拾おうとした藤井に加納はあざけるように言った。藤井は黙ってそれをポケットにしまった。

やがて二人は兵営の裏にある崖の前まで来ると、並んでその上を見上げた。中腹あたりに生えている松の枝が風に鳴っていた。

「登ってみないか」

藤井は加納の横顔を見た。表情はうかがうことが出来なかったが、いつもの自嘲的な様子とは違った何か思いつめたような雰囲気が伝わってきた。

「やばいぞ」

藤井は巡視の兵隊に逃亡と見なされるのを恐れて言った。加納はまるで聞こえないふうに崖に近寄ると壁面に生えた木々や突き出た岩に手をかけ、素晴らしい速さで登り始めた。

「おい、見つかったら、ただじゃすまないぞ」

藤井の言葉に加納は下を向いて穏やかな声で言った。

「今さら、何がすまないって言うんだ」

藤井は胸を衝かれて口ごもった。破れた胸の奥からそれまで抑えていた怒りがこみあげてきた。そして気がついた時には、自分も呪詛《じゅそ》をつぶやきながら垂直に切り立った崖をよじ登っていた。雑木林を蛇のようにくねりながら這ってきた風が、汗まみれの体をなめる。鋭利な切先を空に突きつけている草を倒して仰向けになると、時折走る稲妻が、空を覆っている雲の姿を浮き上がらせる。それは毎日、大量に死んでいく人間の体から発散する蒸気と粒子を吸収して急成長をつづける生き物のようだった。

俺もあいつに食われるわけだ。

藤井は、自分の体が細かい粒子に分解して、あたりに流れ出していくような感覚に襲われた。いたたまれないような不安が込み上げてくる。恩師への手紙に使った「寂滅」という言葉が思い浮かび、脳裡を離れなかった。傍らで加納が身を起こす気配があった。藤井は片肘で上半身を支えると、足下に広がる内海とそれをとりまくように発達した市街地を見た。明かりの消された市街地は、無数の小動物が泥の中に身を潜めている干潟に似ている。両親のことが頭に浮かんだ。二人とも今頃は故郷の町で泥穴の蟹のようにひっそりと身を隠して弱々しい呼吸をくり返しているだろう。

「つまらなくはないか」

崖の縁に腰かけていた加納が、いきなり体をよじって言った。藤井は返事を返すことができずに加納の言葉を自分の中で反芻《はんすう》した。それは最も恐れていた問いだった。

この一週間、自分の死にあらゆる意味づけを行おうとして、結局はその空虚さに気付くだけだった。

誰もがその空虚さを見つめるのを恐れるように、一心に遺書や手紙を書いていた。藤井は「大君のために」と口にする奴の喉笛を引き裂いてやりたい衝動を何度もこらえた。ぶつける対象のないまま増殖しつづける憎しみ。それが藤井の内部を喰い荒らした。

つまらなくはないか、か。何を今さら。

ふと、今まで誰よりもニヒリストを気どっていた加納が、実はひどい恐怖感に耐えかねているのではないかという気がした。藤井は初めて加納の前で自分が精神的に優位に立っているような気がし、この期《ご》におよんでもそういうことにこだわっている自分がやりきれなかった。

「火を貸してくれないか」

藤井はポケットをまさぐりマッチを捜した。一本擦って差し出したが、それはすぐに風にかき消された。加納は煙草をくわえて顔を近づけた。火の中に浮かんだ顔は驚くほど幼かった。藤井は痛々しい思いに駆られておもわず目をそらした。火照った耳にやわらかな息がかかり、かすれた低い声が何かをささやいた。

「えっ、何?」

振り向いた唇にやわらかいものが触れた。と思った瞬間、襟首をわしづかみにされた藤井は、闇の底へ放り出された。体の一部が砕ける音がし、崖の途中に生えている松の幹が大きくしなる。きつい松脂の匂いが鼻をつき、藤井は反射的に枝をつかんだ。だが、それはすぐに折れ、さらに深い闇が待ちかまえていた。

意識が回復した時、加納の姿はすでになく、見舞いにくる者もなかった。

「運がいいな」

軍医は皮肉っぽく言った。

「よくも、ああ都合よく松の枝の上に落ちたものだ。でなければ即死だったがな」

藤井はさらに数週間、半覚半醒のまま過ごした。手足をはじめ数カ所骨折した他に脊髄を痛めていて絶対安静だった。取り調べにきた憲兵から、加納が事故で転落した旨供述していることを知らされた。藤井はそれを否定も肯定もせず、ただ黙りこくっているだけだった。

特攻を忌避するために自ら身を投げたのではないか、と疑われていることは明らかだった。治療が済みしだい、厳しい取り調べを受けて軍法会議にまわされるのは避けられなかったが、そういうことの一切に藤井は無関心だった。一日の大半を眠りつづけ、忌まわしげに治療する軍医の手荒な扱いにも表情ひとつ変えずに、薄汚れた天井を見つめていた。七月半ば、藤井は市内の病院に回された。

「一生、半身不随になるかもしれんな」

それまで治療してきた軍医は、別れ際に、そうなることを願うように冷たい目で見下ろして言った。

憲兵の取り調べは定期的に行われたが、藤井は虚空を見つめて、ひからびた唇を閉ざしたままだった。

間もなく、日本は敗戦を迎えた。しかし、藤井はそれにさえ関心を示さなかった。三カ月後、藤井は退院し、両親のもとに引き取られたのだが、三年もの間、奥の部屋で寝たきりのまま、外界にほとんど無反応の日々が続いた。五月のある日、藤井は突然部屋を出ると市内を奔走し、仕事を探し求めた。最初に就いた荷役の仕事は体を壊して三カ月ほどしかつづかなかったが、それからいくつか仕事を変わった後、今の放送局に入ったのだった。

「今日はいつもより遅いですね」

水平線のあたりにたれ込めた雲の下辺が黄金色に輝き始めている。徳一はしきりに腕時計に目をやった。

「今日は天気が良くないからな」

遅れている理由を追及されるのをあらかじめ避けるような口調だった。藤井は川の流れを目で追って、河口から朝凪の入江を眺め渡した。この海の沖に加納たちも散華したはずだった。藤井は取材で沖縄に来るたびに、特攻隊員の記録や資料を求めて本島各地を歩きまわった。その成果として浜辺に打ち上げられていたという幾名かの隊員の遺品を捜しあてることができた。だが、加納についての情報は得られなかった。

川から立ち昇る朝靄がマングローブの林の上をゆっくりと流れる。藤井はもう何年も自分にとりついて離れない灰汁《あく》のような疲労の理由を考えた。寝たきりで過ごした三年間の記憶はほとんど残っていなかった。ただ、時折、マッチの明かりの中に見た加納のあの最後の表情がよみがえり、狂おしい思いに駆りたてられた。加納の唇がわずかに動き、低くつぶやく声が聞こえてくる。だが、どうしてもその意味をつかむことはできない。

いったい、おれは本当に加納に突き落とされたのか。実は死から逃れるために一か八か、自分から飛び込んだのではなかったのか……。そういう疑問がくり返し湧き起こった。

すべては無意識のうちに自分が仕組んだものではなかったのか。藤井はゆるやかに波打つ入江を眺めた。加納との最後の場面も、自分が無意識のうちに創り上げた偽りの記憶のような気がした。いや、加納は何かを訴えたかったのだ。そのためにこそおれを生かそうとしたのではなかったか。藤井は加納の最後の言葉を必死で思い出そうとした。しかし、思い浮かんだ言葉のどれひとつとして恣意的な匂いのしないものはなかった。

寝不足と激しい憎悪で赤く膨れあがった仲間の目が、タンカで運ばれていく自分を見つめている。その目の前に永遠に自分をさらし、語られることのなかった彼らの胸の内を伝えるために、特攻隊員の記録を追いつづけてきたつもりだった。加納によって生かされた者として、死んでいった者らの生と死の姿とその意味を明らかにしていくことが自分の責務だと信じ、そしてもう一方では、同僚を裏切って生き延びることに賭けた自らを永遠に断罪していくために記録を撮りつづけたのだと思ってきた。それらがすべて偽りにすぎなかった、という思いが襲う。

おれはただ生き延び、自らを慰めるために加納の幻影を追っていたにすぎない。

加納の出生地に両親や兄妹が健在なのを確かめたのは二十年以上も前だった。しかし、藤井は自分にとって最も重要なはずのその場所にだけは取材に行かなかった。下調べは何度も行ったにもかかわらず、企画を提出することはしなかった。遠くから加納の母親の姿を確かめることさえしていたのに、その母親にマイクを向けカメラを回すことは、とうとうできなかった。

白く波の砕け散るリーフを越えて、海の光の中から何かが走り寄ってきた。川面をかき乱してさざ波が近づく。

「泣きますよ」

徳一が藤井の肘をつかんで振り向かせると、榕樹《ガジマル》の陰を指さした。泉が「静かに」と言って録音機のスイッチを入れる。藤井はセットされたカメラをのぞくと、フィルムを回しはじめた。

海の匂いのする湿った風が三人の髪をなぶる。昼顔が葉裏を見せて白くひるがえり、透明な生き物が崖を垂直に駆け登る。榕樹の枝に当たって反転した風が、風葬場の砂をわずかにこぼす。だが、泣き声は聞こえなかった。

崖の上に集音マイクを向けたまま、泉が徳一を見た。

「今からですよ、今から」

徳一は無理に笑みをつくろうとした。揺れる榕樹の気根とさざめく緑の葉から飛散した露がきらめく中、差し込んだ朝日が頭蓋骨を照らし出す。淡い桃色に染まったその美しい骨の横に影のように並んだ黒い塊があった。

「何ですか、あれは」

泉はカメラをのぞき込んだままの藤井に話しかけた。藤井は何も言わずに顔を上げると、カメラを指し示した。唇が震え、顔から血の気が引いている。その様子を訝《いぶか》りながら泉はカメラをのぞき込んだ。

「蟹だ」

泣き御頭《うんかみ》の影に見えたもの、それは紫色の爪を持ったひと塊の蟹の群れだった。

泣き御頭が泣かなくなったという噂は、その日の昼にはもう村中に広まっていた。

給食が終わって、運動場横に並ぶ松の古木の下で陣取りをして遊んでいたアキラたちに、そのことを伝えたのはシンだった。シンは家に忘れ物を取りに戻った際に、昼食をとりに畑から帰ってきていた父から噂を聞いたのだった。

アキラたちは遊ぶのをやめて輪になるとシンの話に聞き入った。不安に満ちたざわめきが輪の中心から外へ広がり、一番外側にいた何名かはその話を耳にするやいなや、教室目ざして駆け出していた。

「大事《でーじ》どーい」と叫びながら。

事のなりゆきを知っているイサムとシンら数名の仲間は、怯えて澄んだ目でアキラをうかがう。

アキラは今にも涙が溢れそうになるのをこらえ、輪の中から抜け出た。神聖な場所を汚した者に加えられるという様々な罰の言い伝えが脳裡をよぎる。

「来い」

後ろからかけ寄ってきたイサムがアキラの腕を引っぱった。

「急《いす》げ、時間無《ね》んど」

アキラはイサムに導かれるまま、松並木の下に広がるキビ畑の中に入っていった。

「やっぱ、我達《わったー》がした事のせいがや?」

寒さに震える雛鳥のように、小さな輪を作ってお互いの体を寄せあっている中で、シンがうわずった声で言った。泣き御頭《うんかみ》の罰が当たるなら、最初に言い出した自分こそが最も大きな罰を受ける者だというようにすっかり怯えきっている。

「あのビンの為に、風の流れが変わったのかもしれんな」

理科の得意なヒトシがそう言うと、何名かがうなずいてアキラを見た。アキラは自分に責任が向けられたことが腹立たしかったが、実際そうかもしれないという気もして反論できなかった。

「何《ぬ》ん心配《しわ》する必要や無《ね》んさ、アキラ」

イサムが保護者然として言った。明らかに、この間の件でアキラに権威を傷つけられて、その失地回復をはかろうとするような言い方だった。

「大人《うふちゅ》の気づかぬ内に、あのビン取らんねならんしが」

シンは言ってから、口をすべらしてしまったことを後悔して半泣きの顔になった。皆、アキラとイサムから目をそらして押し黙った。吹きすぎる風に砂糖キビの葉がしなやかに波打ち、乾いた音がアキラたちの頭上を走る。頭上から自分たちの密談を何かに見られているような気がして、皆、空を見上げた。アキラだけがうつむいてキビの枯葉を見つめていた。

約束ならイサムがビンを取りに行くはずだった。だが、まだ賭けの期間は来ていなかった。アキラが取りに行くのが本当かもしれなかった。ただ、今度あの崖に登る者はただではすまない、という気がして、誰も何も言い出せなかった。

イサムは汗を拭うと、尿意を催している性器を太股でぐっと締めつけながら、うつむいたままのアキラに言った。

「我んが、取りに行くさ」

アキラは返事をしなかった。イサムは無視されたことに傷つき、自分を励ますというように皆を見回した。

「イサムなら、成《な》いさ」

逆睫の目をしばたたいていつも眼球を傷つけているカジュが、イサムの気持ちを敏感に察して言うと、皆うなずいた。

「まだ生きているかな」

ふいに、シンが思い出したように言った。重苦しい沈黙が再び訪れたが、だれかが小さくおならを漏らすと皆、声を上げて笑い出し、お互いを突つきあった。

「生きているわけ無《ね》んさ。蟹に殺《や》られてるよ」

ヒトシが指でシンの耳を切る仕草をして皆を笑わせる。

「昼や止めて置《ま》くし良しど。大人《うふちゅ》の見に来るかも分からんむん」

「それ位の事や分かるんよ、今日の夜行ちゅさ」

イサムは、カジュの注意にそう言い返すとキビの枯葉を踏みしめて立ち上がった。授業開始の鐘が鳴っている。イサムは座ったままのアキラをせかして立ち上がらせると、勢いよくキビ畑から飛び出し、教室に走った。皆もその後を追っていく。だがアキラだけは魂《まぶい》を落としたようにいつまでもキビ畑の中に突っ立っていた。

砂糖キビ畑を吹き過ぎる風の中に、あのものがなしい音が聞こえていた。


「あんた、まだ休んでおくね」

昼食を済ませ、テレビの連続ドラマを見終わったミツは、縁側に仰向けになってずっと物思いに沈んでいる清吉に呼びかけた。

「ああ、我んや寄《ゆ》る所の有る事《くと》、先になってとらせ」

ミツは昨日から清吉の様子がおかしいのが気になったが、理由を訊けないまま水筒を下げて畑に向かった。

ミツが門を出てしばらくして、起き上がった清吉は裏座に入った。子供らは皆、学校に行っていて家の中は静まりかえっている。清吉は古いタンスの引き出しの奥から、やわらかな布切れに包まれた漆黒の万年筆を取り出した。

あの日、いったいどのようにして辿りついたのかは知らない。壕の中で目覚めてポケットを探ると、指先にその万年筆が触れたのだった。

清吉は親指の腹でそっと万年筆をなでた。

K
キャップに刻みこまれた文字は鋭さを失っていなかった。戦後、その万年筆を返しに行った時、石段はすでに破壊されていた。そして、あの音が清吉を待っていた。

死者が最後に身につけていたものを盗み取ったという意識は、年を経るにつれて単なる恥辱感から、死者を汚したことへの恐れに変わっていった。風葬場は死者が最後に浄《きよ》められる場所だった。体に詰まった汁や肉を落とし、まっさらな骨になって後生《ぐそう》へと旅立っていく過程を見ることは許されなかった。清吉は文字の上に指を這わせた。目の前に若者の変わり果てた姿が浮かぶ。

薄い皮膚が青紫色の蟹の爪によって切り刻まれ、爛熟した果実が裂けて崩れるように悪臭を放つ肉片が白い砂の上に落ちていく。群がる蟹の甲羅と爪のこすれ合う音がキシキシと岩穴の中に反響する。清吉の指が万年筆を盗みとるのを見ている数知れぬ突起した目。ふいに死んでいると思っていた若者の爪先が動く。体が反転し、頭がもたげられる。意識的に開けられたのか、下顎が崩れ落ちたのか、深い闇を開いた喉から声のない叫びが漏れる。眼窩から眼球とともにこぼれ落ちる蟹。

まだ生きていた若者を蟹の餌食にしてしまったのか。それとも起き上がったように見えたのは恐怖からくる目の錯覚だったのか。事実は知るよしもなかった。ただ、時が経てば経つほど、恥辱感と恐れは強まる一方だった。一人になった時など、ふいに記憶がよみがえり、あの音が聞こえてくる。いつの頃からか、風葬場から泣き声が聞こえるという噂が立った。誰が置いたのか一つの御頭《うんかみ》が海の彼方を見つめて泣いているという。

酒に酔った父の漏らした言葉で、特攻隊の若者のことはやがて村人の知ることとなった。しかし、その父にしてもあのような位置に遺体を置いたのではなかった、と訝しそうに話していた。いつしかそれは、石を持ち去った米兵がいたずらしたのだろうということになった。だが、清吉はそうではない、と思った。若者は背中に群がる蟹をのせたまま這って、顎を縁石に乗せたところで事切れたのではなかったのか。清吉は万年筆を握りしめると汚れた窓ガラスの向こうに蠢いている雲の塊を見た。

「そんな事や無《ね》いらん。あのこめかみの傷で、生きて居《お》る筈は無《ね》いらん」

清吉は何度も自分にそう言い聞かせた。しかし、清吉自身、万年筆を返しに行った時に、自分の目で海の遥か彼方を見つめている頭蓋骨を見、それが泣くのを聞いたのだった。

高校を卒業した後、清吉は十年近く本土で働いた。しかし、どこへ行こうと、あの若者の姿と泣き声から逃れられなかった。万年筆を一本取ったくらいで、どうしてこんなに苦しまなければならんか、と思った。けれど、忘れたと思った頃ふいに訪れるものがなしい風音を耳にすると、どんな言い訳も自分の恐れを解くことはないと知った。

村に戻って生活を始めてから清吉が気に病んだのは、戦没者の遺骨収拾が始まり、それが泣き御頭にも及んで身元が判明し、自分の盗みが露顕するかもしれない、ということだった。それをまぬがれるために、泣き御頭にだけは誰も手を出さないよう、恐怖を煽り立てる噂を村の中に流すということもやった。

実際には仮に露顕したとしても清吉のやったことを村人は誰も責めないはずだった。むしろ気に病むこと自体を笑い飛ばすかもしれなかった。しかし、たとえそうであったとしても、自分の恐れが消えるとは思えなかった。

清吉は万年筆を布に包むとズボンのポケットに入れた。今夜、風葬場に行き、万年筆を元の場所に置くつもりだった。返したから何が変わるということでなくても、これが最後の機会に思えた。

イサムの家に本を返しに行くと言って家を出ると、アキラは河口に向かう道を急いだ。

風はないが澄み切った夜気が気持ちよかった。空は満ちた月の明かりで星も数えるくらいしかない。イジュの花が匂っている。道の両側につづく小高い森の奥で走り回る何かの足音と虫の音が絶え間なく聞こえてくる。木々が侵入してくるのを防ぐ護符のように道の両側に続いていたガードレールが切れ、そこから入神川の河口につながる細い径が延びている。

まるで誰かが掃き清めたように石灰岩の粉末がなめらかに積もっているその径に、アキラは足をおろした。小さな頭蓋骨がアキラの前を歩いている。アキラは足を止めた。それは白い巻貝を背負ったヤドカリだった。はるか以前にもこのヤドカリを見た記憶があった。森の木々と川岸のマングローブが両側から枝を伸ばしトンネルのようになった白い径をアキラはヤドカリに導かれるようにして歩きつづけた。やがて、ヤドカリはマングローブの林に姿を消した。ひとつの蛍火が現われ、はかない尾を引いて明滅しながらアキラのまわりをひと回りすると、昼顔の流れを上昇し、青白くぼんやり光っている二つの塊の間に消えていく。

アキラは昼顔の葉群れに歩み寄ると、軽々と崖を登っていった。

白い砂のひと粒ひと粒が月の光が結晶したように発光している。アキラは昼顔のつる草から風葬場の縁石に手を伸ばして、石の上によじ登った。入神川の河口から入江、そして遥か水平線の彼方まで、降り注ぐ月の光が今まで目にしてきた川や海を別の世界に変えている。

アキラは泣き御頭《うんかみ》とその傍らに並んでいるマヨネーズのビンを見た。縁石からずり落ちて砂地にかしいでいるマヨネーズのビンには、わずかな水しか残っていなかった。緑藻が発生したのだろう、悪臭を放つ厚い膜に覆われた水はどんよりと濁っている。テラピアはどうなったか確かめたかったが、少しでも揺り動かせば数倍の悪臭が狭い岩穴の中にたちこめそうな気がして、ビンに触れるのがためらわれた。

アキラは泣き御頭に手を伸ばし、その傍らに散らばっている骨や軍服、軍靴に目をやった。恐怖心はなかった。むしろ、ここに横たわったまま、四十年もの間はるか北の方の海を眺めつづけてきた骨に不思議な懐しい気持ちさえ起こった。頭頂部にそっと触れると冷たい感触が指先に伝わる。潮風に洗われてなめらかに風化した骨の表面をなでていて指先がくぼみに触れた。アキラは左のこめかみに開いている穴を見た。小さな穴だった。縁に指を這わせ、人差指を入れると先の方が入っただけだった。ふと、アキラは御頭の泣く理由が分かった。小さな穴を吹き抜ける風の音。二つの眼窩から吹き込み、頭蓋の中で反響し、男の命を奪ったこめかみの傷口から漏れる風の音が、泣き声の正体だった。アキラは両手で御頭《うんかみ》を持ち上げた。そして、砂の上にそっとおろそうとした時、鋭い歯がいきなりアキラの指を嚙んだ。アキラは叫びを上げて腕を振り回した。眼窩からのぞいた蟹の爪が指をはさんでいる。渾身の力で御頭を投げ捨てると、人差指の肉が生爪ともども嚙み切られた。御頭は真っ直ぐに崖の下に落下していく。ものがなしい風音が遠去かる。闇の底に砕け散る破片が白い花火のように広がる。

熱い血が半ズボンから剝き出しになった太腿の上に滴り落ちる。アキラは左手で傷ついた指をきつく握りしめると、それを胸に抱くようにして風葬場にうずくまり、低く呻いた。

「アキラ、アキラれん？」

誰かの呼ぶ声が聞こえた。

「お父」

アキラは驚いて、目の前に現われた顔を食い入るように見つめた。今にもちぎれそうな昼顔のつるに必死にしがみつき、汗まみれの顔を歪めて目を見開いているのは、父の清吉だった。

突然、マヨネーズのビンから飛沫が砂の上に飛び散った。

「生きてる」

アキラは思わずつぶやいた。肉を食いちぎられ、背ビレの付け根の骨まで剝き出しにしながらテラピアは生きつづけていた。茫然としている二人を嘲笑うように勢いよく体を反転させ、テラピアは腐った水を砂の上に跳ね散らした。

旅客機は本島最南端の岬を左に旋回し、高度を上げていく。藤井はリーフに砕ける波に縁どられた島の姿を眺めていたが、やがてシートに頭を凭せかけると静かに目を閉じた。目の奥の闇に島影が身をよじるように消えていく。まわりを囲んでいた白い波の輪が一つの塊になり、藤井に向かってすさまじい速さで落下してくる。

藤井は短い声を上げ、シートからはね起きようとして安全ベルトにとどめられた。

「どうかしたんですか？」

読みかけの雑誌を膝の上に置いて、泉が怪訝そうに訊く。

「いや、何でもない」

藤井は腰を揺すって座り直すと、黒い隈のできた目を指で押さえた。昨夜の記憶が断続的に浮かんでくる。

「加納」

藤井は心の中でその名前を幾度も繰り返しながら入神川の河口への道を急いでいた。

泣き御頭《うんかみ》が泣かなくなったという噂は、昼には村中に広まっていた。民宿に戻って一休みし、昼食をとろうと食堂に入った藤井と泉は、宿の主人夫婦の態度が変わっているのに気付いた。村を歩いていても、自分たちに向けられる眼差しの険しさは明らかだった。

ひとまず那覇に引き上げた方がいいな、と藤井は判断した。それから村の様子を確かめながら本社に電話して、もう少し取材期間を延ばしてもらうつもりだった。しかし、その前にどうしてもひとつだけ、はっきりさせておきたいことがあった。夜になって、藤井は一人で外に出た。風葬場に横たわる遺骨とそこに残されたままという遺品を自分の目で確かめたかった。

沖縄戦や特攻隊の取材をするのもこれが最後かもしれない、という気がした。これから先、通り一遍以上の企画を、色々な困難を克服してまで通していく自信がなくなっていた。

沖縄や広島や南洋の激戦地に行き、証言者を訪ね、戦争の傷痕が残るものを捜して映像に収める。たとえそれが、年に一度だけ死者を迎える盆の行事のようなものに化してしまったとしても、意義のあるものだという思いは今も変わらなかった。それでも体と心の奥底まで蝕んだ疲労感から逃れることはもうできそうになかった。月明かりの下で、マングローブの林が葉ずれの音を立てている。アスファルトから河口への径におりた。足元で石灰岩の粉が舞い上がる。径の向こうから流れてくる海の匂いに向かって藤井は歩きつづけた。

「やりきれなくはないか」

ふいに耳元で加納の声がした。マッチの明かりに苦し気に歪んだ顔が浮かぶ。

風が吹き、明かりが消える。青白い残像がゆっくりと遠去かっていく。

「加納」

藤井は落下する頭蓋骨を受けとめようと走った。ものがなしい音が藤井の胸を貫く。揺らめく明かりの中で加納が最後につぶやいた声はこの音であったような気がした。腕を伸ばした指先をかすめて、泣き御頭は藤井の目の前で白く砕け散った。

両膝をついて頭蓋骨の破片を見つめた。

「藤井」

頭上から喘ぐような声で誰かが呼んだ。

榕樹《ガジマル》の枝から垂れた昼顔のつるにしがみついている男の顔が、月明かりに浮かぶ。その傍らに胸の前に手を組んで深い祈りの姿勢をとっている少年の姿があった。

藤井は頭を振って立ち上がると、足元に散らばる破片を見た。長い間、陽と風雨にさらされてきた頭蓋骨は細片となって月の光を受けている。怒りも悲しみも湧いてこなかった。それが加納であれ、他の仲間であれ、これ以上人の目にさらされ、泣きつづけるよりは、この方が幸せではないかと思った。清吉に一瞥をくれ、藤井はもときた道を戻った。吊り橋まで来たとき、泥にまみれた上着を脱ぎ捨てようとしてバランスを崩した。誰もつかまえてくれる者はいなかった。藤井はそのまま数メートル下の川に転落した。

川底にたまった泥のおかげで怪我はなかった。藤井は首のあたりまで水につかってぼんやりと吊り橋を見上げた。何かが足や腰にぶつかる。それはたちまちまわりにひしめき、固い鱗や背ビレで藤井の体を傷つけながら川上へと向かっている。満ち潮に乗って川を遡っているテラピアの群れだった。ふと、この魚の群れが、沖に散った戦友の肉を喰ってその意志を細胞のひとつひとつに記憶させ、自分の体を喰いつくすために今まで待ちつづけていたような気がした。テラピアは藤井の体に突き当たり、固い鱗をこすりつけ、渦を巻くように進んでいる。熱帯性の魚の群れにとって藤井は障害物にすぎなかった。

川を出て民宿に戻り、シャワーを浴びると泉を起こした。タクシーで那覇に着いたのは深夜だった。それから始発便が出るまで飲み屋をはしごし、二十四時間営業の喫茶店で時間をつぶした。

わずか数時間前のことが、もう遠い過去のことのように思える。目を開けて外を見ると、すでに雲に覆われた窓に島影は見えなかった。

加納は島の姿を見ることができたのか。

そう思った時、体の奥を抉《えぐ》るような痛みと怒りが込み上げてきた。

いや、何ひとつ終わっていないのだ。まだ、何ひとつとして。藤井は深い疲労感に抗《あらが》いながら自分に言いきかせた。やっと、始まるのだ。何が、と自分にはっきりと言うことはできなかった。ただ、たとえ両親は亡くなっていたとしても加納の実家を訪ね、そして、自分に向けられた戦友たちの憎しみに、今こそ裸で向かいあわねばならない。そう自分に言い聞かせた。たとえすべてが徒労に終わったとしても。

雲海の切れ間にほんの一瞬、島影が見えた。それは濃紺の海原に口を開いた食虫植物のように見えた。

夜明け前の海は静かだった。砂浜に草履を脱ぎ捨て、ズボンを膝の上までまくると、清吉は骨の破片を包んだシャツを右手に提げて、打ち寄せる波の中に進んだ。

昨夜、崖から下りると、清吉は脱いだ上着に破片を拾い集めた。アキラが手伝おうとするのを怒鳴りつけ、小指の爪より大きな物は残さず拾うと、細片が月明かりに浮かぶ腐葉土を乱暴に足でならした。上着を縛って右手に提げ、崖を見上げると横長の四角い穴は虚ろそのものだった。

今までに何度か、深く酔ってスナックを出ると、足のおもむくままにこの場所に立って、ひとりで崖を見上げたことがあった。両岸に古い掘り抜きの墓が並ぶ夜の河口は、清吉でさえふとした拍子に恐怖に襲われることがあった。泣き御頭《うんかみ》はいつも四角い闇の中に白く浮かんでいた。その姿を見ることも、あの風音を聞くことも、二度とないのだと思った。破片は軽く、持ち上げるとシャツの中でカサカサと乾いた音をたてる。布越しに触ると、薄く脆く砕けた。

「帰《けー》ゆんど」

清吉はアキラを促し、集落の方に歩いた。吊り橋を渡る時、川の中に胸まで浸かり目を閉じて立っている藤井を見た。溺れるほどの深さではなかった。溺れようと知ったことでもなかった。

家に戻ると、上着を縛って物置に放り、風呂に入った。アキラを呼んで中に入れ、背中を流してやった。怒られるものと思い込んでいたアキラは、終始緊張したままだった。まだ筋肉の発達していない体を見ながら、自分があの兵隊と遭遇したのも、こういう体の頃だったのだと思った。風呂から上がると街に出てスナックをはしごし、家に戻ったのは明け方だった。かなり飲んだのに酔いも眠気も訪れなかった。冷たい水で汗を流し、脱ぎ置いたズボンのポケットから布に包んだ万年筆を取り出して部屋に戻り、着替えをした。冷水を浴びている間に起きていたミツが、茶漬けを出してくれたのを黙って食べると、物置のシャツを取り海に向かった。

波が脛を洗い、膝を濡らす。浜は入神川河口の入江を出て東側にあった。開発の手が入っていない砂浜が一キロ以上つづき、断崖の下に密生するアダンや野生のバナナが緑の帯を作っている。水平線は北に向かって開けていた。朱色と金色の交じった積乱雲が淡い水色の空に立ち昇り、今日も激しい暑さになることを予感させた。清吉はズボンが濡れるのもかまわずに先に進み、沖を見つめた。シャツを開き、白い破片を手にする。握りしめると小さな音を立てて砕けるその白い骨のかけらを、清吉は海にまいた。波の底で乱舞する砂と一緒になったかけらは、引き潮に導かれて海に散っていく。再び打ち寄せてきた波の中には泡がきらめくだけだった。シャツをたたんでベルトに挟むと、胸ポケットから万年筆を取り出した。拾ってからついに一度も使うことのなかった万年筆は、陽の下では旧型のみすぼらしいものでしかなかった。黒いなめらかなキャップの肌をなで、Kという字を確かめると沖に放った。思いきり投げたのに三〇メートルも投げられなかった。

浜に上がると砂は早くも熱を帯び始めている。崖の上の森からクマゼミの鳴き声が聞こえてくる。草履を手に提げて浜を上がり、木の下で汗を入れてから、帰るためにアダンの茂みを抜ける道に入ろうとした。

　ふと、清吉は立ち止まりあたりを見回した。鋭い刺を持ったアダンの葉先が揺れている。青みを増した海に、リーフに砕ける波が白く輝く。吹き寄せる風にのって響くその波の音と遠くこだまするセミの声の間に、あの音が聞こえていた。細く、低く、途切れそうになりながらも、海からの風にのって、風音《ふうおん》は清吉の胸の奥の穴に流れ込んでいく。波の音が高くなった。しかし、風音は消えることがなかった。

平和通りと名付けられた街を歩いて

市民会館と向かい合って建っている琉大附属病院の構内を抜け、屋根の低い古びた家が密集する裏街を触角の折れた蟻のように頭を斜めにして走ってきたカジュは、自分の家に通じる細い路地の入口までできてあの男が向こうから歩いてくるのに気付き、立ち止まった。

「やあ、一義くん、今学校から帰るの?」

色褪せたカーキ色のサファリジャケットを着けた男は、親し気に右手を上げて笑い、歩調を速め近付いてくる。カジュは立ち止まったまま、五年生にしては小さ過ぎる体を警戒心に満ちた小動物のようにいくらか前かがみにして、男の動きに合わせて視線を上げた。若夏《わかなつ》の生気に溢れた陽が、カジュの後ろにせり出した丸刈りの頭や細い首筋に荒々しく光をこすりつける。男は陰になった路地からいきなり太陽の下に出て面喰らったのか、顔をしかめ、光の量を測るように両手をひろげて、大袈裟に驚いた。カジュは頭をなでようと伸びてくる武骨な手を水鳥の嘴から逃げる小魚のように素速く避け、嫌悪の色を露わにして男をにらみつけた。男は嫌な顔ひとつ見せずに腰をかがめ、カジュの顔をのぞきこもうとする。

「公園に行かない？　アイスクリーム食べようよ」

カジュは唇をきつく結んで、目の奥が痛くなるくらい視線を尖らせた。男が腕をとろうとするのを振り払い、わずかな隙間をすり抜けて路地にとび込む。湿っぽい路地の匂いが鼻をつく。幅の広い肩を外人のようにすくめて、男は体を起こし、苦笑いを浮かべてカジュを見下ろした。

「昨日、お父さんとお母さんは喧嘩したのかい？」

カジュは身を翻して路地の奥に走った。開きっ放しになった玄関に飛び込み、戸を力一杯閉めると、靴を脱ぎ捨てて自分の部屋に駆け込んだ。カジュは机の上に投げおろしたランドセルに顔をうずめた。

「母ちゃん、兄にー《にー》が泣いてるよ」

先に帰って、二人一緒の狭い勉強部屋で本を読んでいた妹のサチコが、本を抱えて居間との仕切りのカーテンをめくり、台所の方へ走っていく。

「何ね、カジュ。また泣かされたのね」

隣家との間にある小さな庭から急いでやってきたハツが、カジュの背中をやさしく撫でた。片手に握っている庭の菜園から採ってきたばかりのネギの匂いが、カジュの目を刺激する。

「兄にー、何で泣いてるの」

ハツの腰にまとわりついて顔をのぞかせているサチを、あとで殴ってやる、と思いながらカジュは涙を拭いた。ハツは無理に理由を訊こうとしなかった。カジュの中にわだかまっているものを溶かしてやろうというように、ゆっくりと背中を撫でている。

「母ちゃん、またあの男来てたね」

ハツはやっと抑えたばかりの怒りが再び甦るのを感じ、それを表情に出さないように無理に笑顔をこしらえた。顔を上げたカジュの涙で汚れた頬を両の親指で拭いてやりながらやさしく言った。

「何も心配する必要はないさ。あの男が来たからといって」

カジュの目から怯えた色はまだ消えていない。白目の青く澄んだ大きな邪気のない瞳で見つめられると、たいがいの大人は思わず目を逸らしてしまいそうだった。

「おばーを連れにきたんじゃないの?」

ハツは返事に困った。

「何でそんなこと心配するね、カジュ。誰もおばーを連れていかないさ」

カジュは一心にハツを見つめている。ハツは思わず目を逸らしそうになり、それをごまかすためにカジュの頭を抱いた。発育の遅い華奢な体はまだ小刻みに震えている。

「さあ、早くおばーを呼んできなさい。やがて暗くなるよ。母ちゃんは夕飯の準備しとくさ」

ハツはカジュとサチコの背中を押すと、努めて明るい声で二人を外へ送り出した。並んで駆けていく二人を見ながらかすかな後ろめたさと不安を覚え、ハツは気を紛らわせるためにラジオのスイッチを入れて、民謡番組にチャンネルを合わせると流しに向かった。

病院前の信号を渡って市民会館の横から与儀公園に入ると、カジュは小声で歌を歌いながらついてきたサチの腕を思いきりつねった。

「痛い、何でつねるー」

サチはカジュの腕を払いのけると、つねられたところをさすりながら口を尖らせる。

「何でさっき母ちゃんに言った」

「自分で泣いたくせに、サチが悪いのか」

カジュが拳を振り上げるより先に、サチは手の届かないところにとび退いていた。そして後ろ向きに弾むように下がりながら舌を出し、噴水の方へ逃げ去った。カジュは大声で悪態をついたが追う気はなかった。散歩をしている大人たちが笑っている。急に恥ずかしさを覚えて、何喰わぬ顔でひめゆり通りに面した門の方に向かうと、金網に囲まれたグラウンドで少年野球チームがいくつか練習をしていた。野球チームには四年生から入れる。幼稚園の頃から祖母に手を引かれてよく練習を立見していたから、四年に上がった時は嬉しくてならなかった。さっそく、ハッと一緒に区のチームの指導をしている自転車屋のおじさんのところに行ったが、おじさんは困ったように笑うばかりで、ついに入れてもらえなかった。体が弱過ぎるし、カジュの運動能力では無理だ、というのが理由だった。ハッは怒ったような顔をして聞いていたが、一言も言い返さずにカジュを連れ帰った。

帰り道、がっかりしてずっとうつ向き通しだったカジュがふと横を見上げると、それまで黙ってカジュの手をぐいぐい引っ張っていたハツが、唇を嚙みしめ、一点を見つめて流れ落ちようとするものを必死でこらえていた。カジュはハツの手を強く握り返し、失望感が消えていくのを感じた。

カジュは金網から離れると、グラウンドの横に展示されているD51機関車の前に立った。ペンキが塗りかえられたばかりの黒い鉄の塊は、疾走する機会を奪われて淋し気だった。信号の青に変わる音が聞こえた。カジュは頭を斜めに倒すいつもの姿勢で、門の方へ走った。

信号を渡って中学校横の道を真っ直ぐ行くと農連市場に出る。キャベツの葉が水を打たれたアスファルト道路にいくつも張り付いているのをそっとめくってみたり、ピーマンやいんげん豆の山を前にして座っているおばさんたちの姿をしばらく立ち止まって眺めたりしながらゆっくり先に行くと、平和通りと名付けられた市場につながる交差点に出た。渋滞している車の排気ガスが西陽に熱せられてムッとする。顔をしかめて信号が変わるのを待っていると、後ろから誰かの呼ぶ声がした。道端で金だらいに入れた魚を売っている四、五人の女たちの一人が、カジュを手招きしている。フミおばさんだった。赤く日焼けした丸い顔に眉と睫毛の線がくっきりと記され、気の強そうな引きしまった唇を今は弛めて、太った短い指をひろげて手を振っている。

「おばさん、いつ帰ってきたの?」

「昨日さ」

フミおばさんは、カジュの祖母のウタと大の仲良しだった。三回り以上も歳の違うウタに実の子供のように可愛がられた、と言って、よく金もとらずに魚を家に置いていってくれた。もう十数年もこの交差点の近くで露天の魚売りをしており、物心ついてからカジュがこの通りでおばさんの姿を目にしなかったことはほとんどなかった。それが一週間くらい前から突然威勢のいい売り声が聞こえなくなったので、心配になっていつも隣にいるおばさんに訊くと、山原《やんばる》に嫁に行った長女の出産の手助けに行っているのだ、と教えてくれた。

「子供は生まれたの？」

「男の子だよ。カジュみたいにお利口になるといいね」

そう言うとフミは、しゃがんだカジュの頭を魚臭い手で手荒く撫で、きれいな歯並を見せて笑った。カジュはフミのむくむくした指に喰い込んでいる銀色の指輪を見た。二五セント銀貨を打ち抜いて作ったのだ、といつも自慢しているその指輪は、もうとてもとれそうになかった。フミはカジュの視線に気付くと、魚のぬるぬるした体液を前掛で拭い、陽にかざして見せた。カジュが目を細めて指で触るのを満足そうに眺めた後、よくやる癖で、指輪を鼻に当てて臭いを嗅ぎ、顔をしかめたフミをカジュが笑った。

「臭ければ嗅がなければいいのに」

「臭いと分かるとよけいに嗅ぎたくなるんだよ」

カジュはフミの頬で淡い水色の光を反射している鱗を指差した。フミはそれをとってカジュの額に押し付けた。はしゃぎ声を上げて鱗をとり、陽に透かし見ると青い靄の中に白い波紋が刻まれている。

「カジュ、さっきはどこに行くところだったの?」

カジュの仕草をおもしろそうに見ていたフミが思い出したように訊いた。

「あっ、おばーを連れに行かないといけない」

フミの顔がかすかに曇った。

「おばーはずっと元気?」

「うん」

フミおばさんの表情の変化には気付かず、カジュは勢いよく立ち上がった。

「じゃあ、早く捜しておいで。もう暗くなるよ」

力強さをやさしさで包んだような声だった。若い夏の光はまだ余力に満ちていたが、気の早い店の広告灯がそろそろ灯りはじめている。カジュは大きくうなずくと首をかしげて走り去った。たちまち人混みにまぎれたカジュの小さな後ろ姿を見送ったフミは、胸の塞ぎを振り払うように道行く女たちに威勢よく声をかけた。

「ええ、姉さん。今魚《いまいゆー》だよ。買《こ》ーらんな」

カジュは平和通りに店を出している顔見知りのおばさんたちにウタのことを尋ねてまわった。

「ついさっきまでそこにいたんだけどね」

おばさんたちは皆、親切だったが、どこか困惑したような表情でカジュを見た。有線から流れる歌謡曲と左右から投げかけられる客寄せの声で浮き立つ街を、カジュは時おり狭い路地をのぞき込んだりしながら歩きつづけた。いったん国際通りまで出て引き返し、桜坂の飲み屋街に通じる坂の見える所までできた時だった。カジュは坂の下手にあるハンバーガーショップから、髪の長い女子高生風の店員に手を引かれて出てくるウタを見つけた。少女は道順でも教えているのか、カジュの方を指差し、ウタの耳に口をつけるようにして何か言っている。少女にていねいに何度も頭を下げているウタの格好は、袷《あわせ》の着物に真っ赤な毛糸の肩掛けをし、足は黄色のゴム草履ばきだった。ウタが懐から白い紙切れを出して渡そうとするのを少女は手を振って拒み、そっと歩かせてから店の中に戻った。ウタは心もとない足どりでゆっくり歩き始める。

「おばー」

喜びの声を上げてカジュが駆け寄ろうとした瞬間だった。ウタはふいに立ち止まり、大きく目を見開くと何か恐ろしいものでも目にしたように「ヒィッ」というひきつったような短い叫びを上げ、坂をヨロヨロと上り始めた。カジュは驚いて後ろを確かめたが、変わったものは何もなかった。すぐに後を追うと、ウタは這うようにして坂をのぼり、映画館の向かいにある中央公園の方へ曲がった。少し遅れて公園に入ってあたりを見回したが、ウタの姿はどこにも見当たらない。

「おばー」

カジュは榕樹《ガジマル》の巨木が枝をひろげている下を恐る恐る進んだ。ふいに若い女の叫び声が聞こえた。カジュは立ち竦《すく》んだ。続いて雨の音と音楽が流れ、映画館の前で流されている宣伝用のビデオだと分かったが、胸の高鳴りは静まらなかった。先に行く勇気がなく、目を凝らしてあたりを確めていたカジュは、榕樹の根元に人影がうずくまっているのに気付いた。いつでも逃げ出せるよう身構えて近付いてみると、膝の間に頭を埋めるようにしてしゃがみ込み、一所懸命榕樹の陰に隠れようとしているウタだった。ウタは両手で耳を覆い、何か訳の分からないことをつぶやきながら小さな体をさらに小さくしようとしている。

「おばー」

カジュはそっとウタの肩に手を置いた。いきなり手首をきつく握りしめられたと思うや、カジュの体は地面に引き倒され、その上にウタの体が覆いかぶさってきた。

「何ね、どうしたの、おばー」

起き上がろうともがいたが、ウタは信じられないくらい強い力でカジュを抑えつける。

「静かに。兵隊《ぴいたい》ぬ来《す》んど」

カジュは体を固くした。

「おばー、もう兵隊は来ないよ」

しばらく経ってからカジュはやさしくウタの手をなで、耳元にささやいた。ウタは黙って体を震わせている。何か温かいものがカジュの背中を濡らしていた。カジュは手を後ろに伸ばし、ウタの脚に触れた。異臭が鼻をついた。

「おばー、お家に帰ろうね」

カジュはウタを立ち上がらせると、固い筋ばった手を引いてゆっくりと坂道をおりていった。


カジュが風呂から上がるとウタはもう奥の三畳間に寝かされていた。奥といっても、カジュが生まれた年に台風で半壊したのを建て直して以来、屋根のトタンだけを数年おきに張り換えてきただけの狭い家だったから、居間との間をベニヤ張りの引戸で仕切ってあるだけで、テレビの音も筒抜けだった。カジュは濡れた頭をバスタオルで拭きながら、サチが見ているテレビのボリュームを小さくした。

「はぁ、兄にーよー、聞こえないしが」

「おばーが寝てるだろう」

サチの無神経さが腹立たしかった。バスタオルを手にしたままウタの部屋に入ってみると、雨戸を閉めきってあり真っ暗だった。扇風機の低い羽音が聞こえるだけで、ウタの気配は感じられない。下手《た》に進んで寝ているウタを踏むといけないので、闇の中を見回して目を馴らした。やがて、部屋の隅に白いぼんやりした塊が浮かび上がった。ハツがかぶせたのを暑苦しいので蹴って隅にやったのだろう、それはウタがいつも使っているタオルケットだった。そのすぐ傍らに胎児のように体を丸めて横たわっている影に気付き、カジュは慎重に足を運ぶと、蛍光灯のスイッチの紐に手を伸ばしかけたが途中でやめた。扇風機の音が聞こえてはいるのだが、部屋の中は蒸し暑く、カジュのなめらかな皮膚に汗の玉がふき出す。カジュは腰を落とし、ウタの息遣いに耳を澄ませた。おだやかな息遣いだった。カジュはしばらくその音を聴いてから安心して部屋を出た。

寝床の中でサチと蟻の巣遊びをし、いつの間にか眠りこんだサチの横でうとうとしていると、玄関の戸が静かに開く音がした。

「父ちゃんだ」

カジュは夢現《ゆめうつつ》に思った。

正安は上がりかまちに体を投げ出すように腰をおろして、編上げ靴の紐を物憂そうにほどいた。

「残業だったの」

ハツはおかずを炒め直しながら訊いた。

「ああ」

仕事から帰ると正安は風呂から上がるまでほとんど口をきかなかった。

どれ位経ったのだろう。カジュはぼんやりした膜の向こうから父と母の話し声がゆらゆらと揺れながら再び近付いてくるのに気付いた。

「また、今日もあの男が来ていたさ」

ハツは正安の反応をうかがいながらそれとなく話を切り出した。

「で、何て?」

苛立たし気な声だった。

「当日の式典の時間だけでもいいから、おばーを外に出さないでいてくれないかって」

「また同じ事な」

正安は口に運びかけた泡盛のコップを乱暴に飯台に置いた。

「えー、子供たちが起きるよ」

ハツはカーテンに目をやり、声を落としてくれ、と手で合図した。

「何《ぬ》ーが、人《ちゅー》ぬ親何《うやぬー》でぃ思《うむ》てぃ居《う》いが。吾んがおっ母《かー》が何か悪さするってか?」

「そういう訳じゃないさ。でも世間の人の目もあるから……」

「世間《しきん》ぬ人《ちゅー》ぬ目《みー》? 何《ぬー》が、いやーや、自分の親世間《うやしきん》ぬ人《ちゅー》に恥《はじ》かさぬ見しららんでぃる言うんな?」

「そうじゃないよ、ええ、勘違いしないでよ」

「やがまさぬ。いやーや何時《いち》から警察《けーさち》ぬ味方になたが? 皇太子ぬ沖縄《うちなー》かい血ぃ抜じゃーしに来るから危さん？　見苦《みぐる》さん？　打ち殺《くる》さりさや」

正安はカーテンの方に目を逸らしたままのハツをにらみつけていたが、激しく舌打ちすると急須の把っ手を摑み、注ぎ口をくわえて茶を飲み干した。カジュはすっかり目を覚まして、息を潜めてそのくぐもるような音を聞いた。

「今日、マカトおばさんから文句言われたさ」

正安は急須を置き、一転して怯えたような目でハツを見た。マカトおばさんは平和通りでチョコレートや煙草などを売っている六十過ぎの気丈な老女で、隣に一人で住んでいた。

「いつも洗濯物を汚されて困るってさ。それに最近はあれの付いた手で市場《まちやぐわー》の売り物を触ろうとするから皆の苦情も絶えなくて、何とかならないかって」

正安は飯台の上にこぼれた滴を見つめて、何も言えずに唇を震わせている。ハツは言わなければ良かったと後悔したが、謝ることもできずに同じように押し黙った。正安の口から喘ぐような弱々しい声が漏れた。

「歳寄《ゆい》りねー……誰《た》るやてぃん、矩《かに》はずれるさ……」

それっきり二人の話し声は聞こえなくなった。カジュはカーテンを開けて、何かを訴えたかったが、枕をきつく抱きしめて不安に耐えた。

「そんなこと言っても、ここで魚売らなかったらどこで売るね。あんた、私たちに飯も喰うなと言うのね」

あまりの大声に、側《そば》を通りかかった人たちが立ち止まり、魚の入ったたらいをはさんでにらみ合っている体格のいい男とフミを見た。男は通行人の視線に気付くと日焼けした顔に笑いをつくり、何でもありませんよ、という風に手を振った。人の流れは元に戻った。昼下がりといっても一向に弱まる気配のない陽光が、血の混じった赤茶色の氷水の中で途方に暮れたように群青の空を見ている魚の体を刃物のようにギラつかせる。座っているだけで滲み出してくる汗に細かい埃がまとわりつき、首筋や腕がねばねばして、フミのいらいらを余計募らせた。

「そんな大きな声出さないでくださいよ。さっきも言ったようにずっと言うわけじゃあーなくて、たった一日だけなんですよ」

「たった一日って、あんた他人事だと思って簡単に言わないでちょうだい。捕ってきた魚腐らせと言うのね、あんたは。一日でも遊んで暮らす余裕なんかないよ、私たちは」

道の向かい側で列をなして客待ちをしているタクシーの運転手たちが面白そうにフミの大声に聞き耳を立てている。男は、声を落としてくれ、と頼んだが、フミはきかなかった。

「何で私たちがコータイシデンカのために仕事休まんといかんね、ひん?」

男は興奮したフミの矛先を逸らすように、傍らで仕事をしている振りをして二人の会話に耳をそばだてている他の魚売りの女たちに呼びかけた。

「おばさんたちもほら、美智子妃殿下は好きでしょう。あんなきれいな美智子妃殿下に何かあったりしたら、沖縄の恥ですよ」

「何て、あんた私たちがミチコヒデンカに何かするとでも言うのね?」

フミはいまにも摑みかからんばかりにたらいの上に身を乗りだす。

「いえ、まさかおばさんたちがそんなことするとは言いませんよ。私が心配してるのはですね、ほら前の海洋博の時に、ひめゆりの塔で皇太子殿下と美智子妃殿下に火炎ビンが投げられて、やがて大変しよったことありましたでしょう。沖縄にはおばさんなんかと違って悪《やな》考えする人たちもいますからね。もしかしてですよ、そういう連中がおばさんたちのその包丁奪ってですよ、突っかかったりなんかしたらですね……」

フミは啞然とした。

「いゃー如《ぐと》ーる者《むん》や、何て?」

あまりの話の馬鹿らしさに怒りが込みあげて、思わずまな板の上の刺身包丁を振り上げると、男は「うわっ」と尻餅をついて両手で顔を守った。傍らの女たちが急いでフミを押さえ、なだめすかす。フミは包丁を金だらいの中に投げ捨てて、鼻でせせら笑った。

「フン、狂《ふ》り物《むぬ》言いばかりして。そんなこと言うんだったら、那覇中の包丁みんな警察に持っていって金庫に入れて番しときなさい」

　男は苦笑いしながら立ち上がり、ズボンの埃を払っていたが、道の向こうで笑っているタクシーの運転手たちに気付くと、表情を急変させて鋭い目でにらみつけた。立ち上がると男の体は異様に大きく見えたが、フミは少しもひるまなかった。男は威圧するようにフミを見下ろし、それまでとはうって変わって低く脅すような声音で言った。

「え、悪《やな》ハーメー。誰の許可得てここで商売してるか？　吾《わ》んが保健所に一言言えば、こんな腐れ魚、二度と売れんようになるの分からんな？」

「何て……」

　フミは言葉を継げずに男をにらみ返した。男はそういうフミを嘲笑うように反り身になると胸ポケットからサングラスを出してかけた。

「また来《ち》ゅー事や、言うし聞《ち》きよ、おばさん」

「悪豚糞《やなうわーくす》や」

　フミは手元にあったビニール袋から塩を鷲掴みにして、男に思い切り投げつけた。

「悪警察《やなけーさち》や、あんな好かん者《むん》は居《う》らんさ」

　怒りを静められずに、しばらくの間、フミは目を光らせて男の去ったあたりをにらみつづけた。

「フミ姉さん、ちょっと」

すぐ傍らで二人のやりとりを心配そうに聞いていたマツが、フミの肩に手を触れた。

「何ね」

フミは表情を柔げると、すぐにいつもの快活さをとり戻して振り向いた。マツは他の女たちの方を時々見やりながら口ごもっている。

「何ね、どうしたの」

「あのフミ姉さん、怒らんでよ。さっきの話を聴いてたんだけど、やっぱり警察の人の言うこともきいた方がいいんじゃないかね」

フミは驚いてマツににじり寄った。マツは上目遣いでフミを見るとすぐに目を伏せた。

「私たち、ここで魚売るのをやめさせられたら困るさね……。最近、よく保健所の人たちが調べにきたりするからいつも心配してるさ。この間はあれ、新聞にも不衛生って載ってたしね」

その記事が載っていたのは一週間程前だった。ある日、保健所の職員がやってきて、何やかやと質問をして何匹かの魚を持っていったかと思うと、数日後〝夏場は魚の露天売りに注意〟という見出し付きで、フミたちの写真が新聞に大きく載った。

「名前は忘れたけど、何とか言うばい菌がたくさんいるってさ」

新聞を手にして喰い入るように読んでいるフミにマツが話しかけると、フミは目を剝いて言った。

「あれなんかに何分かるね。私たちは氷もいっぱい買って魚《いゆー》が傷《いた》まないように注意してるんだよ。

そんなことあるねひゃ。いつも買ってもらってるあんまーたちに何かあったら大変なことぐらい承知さ。私たちはもう何十年もここで商売してるんだよ。那覇の《なーふぁん》人《ちゅ》は昔から私たちの魚食べてきたんだよ。何で昔も今も魚は同じ魚なのに、今になって不衛生なんて言うね。私たちのは朝捕ってきたばかりの今魚《いまいゆー》だよ、そこらへんの冷凍物よりずっと新鮮さ」

すごい剣幕でまくしたてるフミの言葉に圧倒され、マツをはじめ女たちは皆フミを囲み、どんなことがあってもここで魚を売るのはやめない、と誓い合った。それなのになぜ今になって、マツがそんな弱音を吐くのか、フミには理解できなかった。

「何心配してるね。私は子供の頃から母《あんまー》と一緒にここで魚売《いゆーう》やーしてきたんだよ。誰もやめさせることはできんさ。何であんな男の言うこと恐がるね」

「でも姉さん、警察の人の言うのには逆らわない方がいいんじゃないね」

「何で、おかしいのは私の方ね」

おどおどしたマツの態度が腹立たしくてならなかったが、頭ごなしに叱る気にもなれず、フミは立ち上がると「ちょっと見ててね」と言い残し、平和通りの方へ足早に歩いていった。

変わったね、ここも。フミは平和通りの人混みを太った体で押し分けるようにして歩きながら、これまで何回漏らしてきたかしれない言葉を胸の中でつぶやいた。以前は空いた木箱にベニヤ板を渡して、下着やら鰹節《かちゅーぶし》やら米軍払下げのＨＢＴのズボンやらを山積みにして売っているあんまーたちの声が、両側から威勢よく響き、その中を歩いているだけで胸が高鳴ったものだった。今でも賑わいは変わらないのだが、聞こえるのはアルバイトの娘たちのか細い声で、それも外国の〝やかましい歌〟にかき消されがちだった。いつの間にか、頭の上には屋根も造られ、にわかに雨にあわてて商品を片付ける老女たちを手伝う楽しみもなくなってしまった。けばけばしいカラータイルが敷き詰められた通りは、もう自分が歩く場所ではないような感じがする。〝大安売り！　海産物祭り〟という幟《のぼり》の立った大きなスーパーの前でフミは立ち止まった。ガラスの向こうで動いている買物客たちは、水槽の中の魚のようだった。

「いらっしゃいませ。北海道特産の蟹はいかがですか」

まだ中学生ぐらいにしか見えない色白の娘が、気持ちのいい笑みを浮かべて細い喉で精一杯呼びかけてくる。

「私は糸満特産の魚売《いゆーう》やーだよ」

つられて笑いながら心の中でそうつぶやいたフミは、急にやりきれない淋しさに襲われて、もと来た方へ引き返した。つい二年程前まで、このスーパーのあるあたりには、ウタをはじめとして敗戦直後から店を出してきた女たちが、外から押し寄せる波に身を寄せあって自らを守っているサンゴのように小さな店を並べていたのだった。戦争で夫を亡くし、女手ひとつで生き、子供を育ててきた女たちは皆、フミより二まわりも三まわりも歳が上だったが、フミは彼女たちの中にいる時が一番楽しく、心が安らいだ。敵に襲われた小魚がサンゴの茂みに潜り込んで身を守るように、何か嫌なことがあるとフミはここに駆けつけ、語尾をはね上げる独特の口調で胸の中に溜まったものをすっかりぶちまけた。

「はっさ、あんたの舌はミジュン小《ぐゎー》が跳びはねる如あるさ」

どこからともなくそういう声が飛び、白い波が砕けるようにさわやかな笑い声が上がる。ここでは、どんなつらいことも笑いに変わってしまうのだった。

フミが中でも特にウタと親しくなったのには、ひとつのきっかけがあった。フミが平和通りから出て農連市場につづく路上で魚売りをするのを母から引き継いで間もない頃、暴力団が四、五名で縄張り料を払えと威しにきたことがあった。日頃は男たちに一歩も引けをとらずに海の仕事をしているフミも、その時はさすがに他の女たちの陰に隠れて震えるばかりだった。そこへ五十過ぎの小柄な老女がやってきて、スカートの前がはだけるのもかまわず胡座をかいてフミの横に座った。

「だー、兄さんたち、何買うね?」

ウタは人のよさそうな笑いを浮かべて男たちを見まわした。

「え、悪《やな》ハーメー。銭出《じんい》じゃせーんでぃる言ち居《よ》んで」

カーキー色のズボンをはいた三十がらみの男が、ウタの前にしゃがむとドスを効かせて言った。

「何買うって？　だー、あんたなんかにはこれ上げようね」

ウタは平然とした顔でビニール袋にスルル小《ぐゎー》（きびなご）をいっぱい入れると、男の顔の前に突きつけた。

「うせてぃるういみ、殺《くる》さりんど、すぐ」

男の手が袋を叩き落とし、陽に焼けた路面にスルル小が飛び散った。遠くから見ていた人たちも思わず首をすくめ、フミは生きた心地がしなかった。

「あいえーな、勿体ない。兄さん、これがどんなおいしいか知らないね」

ウタの声はどこか楽し気でさえある。

「でもね兄さん、スルル小食べようとして人に釣られる魚もいるさ。小さいからといってうかっとは食べない方がいいかもしれんね。あんたはじんぶん有るさ」

「何《ぬ》ーやんでぃ？」

ウタは男を無視して魚を拾い集めた。フミは今にも男がウタの襟首を掴まえて地面に叩きつけそうな気がして、助けを求めたかったが声が出なかった。憎々し気にウタの挙措《きょそ》を眺めていた男は、やがて何事か低くつぶやくと立ち上がり、金だらいの魚に唾を吐きかけて立ち去った。フミたちに笑いかけるウタの顔には、怒るに怒れない愛嬌が溢れていた。

それ以来、フミはウタに絶対の信頼を置いて、何かあるごとに「ウタ姉さん、ウタ姉さん」と走っていった。ウタが他のあんまーたちと同様に夫を戦争で亡くしていることは以前から知っていた。男一人に女二人の子供を抱えて喰うや喰わずの生活をしてきたことも。フミはウタの訛から山原《やんばる》の人だと気付き、那覇で暮らすのは大変だったろうな、と思ったが、口には出さなかった。ウタは自分の過去についてはほとんど語ろうとしなかった。ただ一度だけ、ウタが戦争中のことを話したことがある。それは長男の義明を亡くした時のことだった。フミはおしゃべりをして帰る時、ふと足を止めて、少し離れたところからかいがいしく働いているウタを眺めながらよくその話を思い出した。そして、くり返し心の中で反芻しているうちに、今ではまるで自分が体験したことのようにまで思えた。

激しい雨だった。洞窟《がま》の入口の方に寝ている義明の所まで霧のような沫《しぶき》がかかってきた。ウタは体に障るだろうと思って奥の方へ運ぼうとしたが、義明はなぜか力無く首を振って嫌がる。むくんで赤ん坊のように深い皺の寄った首の皮膚が捩れて痛ましかった。防衛隊に駆り出された夫の栄吉の消息は全く摑めない。ウタは部落の人たちと一緒に、まだ一歳にも満たない正安を長女のキクに背負わせ、自分は腎臓の悪い義明を背負い、三歳になったばかりの二女のユキエの手を引いて山野を逃げまどった。

洞窟の奥で正安のか細い泣き声が聞こえた。同時に押し殺した男の叱責する声が。心臓が締め上げられたように痛み、ウタは腰を上げかけたが、泣き声はすぐに止んだ。冷たく重い液体が溜っているような静寂が奥の暗がりに戻り、入口に覆いかぶさる木々の葉を打つ雨の音がひとしきり高まった。

緑色に染まった光に照らされて、異様に膨れ上がった義明の顔は生きているようには見えない。生まれつき虚弱体質の上に、二年程前から腎臓病も患い、寝たきりの日が多かった。米軍が上陸して家を出る時、暗い予感が脳裡をかすめるのを必死で否定したが、現実は無慈悲だった。洞窟を移動しつつ艦砲射撃から逃げまどう日々、義明を背中からおろし、日増しにむくみが酷くなっていく体に喰い込んだ帯の跡を揉みほぐしながら、ウタは何度も声を噛み殺して石のような涙を落とした。

今日、なぜか義明は洞窟の入口の方で眠りたがった。二、三日前から身動きすることはおろか、声を出す元気さえなくなっていたのに、今朝はしきりに光の方に首を動かしているのに気付き、ウタは新鮮な空気を吸いたがっているのだ、と思った。他の人々の許しを得て、外から見えないように入口近くの岩陰に身を隠して義明を横にすると、むくみで鼻も詰まっているのか、魚のように口をパクパクさせて雨と木々の匂いのする外気をむさぼる。天井から一滴の滴が額に落ちた。生まれたばかりの雛鳥の目のように腫れ上がった瞼に埋もれて、先だけ見えている睫毛がわずかに動いた。その時、ウタはやっと気付いた。この子は私の顔が見たかったのだ、と。母親の顔を見るために光が欲しかったのだ、と。だが、光を手に入れても、もう瞼を開く力さえ失われていたのだ。ウタは涙をこらえて、張りつめた薄い皮膚を傷つけないように指先の震えを抑え、人差指と親指で義明の瞼を開いてやった。目やににまみれ黄濁した白目の中に力無く光を放っている薄い茶色の瞳があった。義明の顔にかすかに笑みが浮かんだような気がして、ウタは俯《うつぶ》すと冷えきった体を抱いた。義明が息を引きとったのは、それから一時間も経たない、雨上がりの陽が透明な光を放つ正午頃だった。

フミは歩きながら思わず涙を落としている自分に気付いた。厚い掌で目をこすり大きく鼻をすすった。すれ違う人たちが笑いながらフミを見たが、そんなことには頓着しなかった。この思い出がウタから聞いたことであり、自分の直接体験したことではないということが、信じられなかった。いや、私は確かに腹を痛めて義明という男の子を生み、その子の死をみとったのだ。指先にはまだ義明の瞼の感触さえ残っている、とフミは思った。

「ウタ姉さんの経験したことだもの、何で私の経験したことでないということがあるかね」

そう独りごちたフミは、いつかウタ姉さんが暴力団を追い払ったように、あの刑事を追い払えなかった自分が悔しかった。

ウタ姉さんみたいになりたい。親しく交わるようになればなるほど、フミはそう思った。鷹揚で、人を憎むとか、嫌うとか、そういう気持ちが心に浮かぶことがあるのだろうかと思うほど、いつも人のいい笑いを浮かべている。それでいて暴力団の威しにもひるまないで、冗談を言ってあしらうウタのような人間になりたいとフミは思いつづけた。反面、気性が激しくて、すぐに喧嘩腰で相手をやり込めてしまう自分の性格が嫌でならなかった。

「私も歳とったらウタ姉さんみたいな笑い方できるかね」

ある日、何の気なしにそう言ったことがある。ウタは何も言わずに目を細め、「イヒイヒ」と例の笑い顔で笑うだけだった。

売り場に戻ると、カジュが金だらいの前にしゃがみ込んで、真剣な顔でマクブの歯や目に触っていた。

「カジュ、今日は一人ね」

後ろから声をかけると、弾けるように振り向き、虫歯だらけの歯を見せて嬉しそうに笑う。ウタ姉さんと同じ笑いやさ、とフミは思った。

「今日はおばーはどうしたの?」

「家で寝てる」

フミは驚いた。

「何で、どこか悪いのね?」

「どこも悪くはないよ。母ちゃんが今日は家に居ときなさいって言ったから、家で寝てるさ」

「そうね」

フミは気になったが、それ以上訊くことはしなかった。

「そうだ、カジュ。この魚、おばーに持っていってあげてね」

フミは以前よくウタが好んで買っていったグルクンを五匹、ビニール袋に入れてカジュに渡した。

「お金は?」

「いいさ、いいさ。おばーに近いうち遊びに行くからって言ってね」

「うん、どうもありがとう」

片手に魚を下げて、頭を斜めにしてヒョコヒョコ走っていくカジュの後ろ姿を眺めながら、フミは胸の底に何か嫌な予感がこびりついているのを感じていた。


「正安さん、課長さんが事務所でお呼びですよ」

昼の弁当を食べ終え、作業仲間と一緒に休憩所で雑談をしていた正安に、最近入ったばかりの若い女の事務員がドアから顔だけ出して明るく声をかけた。

「何《ぬ》ーやがや」

話を止めて自分を見た皆にそう言って休憩所を出ると、顔や首筋に直射日光が小さな昆虫が群がるように降り注ぐ。紫外線に目を傷つけられて、倉庫の前のフォークリフトが溶けたバターの塊のように歪んで見えた。暑さを避けて皆、倉庫の陰で寝ているのだろう。構内で動いているものといえば、船体のペンキを塗り変えている貨物船の船員たちだけだった。

この港で仲士《なかし》の仕事をするようになってから半年くらいになっていた。長いこと勤めていた建設会社が不況で倒産し、日雇いの仕事を追い求めて三年にもなる。今は昔の友人に紹介してもらって、定期的に港湾で働かせてもらえるので、スーパーにパートに出ているハツの給料を合わせれば、どうにか一家五人喰ってはいけた。しかし、病気でもしたらおしまいだ、という不安にさいなまれない日はなかった。

事務所に入ると、机に座って新聞を読んだり、雑談したりしていた数名の男たちが顔を上げたが、これといった反応も示さずにすぐ元の状態に戻った。冷房が効き過ぎていて、正安は思わず肩をすくめた。課長の大城の姿は見えないので、壁にずらっと掛けられた表彰状を立ったまま眺めていると、さっきの事務員が横手のドアから現われ、「あら」とひとなつっこい笑顔で笑いかけた。

「そこに座られてお待ちになったらいいですのに。今、お茶をお入れします」

正安は傍らのソファに視線を落としたが、中途半端な笑いを浮かべて頭を下げただけで座ろうとしなかった。若い事務員は物珍し気に瞳を動かし、納得したようにうなずくと、ドアの向こうに消えた。そして、すぐに緑葉が目に浮かぶような香ばしい湯気の漏れる急須を手にして現われ、茶碗にお茶を注ぐとソファーのテーブルにていねいに置いた。

「どうぞ、お熱いうちに」

正安は恐縮してぎこちなく頭を下げ、遠慮がちに腰をおろしてお茶を手にした。

「ミヤちゃん、こっちにも」

「自分でいれたら」

声をかけた三十歳位の男にからかうようにそう言って、少女のように細い体を弾ませ、彼女は自分の席に戻った。

いい女子《いなぐ》んぐゎやさ、徳田さんと言ったかな。お茶を啜りながら眉の美しい化粧っ気のない横顔にさりげなく目をやっていると、勢いよく奥のドアが開いて、禿げ上がった頭まで日に焼けた大城が、書類袋を手にして出てきた。正安はあわてて腰を上げ、頭を下げた。大城は後から出てきた五十過ぎ位の背広姿の恰幅のいい男を先導し、正安の横を素通りすると表へ出た。それから十分ばかり正安は待たされた。時計を見るともう一時五分前だった。事務所の中では皆相変わらず談笑しているが、現場ではそろそろ作業の準備をしている頃だ。遅れていった時の気まずさを考えて不安になり、正安はしきりに時計を見た。ふいに入口のドアが押し開けられ、大城が一人で戻ってきた。正安が立ち上がって会釈する間もなく、大城はもう目の前に座って開襟シャツの前を開けて胸に風を送っている。

「待たせてすまないね、急に来客があってね」

若い女の事務員がお茶を出しながら大城と正安をチラッと見た。正安は顔が熱くなるのを感じた。

「お母さんは元気かね」

「えっ」

思いがけない問いに正安は口ごもった。

「君のお母さんは、もういくつ位になるのかね」

「はぁ、今年で七十六になります」

「七十六か。ぼくの母よりは二つ上か。あ、三つかな。まー、それはいいけど、やっぱり歳をとってくると色々大変だろう」

「はー」

正安は訝《いぶか》しそうに大城を見た。

「ぼくの母は最近、少しボケ始めたみたいでね。君のところはどうかね」

どう返事していいか分からなかった。

「いや、実はぼくの友人に県警で働いている奴がいてね。そいつからちょっと聞いたんだけど、君のお母さんのことね、最近平和通りでちょっとした事件があったらしいね」

〝事件〟という言葉が正安を脅かした。事務所の中の皆が聞き耳を立てている。

「事件という言い方は大袈裟だけどね。ま、交番に苦情があったという程度らしいけど、君も聞いてはいるんだろ？」

「いえ、私は何も……」

大城は眉をひそめて、一瞬、険しい目で正安を見たが、すぐに表情を崩した。

「へー、それはどういう訳かな。ぼくはてっきり君の方にも話は行っているのかと思ったけど」

「あの、どういう苦情なんでしょうか」

笑いの下の疑い深そうな大城の視線に正安はひるんだ。

「いや、ぼくの友人の話だと、最近君のお母さんがね、あちこちの店の品物に触って困っているらしいんだよ。汚れた手でね……。ほら、年寄りというのはどうもね、排泄の方があたりかまわぬようになってくるだろう。実は、ぼくの両親はまだ何ともないんだが、妹の方が困っているらしいんだ。姑が手で摑んで壁にこすりつけるらしいんだ、あれをね」

皆の目が一斉に自分に注がれた気がして、顔を上げられなかった。

「近頃、ボケて漏らしたりすることがあるのは知ってましたけど、他人にまで迷惑をかけているとは知りませんでした」

正安は嘘をついた。

「まぁ、人間誰でも歳をとるんだから仕方のないことではあるんだけどね。実は今日君を呼んだのは、友人から頼まれた事があってね。こういうことをぼくの口から言うのは何だが、彼の話では、交番の方に何とかしてくれという苦情が絶えないらしいんだよ。まさか、子供でもないからそうそう保護ばかりしている訳にもいかないしね。それで、できたらなるべく人混みには一人で出歩かないようにさせてもらえないか、ということなんだが」

口調は同情的だったが、ソファーに凭れて悠然と返事を待っている態度には、有無を言わさぬものがあった。断われば仕事はもらえないだろう、と正安は唇を嚙みしめた。

「分かりました。なるべく外には一人で出さないようにします」

「その方がいいんじゃないかな。第一、年寄りの一人歩きというのは危ないよ。交通事故にだってあいかねないし、暑い時は脳溢血で倒れたりもするしね。それでだね、今度の水曜日、明後日《あさって》のことなんだけどね」

正安は顔を上げた。大城は露骨に顔をほころばせている。

「その日は特に出さないでくれというんだよ。理由は知っているんだろ?」

「ええ」

「そうか、それじゃあ、よろしく頼むよ。お互い歳をとった親の世話は苦労するな。もっとも女房の方はもっと大変だろうけどね」

大城は時間を惜しむように残り茶を一気に飲み干し、「それじゃあ」と大股で奥の部屋に歩み去った。正安は黙って頭を下げ、事務所を出た。

外の暑さがムッときて、立ち眩みがした。思わずアスファルトに片膝をつき、しばらく眼窩を押さえてから時計を見ると、もう一時を十五分も過ぎている。正安は無理に走って現場に向かった。

「正安さん、正安さん」

その日の日当をもらって事務所を出、門の所へ歩いている正安を昼に「ミヤちゃん」と呼ばれた事務員が呼び止めた。いつもの心をなごませる笑顔と違い、心配そうな眼差しが、午後ずっと塞いでいた正安の胸の奥に染み透った。

「正安さんのお母さん、だいぶお悪いんですか?」

「いえ、まあ……」

「私の祖母も亡くなる前は酷かったんですよ。夜、家を抜け出して大騒ぎになったり、隣近所の物を勝手に持ってきたり。最後は寝たきりになってしまって、私も学校から帰ると母と交代でいつも下の世話だったんです」

正安はぼんやり立ったまま、高校を出たばかりらしい娘の真剣な表情を正視できないでいた。

「こんなこと言うのは失礼かもしれませんけど、私、課長さんの言うことなんか聞く必要ないと思うんです。歩けるうちは歩くことの楽しさを奪ってはいけないと思うんです。寝たきりだった祖母のことを思い出してそう思ったんです。だから……」

正安は深くうなずくとそのままうなだれた。若い事務員はそういう正安を見つめている。

「あの、奥さんに頑張って下さいと伝えて下さい。私、それが一番言いたかったんです」

「あ、ちょっと待って……」

気まずそうに頭を下げて走り去ろうとした娘を正安はあわてて呼び止めた。

「あの、あんたの名前、何て言いよったかね」

「徳村です」

「徳村さん。どうもありがとうね」

娘の顔に飾り気のない笑顔が戻った。正安は事務所に走る後ろ姿を見送り、柔らいだ表情で門に向かいかけて、ふと足を止めた。大城の車はまだ構内に駐車している。正安は事務所に引き返そうとした。だがどうしても足を踏みだせなかった。五分以上もそこに立っていたろうか。正安は大きく息をつくと、自分の影を踏みにじるように踵をめぐらし、バス停に急いだ。

放課後、校庭でドッジボールをして遊んでいたカジュは、下校のチャイムが鳴ったのを合図に、クラスメートのトモやヨシと校門を目指して走った。二人に大きく離されて門を飛び出したカジュの前に、門柱の陰から現われた男が立ちはだかった。カーキ色のサファリジャケットを着たあの男だった。

「やぁ、今から帰るのかい」

男はいつもの馴れ馴れしい態度で笑いかける。カジュは男から目を離さずに後ずさった。先に出て待っていたトモとヨシが、カジュの怯えた様子を敏感に察して戻ってくると、両側からカジュの体にぴったり身を寄せ、男をにらみつけた。

「何も恐がることはないよ。今日は一義くんにご馳走しようと思って待ってたんだから。君たちも一緒にくるか……」

男が最後まで言い終わらないうちにカジュたちは校内に駆け込んでいた。校庭に残っていた生徒たちが、「何か、何か」と走ってくるカジュたちを見た。

「マチコ先生」

カジュは賑やかな数名の女生徒たちに囲まれてやってくる三十を少し過ぎた位のやせた小柄な女教師を大声で呼んだ。真知子は今にも泣き出しそうな顔を斜めにして走ってくるカジュとその横に付いているトモとヨシ、そして三人の後ろから付かず離れずやってくる色の浅黒い、ちょっと目には体育教師にも見えるガッシリした体格の男を見た。カジュは半ば楽しそうに悲鳴を上げる女の子たちをかき分けて真知子の体にとびついた。

「どうしたの、いったい」

真知子は大きく肩を上下させているカジュの背中をさすりながら、トモとヨシ、そしてサファリジャケットの男に目をやった。

「このおじさんが急に追っかけてきたんだよ」

せわしく息をつぎつぎ、トモが男を指差した。男は二、三メートル程離れたところに立ち止まって、苦笑いを浮かべている。

「何なんですか、あなたは。どうしてこの子たちを追っかけまわしたりするんです」

「いゃあ、ぼくは別にそういうつもりじゃあ。一義くんにちょっと用事があって」

「嘘だよ」

真知子の胸から顔を上げてカジュが叫んだ。

「どういうことなんですか。この子たちに変なことをしようとすると警察を呼びますよ」

「警察か、弱ったな」

男は校庭のあちこちでこちらを注目している生徒たちを見まわし、校門の方へ引き返し始めた。

「待ちなさい。あなたいったい誰なんです。名のらないと、今すぐ職員室に行って他の先生方を呼んできますよ」

男は足を止め、舌打ちして真知子を探るように見た。真知子の意を察して、トモとヨシが職員室に走った。男の鋭い目が二人を追う。

「別に心配することはありませんよ。ぼくは一義くんのお父さんの正安さんと知り合いの者です。今日は三人で食事でもしようかと思って誘いにきただけですから。じゃあ、一義くん、また次に一緒にご馳走食べにいこうな」

男は職員室からトモらに導かれて男の教師が出てきたのを見てとると、落ちついた、それでいて素早い足どりで校門を出た。怯える子供たちを置いては後を追うこともできず、真知子は他の教師たちが来るのを待った。やがて駆けつけてきた教頭と理科の前原先生が話を聞いてすぐに学校周辺を調べたが、男の姿はすでになかった。

「一義くん、あの男の人は誰なの?」

教頭が何を訊いてもカジュは黙りこくって答えなかった。

「今日はショックを受けてるみたいですから、これくらいにしたらどうでしょう」

真知子の提案に教頭も肯き、子供たちを帰すと職員室に引きあげた。また途中で待ち伏せしているかもしれないからと、真知子はカジュを家まで送るために一緒に校門を出た。与儀公園を通りながら、去年転任してきてカジュの担任になり、家庭訪問に道案内してもらった時のことを思い出した。あの時は真知子の手を引っ張って、公園を通ると近道だよ、とはしゃいでいたのに、今はうつむいたきり顔を上げようともしない。男に対する怒りと疑問が改めてこみ上げてきた。

学校からカジュの家までは五百メートルもなかった。道を渡り、十二階建ての琉大附属病院の建物を見上げて一息つくと、真知子は去年教えられたとおりに玄関横の植え込みの陰から保健学部棟との間を通り、さらに看護学校の敷地を抜けて入り組んだ狭い路地に入っていった。

「確かこの径だったよね」

さすがにこの路地のあたりまでくると道順に自信がなくなり、黙ってうなずくだけのカジュを促しながらどうにか見憶えのあるトタン葺きの家の前に出た。

「ごめん下さい」

ガラス戸越しに声をかけると「はい」と女の子の声が返ってきた。

「あ、マチコ先生」

戸を開けたのはサチだった。カジュと違って人見知りしないサチは、去年の家庭訪問で真知子の顔を憶えて以来、学校で会うたびに駆け寄ってきて、思いつくままに一方的におしゃべりし、最後にいつも「四年になったらマチコ先生のクラスになれたらいいな」と言うのが口癖だった。

「お母さんはいないの？」

「いないよ。まだ仕事から帰ってこないさ。でももう四時過ぎだから来ると思うよ」

近くのスーパーで働いているハツは、忙しくなる前に三十分だけ家に帰り、大急ぎで夕飯の支度をしてすぐに仕事に戻るのが習慣だった。

「兄にー、また何か悪いことしたの？」

サチは真知子の側でうなだれて立っているカジュをからかうように言った。だが、いつもならすぐに腹を立てるカジュが、今日はそういう素振りさえ見せないので、今言ったことを後悔しながらサチは真知子を見た。

「ううん、カジュはいつも良い子なんだけど、今日は少し変な人がいてね、それで嫌な思いをしたんだよね、カジュ」

真知子は二つ下のサチの方が姉のようにカジュを気遣っているのが、おかしくもあれば頼もしくもあり、自然と口元がほころんだ。

「変な人って、あの色黒《いるくるー》の警察の人」

「警察？　警察って何のことなの、サチ」

「今日、学校から帰る時に校門の所で呼び止められたよ。恐かったからすぐに逃げてきたけど」

「その人どういう格好してた？」

「汚れた緑色の、あれ、アメリカーのトラックの色みたいな上着に、下はGパンだったかな」

〝あの男だ〟真知子は心の中でつぶやくと、思い出すのも嫌だというように顔をしかめているサチの手をとった。

「ねぇ、サチ。どうしてその警察の人たちはサチやカジュにつきまとうの」

「サチだけじゃなくてお家にもくるよ」

「なぜ？」

「よく分からんけど、おばーのことみたいよ」

「おばーのこと？」

真知子は去年の家庭訪問の時、母親のハッそっちのけで話していた老女のことを思い出した。

「この子は生まれた時から体弱くてよ。いつも友だちに泣かされていたさ。学校ではそういうことないですかね？　そうですか、よろしくお願いします……」

余計なことは言うな、と言いた気に、顔を真っ赤にしてひざまづいているカジュを見ながら真知子は、「心配ないですよ。カジュも頑張ってるからね、ねぇカジュ」と言って笑ったが、老女は「でもね、先生」とまた別の話を切り出すのだった。それはどこにでもあるような孫を溺愛する祖母の姿としか映らなかったが、そのカジュの祖母と警察の間にいったいどういう関係があるというのか。

「おばあさんに何かあったの？」

「ちょっと……」

サチは顔を曇らせると、困ったようにカジュを見た。訊かなければよかった、と真知子は思った。

「先生、もういいよ。どうもありがとう」

突然、カジュが怒ったように靴を脱ぎ捨てて部屋に上がった。サチは物問いたげな眼差しで真知子を見たが、真知子も困って、仕方なく「そっとしておいてね」とだけ言い残してその場を後にした。

路地から出て、附属病院の玄関前まできた時だった。真知子は信号を渡ってこちらに来るハツに気付いた。

「一義くんのお母さんじゃないですか？」

声をかけると、物憂げな顔で足元に視線を落として歩いていたハツは、虚をつかれたように顔を上げた。

「ああ、金城先生、どうもごぶさたしてます」

そう言うまでに少し間があった。疲れているみたいだな、と思いながら、真知子はハツの手を引くと植込みの縁石に並んで腰をおろし、学校であったことのあらましを話した。

「警察の男？」

ハツは顔をしかめた。さっきのサチの表情とそっくりだった。やはり触れてはならないことがあるような気がして、事情を詳しく訊くのは憚《はば》かられた。

「しばらくは一義くんを家まで送りましょうか。往復二十分もかかりませんから、私の方は大丈夫ですよ」

「いえ、先生にそこまでしてもらったら大変です。心配されなくてもいいですよ。水曜日までですから」

「水曜日まで?」

ハツは真知子の視線を避けるようにしてうなずくと、あわてて腰を上げた。

「どうも、いつもカジュのこと心配してもらってありがとうございます。今日はわざわざ送ってまでいただいて」

「いいえ、そんなことは別に」

ハツはていねいに何度も頭を下げて、病院の横手の方へ足早に消えた。

「水曜日か、明後日じゃないの。いったい何のことかしら」

玄関の階段を下り、信号が変わるのを待ちながら、真知子は今の会話をもう一度思い返していた。信号が変わった。真知子は道を渡りながら真向かいに建っている市民会館に目をやった。レンガを城壁のように積み重ねた庇《ひさし》が苔生《む》して落ちついた色合いを見せ、縦に走る懸垂幕の白が鮮やかに映えている。

「第××回献血運動推進全国大会――期日、七月十三日、水曜日」

文字を目で追っていた真知子は、「水曜日か」と思わず声を漏らして急いで道を渡りきり、市民会館の階段を駆け上ると、垂れ幕を見上げた。二、三日前に読んだ新聞の記事と一枚の写真が思い浮かぶ。それは、この大会に出席する皇太子夫妻の警備のためにということで、道路沿いの仏桑華やギンネムが無残に刈り取られた写真だった。その時は単に、もったいない、と思っただけだったが、改めて一緒に載っていた記事を思い出すと、何か不気味な感じがした。新聞には、「過剰警備」に対する弁護士団体の抗議声明として、いくつかの警備の行き過ぎの事例が挙げられていた。中でも数カ月も前から皇太子の通過する沿道の全世帯、事業所等を、警察が情報収集しており、家族構成や勤務先から思想、政党支持の調査まで行われている、という事例は、にわかに信じ難かったが、今日の出来事を考えると、もしかしたら……という気がして、肌寒さを覚えずにいられなかった。

でも、どうしてカジュのおばあさんが警察なんかに……。

そのことが真知子には理解できなかった。

水曜日といっても、何もこの大会と関係あると限ったことではないんだから、私の思い過ごしかもしれない。

心のどこかに不安や後ろめたさを感じながらも、結局、真知子はそう自己納得して学校に戻った。

朝から降ったり止んだりをくり返していた雨は、お昼頃から土砂降りになった。近くの店先に魚を置かしてもらって、フミは傘を広げると、もうウタも顔見知りのあんまーたちもいないと知っているのに、平和通りに歩き出した。耳がおかしくなるくらいボリュームを一杯に上げて軍歌を流し、雨に濡れそぼった日の丸を掲げて、黒塗りの胴体に菊の御紋をはさんで至誠と書いた右翼の宣伝車が目の前を通り過ぎていく。

今日の一時に皇太子たちは沖縄に来るはずだった。フミの住む糸満には、皇太子たちが廻る予定の摩文仁の戦跡公園や、前に火炎ビンが投げられたひめゆりの塔などがあったから、凄まじい警備が敷かれていた。道路のあちこちに警官が立っていて、今朝、夫の幸太郎の軽貨物で那覇に来る時も何度も検問に引っかかり、フミは癇癪を起こした。

「はっさ、あんたなんかは何回同じことしたら気が済むね？　私たちは急いでるんだよ、わじわじーしてふしがれないさ」

色白で童顔の若い警官は、間の抜けた顔をしてフミを見た。車が発進すると、フミは幸太郎に言った。

「悪者達《やなむんたー》や、島小《しまぐわー》だけじゃなくて内地人《ないちゃー》警官まで居るね」

ほんとに、何が皇太子来沖歓迎かね、皆、昔の痛さ忘れて。フミは後続を無視してノロノロ進んでいく右翼の宣伝車に石でも投げてやりたかった。

宗徳にしてもそうだ。戦争で家族を三人も亡くしているというのに、軍用地料をもらって金回りが良くなったら、自民党の尻追《ちびぅー》やーして。

昨夜のことだ。区長をしている上間宗徳が、日の丸の小旗を二本持ってやってきた。

「何ね、これは」

酒でもひっかけてきたのか、赤ら顔をてらてら光らせている宗徳をフミは冷たく見た。

「明日《あちゃー》、皇太子殿下と美智子妃殿下の来《ち》うせーや、やぐとぅよ、諸《むる》ち歓迎さーんでぃいち、配布の有てぃよ」

「何で私たちが旗振やーまでしないといけないね」

「あい、此《く》りや気持ちよ、気持ち」

「何の気持ち?」

「皇太子殿下歓迎するんでぃいゅぬ気持ち」

「カンゲーイー? えっ、あんたねー、戦で兄さんも姉さんも亡くしたんでしょう。よく歓迎なんかできるね。私はあんたのキク姉さんに阿旦葉《あだんばー》で風車《かじまやー》作ってもらったこと今でも憶えてるよ。優しくていい姉さんだったさ。それがどうね。女子挺身隊に駆り出されて、まだ遺骨も見つからないんでしょう。あんた、あんなにキク姉さんに可愛がられてたのに……」

「何《ぬ》ー、戦憎さしや、吾んにん同物《ゆぬむん》どぅやる。やしが、皇太子殿下がる戦起《う》くちゃんな？　あれとこれとや別《びち》ぬ事《くとぅ》やさ」

「あーあ、別ぬ事や非《あら》ん。あんたが何て言っても私は歓迎なんかしないよ」

フミは旗を鷲摑みにすると庭に投げ捨てた。

「いやー勝手《かってぃ》せー」

宗徳は憤然として門の方に向かった。

「えー、その腐り旗、持って帰りなさい」

フミが怒鳴ったが、宗徳は見向きもしなかった。裸足で庭に飛び出して日の丸を拾うと、フミは四つ裂きにして便所の中に投げ込んだ。

「あぬ輩《ひゃー》は、頭《ちぶる》が禿《は》げたら記憶も剝げて無《ね》んなとさ」

平和通りを歩きながらフミは悔しくて何度もたたんだ傘で地面を叩いた。

そのうち、フミは女ののしり声がどこからか聞こえてくるのに気付いた。声のする方に行ってみると、通りから少し奥まった所に二軒、軒を並べている果物屋の前に人だかりがしている。人一倍好奇心の旺盛なフミは、爪先立って中をのぞいてみた。背の低いフミはなかなか様子を摑めず苛立ったが、太った体で人を押しのけて前に出てみると、泥で汚れたアスファルトの上に転がっている数個のオレンジを四つん這いになって拾い集めている老女と、腰に手を当ててそれを蔑むように眺めているフミと同年配の女の姿があった。

「ウタ姉さん」

フミは老女に駆け寄り、肩を抱いた。

「え、あんた、どういうつもりね」

女をにらみつけると、女も唇を震わせてにらみ返す。

「どうもこうもあるね。これ見てごらん、これ。汚い手で触られて、もう売り物にならないさ」

女の差し出したバナナの房を見てフミは言葉を失い、あたりに漂っている異臭の正体を知った。路上に膝まづき、両手に持ったオレンジを口に運ぼうとするウタの手を押さえて、手にした物を見ると、それにもべっとりと、白い粒の混じった黒ずんだ茶色の排泄物が付いている。

「ウタ姉さん」

目の奥が焼けつくように熱かった。

「バナナだけじゃないよ。オレンジもリンゴも、さっきから店の前で品物に触わり触わりするから、何かね、と見てみたら、自分の糞すり付けてあるくさ。わじわじーしてならない」

フミは手荒く涙を拭うと、女ににじり寄った。

「え、あんた、この姉さんが誰だか分かるでしょう。ついこの間までこの通りで一緒に店出してたんじゃあないね。そんな言い方はないでしょう。あんたも昔はウタ姉さんに助けられたことあるんじゃないね」

女はさすがに一瞬たじろいだが、すぐに負けじと言い返してきた。

「何ね、あんたは、他人事だと思って。私たちは毎日の売り上げで生活してるんだよ。こんなことされたら食べていけないよ。それにね、この姉さんがこんなことするのは初めてじゃないんだよ。皆、品物の野菜とか、洋服とか、触られて迷惑してるさ。あんたは知らんかもしれないけどね」

フミは何も言うことができなかった。ふと側を見ると、ウタが糞にまみれたオレンジをかじって、口から汁を滴らせている。フミはあわててオレンジを取り上げ、指差して笑っていた大学生風の男をにらみつけると、ウタを抱いて立ち上がらせた。

「私が弁償するさ。だー、いくら払えばいいね」

「五千円位かね」

女はぶっきらぼうに答えた。フミは前掛けのポケットをまさぐった。三千円とちょっとしかない。

「うり、残りは明日払うからね」

女は何か言いたそうだったが、差し出された金をしぶしぶ受け取った。

「だー、どきなさい。見世物じゃないよ」

金を渡すと、女の顔を見ようともせずに、フミは見物人たちに当たり散らしながらウタの肩を抱いてその場を離れた。

「姉さん、ちょっと待ちなさい」

通りに出て二、三〇メートルも行った頃、後ろからさっきの女が声をかけてきた。

「何ね、残りは明日払うって言ったでしょ」

「違うよ、そんなことで来たんじゃないよ」

フミの言葉に女はしょげたような顔をした。

「うり、これ返すさ」

女の差し出した金をフミは押し返した。

「さっきは私も頭にきていて物分からなかったさ。私もウタ姉さんを憎んでああ言ったんじゃないよ」

「分かってるよ」

フミはうなずいた。だが怒りは去らなかった。それはこの女に対する怒りではなく、摑みどころのない、何かもっと大きなものに対する怒りだった。

「いいよ、そのお金はあんた取っときなさい」

フミはウタの歩調に合わせてゆっくり歩き出した。肉付きは豊かだが、上背は人並よりずっと小柄なフミの腕の中にさえ入ってしまう程、ウタの体は小さくなってしまっている。平和通りを出ると雨はまだ降りつづいていた。フミは傘を開き、顔をしかめて露骨に好奇の目を向ける人々の容赦ない視線からウタを守って歩きつづけた。

皇太子ご夫妻来沖　西銘知事らが出迎え

警備陣の厚い壁と雨模様のなか、皇太子ご夫妻が十二日午後一時、全日空特別機で来沖した。今回の来沖は、日本赤十字社名誉副総裁として十三日午後一時半より那覇市の市民会館で開かれる第××回「献血運動推進全国大会」へのご出席が目的だが、その間、糸満市摩文仁の国立沖縄戦没者墓地、沖縄平和祈念堂、ひめゆりの塔の参拝のほか、県赤十字血液センターなどを訪問する。

皇太子ご夫妻の来沖で、この日の那覇空港、摩文仁戦跡公園、沿道は五三年の「7・30（交通方法変更）」以来の厳重警戒体制が敷かれ、献血運動推進全国大会では他県では例を見ない緊迫した空気に包まれた……ご夫妻はしばらく貴賓室で休憩したあと護衛車を先導に一路南部戦跡へ。空港を出ると、八年ぶりに県民の前にお姿を見せられたご夫妻に沿道を埋めた住民の目が一斉に注がれた。人垣が大きく揺れ、歓迎の小旗がはためくそのそばで、群衆をにらみながら直立不動の姿勢をとり続ける警察官。小禄の自衛隊基地前では、陸・海・空の自衛隊員らがフェンス沿いに並び、ご夫妻の車に一斉に敬礼。県内で、自衛隊が皇族歓迎の意を積極的に表明するのはかつてないことで、数百メートルにおよぶ制服の列は厳粛の中にも異様なひとコマを見せた。

糸満街道でも歓迎の人波は絶えず、ご夫妻の車列が姿を現す前から住民が沿道を日の丸の小旗で埋めた。ご夫妻は、車中でお顔をほころばせ、小刻みに手を振っては歓声にこたえていた。

　南部戦跡では国立戦没者墓苑、沖縄平和祈念堂を参拝。さらに、元沖縄師範女生徒、職員ら二百二十四人を合祀したひめゆりの塔を参拝、戦死した乙女らのめい福を祈った。


「戦争であれだけ血を流させておいて、何が献血大会か」

　正安は新聞を叩いて四つ折りにすると畳の上に投げ捨てた。音量を絞ってテレビを観ていたカジュとサチが、怯えたような眼差しを自分に向けているのが忌々しかった。

「いつまでテレビ観てるか。早《へー》く寝《に》んべー」

　正安はわざと酔っているように見せかけて乱暴に言った。二人はすぐにカーテンの陰に姿を隠した。

　食器を洗っていたハツが手を止めて正安を見ている。

「何《ぬ》ーが、悪目《やなみーち》付きしち、言い欲《ぶ》さる事有いねー言え」

　ハツは水道をひねり、食器をゆすいだ。

　目の端にぼんやりと緑色の影が映る。正安は目を閉じ、手探りで泡盛のコップを手にした。ウタの部屋の戸に緑色のペンキが塗られた真新しい掛け金が取り付けてあった。さっきからどんなに避けようとしてもそこに目がいってしまう。

　昨日、会社から帰る途中、さんざん迷った揚句、正安は金物屋に寄った。ウタを家から出すなと言われても、昼は誰も見る人がいない。残った手段はそれしかなかった。バスから降りると、附属病院前の舗道を歩きながらポケットの中の金属をまさぐり、何度も捨てようとした。しかし、できなかった。市民会館に目をやると〝献血運動推進全国大会〟と大書した垂れ幕が風にはためいている。大声で喚きながら幕を引き裂いている自分の姿が目に浮かんだ。吾んや、何《ぬ》んする事《くとー》ならん。正安はポケットの中の掛け金を握りしめ、逃げるように家路を急いだ。けれども、いざ家に着いてみると、やはり掛け金を取り付けることはできなかった。

ハツはまだ食器を洗っている。水音と食器のぶつかる音が神経を掻きむしるようだ。

「え、なー何時と思うか。残《ぬく》いや明日《あちゃー》せー」

ハツは水道を止めると、手を拭きながら急ぎ足で正安の前を通り、子供部屋のカーテンをめくって中に消えた。

「平和通りでちょっと……」

スカートから滴の滴る泥まみれの犬のように哀れなウタをフミが連れてきたのは、お昼頃だったらしい。フミはウタを湯に入れて着替えさせると、三時頃サチが帰ってくるまでウタの枕元に座って小声で何か話しかけていたという。帰宅して、サチと隣近所の女たちから聞いたことをごっちゃに話すハツの話を聞いた正安は、ウタの部屋の戸を開け放ち、隅でうずくまっているウタの肩を荒々しく揺さぶった。

「ええ、おっ母。正気なてぃとらせよ。何《ぬー》があったんばーが?」

「あんた、やめて」

ハツが叫ぶ。

「ええ、おっ母よ」

「ミカンや何処《だー》に持《む》っち行じゃが?」

「はぁ?」

「ミカンよ。早《へー》く義明に食《か》まさんねーならんしが」

正安は手を放し、呆然とウタを見た。

「義明やミカン上戸《じょーぐー》やくとぅよ、早《へー》く持《む》っち行かんねーならん」

ウタは四つん這いになって畳の上を這いずりまわり、ミカンを捜している。ハツと戸の側から顔をのぞかせたカジュとサチが、二人を見守っている。

「おっ母、義明やなー四十年前《めー》に居《う》らんなたせー」

正安は後ろからウタを抱き起こした。

「嘘物言《ゆくしむぬいー》すな、義明やなま山原《やんばる》ぬ山ぬ中居《う》てぃ吾ん待っておる」

ウタはむずがった。ハツが入ってきてウタをなだめすかし、横にならせた。ウタが寝入ると、正安はドライバーをとってきて、戸に掛け金を取り付け始めた。

「あんた」

「何も言うな」

吾《わ》んにはこうすることしかできない。正安は自分に言いきかせた。戸を閉め、掛け金をはめ、とれないように頭を曲げた五寸釘を差し込もうとした時、ハツが腕にすがりついた。

「はずれやしないよ、あんた。それだけはやめて」

正安は手にした五寸釘を見つめていたが、ゆっくりとそれをテレビの上に置いた。

ハツは子供部屋に入ったまま出てこない。サチか、カジュか、どちらか、あるいは二人一緒にかすすり泣く声が聞こえた。正安はふいに怒りに駆られて空の三合ビンを振り上げた。だが、ビンは力無く畳の上に落ちた。正安はゆらゆら立ち上がり、蛇口に縋りついて水を飲み、掛け金に目をやると溜息をついて寝間に入った。

「坊や、学校は?」

いい時間がくるまでの隠れ場所を探していると、後ろから走ってきたジョギング姿の男がいきなり声をかけた。カジュはすぐに公園の出口に走った。途中、後ろを見ると、男は軽く足踏みしながらこちらを見ている。カジュは角を曲がって、植込みの陰から男が走り去るのを確かめ、周囲に気を配りながら近くにあった榕樹《ガジマル》の樹に登った。固い艶やかな葉の間から与儀十字路側の入口に建てられた銀色のポール上の時計を見ると、十二時三十分を少し過ぎている。真っすぐ目を下ろすと、サルビアの花が遠目にも鮮やかに燃えている傍らで、一人の制服警官があたりを見回しながらトランシーバーで交信していた。そこから市民会館側へ四本の榕樹の大木が並び、枝をからみ合わせて緑の壁をつくっている。その下のベンチには、いつも数名の老人が日がな一日座っていた。今日も杖に顎をのせたり、白いタオルで顔を覆って仰向けになったりして、思い思いの格好でぼんやり時間を潰している。その前を一人の警官が通りかかった。ちぢみのシャツにステテコ姿の頭の禿げた老人が、手を振って警官を呼びとめようとしたが無視されて、泣きたいのか笑いたいのか分からない顔で左右の老人に話しかけた。が、二人ともイスの背に凭れて眠っているらしく、口を大きく開けて身動きひとつしない。警官はといえば尻のあたりに一所懸命振っている尻尾でもありそうな位、勢い込んで何事か上官に報告している。その警官が目一杯きびきびと敬礼しようとして帽子を飛ばし、あわてて拾って怒鳴られてから元の部所に戻ろうとするところを禿げの老人が「え、ええええ」と再び声をかけた。まだ二十歳そこいらの警官は、上官に聞こえないように「ゆんかしまさぬひゃ、悪爺《やなたんめー》」と通り過ぎざまに言った。老人はいかにも嬉しそうにとろとろ笑うと、側の二人に声をかけたが、二人は相変わらず鳥が巣でもつくりそうな位、大きな口を開けて眠りこけている。

昨日のニュースで、市民会館での式が始まるのは一時半だと言っていた。カジュはコータイシデンカとミチコヒデンカが来るのは三十分位前だろうと考え、四時間目の授業が終わると給食当番をスッポかして校門を出た。

学校前の歩道はすでに人が集まり始めていた。気の早い老女が手に日の丸の小旗を持って、ガードレールから身を乗り出すようにして道路の彼方を眺めている。公園の方向に走り、与儀十字路の陸橋を渡ろうとすると、階段の上り口に立っていた甲虫の化物のような大男がカジュの前に立ちはだかった。薄曇りの空から漏れる陽光を受けて鈍く光るジュラルミンの盾を前にした男は、濃紺の乱闘服に身を固め、四角い大きな顎にヘルメットの紐をきつく喰い込ませてカジュを見下ろした。

「お、お家に忘れ物取りに」

あわてた素振りを見せないように努力したが、膝の震えを抑えられなかった。

「そう、でも今日はこの歩道橋、四時まで渡れないんだよ」

「でも、この歩道橋を渡らないとお家に帰れないよ」

カジュはわざと泣きそうな顔をして見せた。

「小隊長どうしましょう」

大男の機動隊員は困ったように笑うと、白い指揮棒を手にして階段の踊り場から道路を睥睨《へいげい》していた色黒の中年男を呼んだ。

「笑い顔を見せるな」

男は叱声を浴びせ、カジュに一瞥をくれた。カジュは体がすくんだ。

「子供か、向こうの横断歩道を渡らせろ」

男は有無を言わさぬ口調でそう命令し、双眼鏡で道路を見渡す。カジュは大男の機動隊員が指差して教えてくれた方へ走った。沿道の人を押し分けて横断歩道を渡ろうとすると、今度は制服警官に呼び止められた。

「忘れ物を取りに」

今度はさっきより落ちついてそう告げると、警官は「早く渡りなさい」と手で合図した。道路に飛び出したカジュは、中央まできて何気なく左右を見、思わず足を止めて「あっ」と小さな叫びを漏らした。交差点から市民会館の前まで二百メートル以上にわたって、道路の両側に青灰色の制服制帽の警官が等間隔で列をなして並んでいたのだ。カジュは一瞬、映画の中にでも飛び込んだような気がして、寒気を覚えた。

「急いで渡りなさい」

警官たちの目が機械仕掛けのように一斉にこちらを見る。カジュは笑っている人垣に突っ込むと、公園の鉄柵を飛び越えた。

「何か」

ふいに無精髭を生やした男の薄汚れた顔が目の前に現われた。カジュはあやうく男にぶつかるところだった。クロトンの植込みの陰に身を隠すようにして、地面にダンボールを敷いて座っている男が探るようにカジュを眺めまわしている。側には週刊誌や菓子袋が散らかり、口が開きっ放しになって中から懐中電燈やタオルがのぞいている手提げの紙袋が放ってある。

「子供か」

男はつぶやくと、ダンボールの上に仰向けに寝転がり、胸ポケットに入れた小型ラジオからイヤホーンを取り出して耳にあて、うるさそうに手でカジュを追い払った。カジュは、指先でリズムをとっている男の枕元を足音を忍ばせて通り過ぎ、植込みから出てグラウンドの方に走った。そして、水道の水を貪ってひと息つき、金網の側を歩いているところをジョギング姿の男に呼び止められたのだった。

カジュは幹が四つに枝分かれしている間に身を潜めて、あたりの様子に注意を払いながら時計を見つめていた。乱闘服姿の機動隊員が二人、大股で側を通り過ぎた。カジュは息を殺して、固い編上げ靴の底がアスファルトを踏み鳴らし、通り過ぎていくのを見送った。ひめゆり通りで車両検問を行っている警察の吹き鳴らすベルが聞こえる。横を見ると道路は大混雑している。時折鳴らされるクラクションの音にかぶさるようにして、背後から威圧的な爆音が近付いてくる。カジュは榕樹《ガジマル》の葉の切れ間にのぞく、沈鬱な灰色の空を見上げた。よく見馴れた米軍のくすんだ濃緑色とは違い、水色にオレンジの太いラインが入った小型のヘリが、低空で頭上を疾駆していった。

急にカジュは朝から考えてきた計画を実行に移すのが恐くなった。今朝家を出る時、ウタの部屋の戸の掛け金にもう一度目をやって、カジュは、おばーをこんな目に遭わせたあいつらに必ず復讐してやると誓った。「あの二人さえ来なければ……」胸の中で何度もこの言葉をくり返した。授業なんか耳に入らなかった。何とかして、あの二人がやろうとしていることを邪魔してやりたい。だが、そのためのいい方法をカジュは考えることができなかった。しかし、あるひとつのことだけはやれそうな気がした。それは、二人を迎えるために沿道で日の丸を振っている大人たちにまぎれて車を待ち受け、二人の顔に思いきり唾を吐きかけてやることだった。

　時計の針が一時を指した。カジュは榕樹の木からとび降り、公園の出口に走った。

「え、あんた幾つになるね」

　いつものように魚を前に胡座をかいて客を呼んでいたフミは、暑さにまいって近くの自動販売機から缶ジュースを買ってくると、朝からずっと傍らに立っている若い制服警官にひとつ差し出した。どう見ても二十歳そこそこにしか見えない背のひょろ長い警官は、手を後ろに組んだまま、鼻の頭に汗を浮かべて平和通りの入口あたりを見つめている。

「何で遠慮しなくていいよ。あんたも朝から立ちっ放しで暑いでしょう」

「勤務中ですから」

　警官は前方から目を離さずにつぶやいて、軽く頭を下げた。

「はっさ、そんな固いこと言わないでいいさ。私の部落の駐在の桃原巡査なんか、よくキンムチュウ、キンムチュウと言いながら、桟橋で缶ビール前《めー》なして、魚釣りしてあるくよ。うり飲みなさい」

警官は大きな喉仏を動かしたが、とろうとはしなかった。フミは唇を尖らせて腰をおろすと、魚の上に角氷をかぶせた金だらいに余分の缶ジュースを放り、ピシッと自分の缶を開けて続けざまに三口飲んだ。

「はー、おいしい。命薬《ぬちぐすい》だねー。でも、あんたなんかも大変だね、こんな暑いのにいらぬ心配して。え、少しは休んだ方がいいよ。あまり太陽《ていだ》に照られると脳膜炎なるよ。沖縄にはそんなに悪者《やなむん》いないさ。そんなに心配するんだったら、何でわざわざコータイシデンカなんか沖縄に呼ぶかね」

警官は聞こえない素振りで、いよいよ体を固くして立ちくんぱいいしている。その格好がおかしくて、フミはつい声を出して笑った。

今朝、仕事を始めて一時間も経った頃だろうか。突然、パトカーが一台フミの前まで来て止まると、中からこの制服警官が降りてきて、フミから二、三メートル離れた所に立った。魚をおろしていたフミは、不審に思って走り去るパトカーを見た。すると、後部座席で首を振ってこちらを見ているのは、あのサファリジャケットの男である。

「私を監視するつもりだね」

拳を振り上げて地団太踏み、警官を追及したが、警官は背の低いフミの頭越しに平和通りの方を見たまま相手にしようとしない。しまいにはフミも青二才《おーじゃーにーせー》相手に怒るのが馬鹿らしくなり、無視して商売に精を出すことに決めた。

だが、いつもに比べて売れ行きは悪かった。それは、傍らで警官が立哨しているせいもあったろうが、何よりも、今日商売に出ている魚売りはフミ一人だったからだ。

今朝、いつものように幸太郎が漁から戻ってくると、フミは水揚げした魚をたらいに分け、街へ出る用意を整えてマツの家に寄った。

「フミ姉さん、今日は私、那覇に行くのはやめようと思うさ」

「何でね」

フミの追及口調にマツはすまなそうに目を伏せた。

「今日は沖縄市あたりを回ってみようと思うさ。たまには中部まで足伸ばしてもいいんじゃないかと思って」

「あの男に言われたのが恐いからね」

「そうじゃないけど……」

「嘘言わなくてもいいさ。保健所に圧力かけられたら困るのは私も一緒さ。たしかに、私もコータイシデンカが沖縄に来るのは許せんよ。私のお父も兄さんも、テンノーのために兵隊《ひいたい》に引っ張られて戦で殺されたさ。テンノーでもコータイシでも、目の前にいたらビンタ撲《は》ってあげたいよ。でもね、いくらそう思ったからといって、まさか包丁で傷つけたりするね。あれなんかも人間だよ。それをあの男はこの間私に何と言ったね。あんたも側で聞いてたでしょう。オバサンハソウシナイカモシレマセンケド、誰カガ、オバサンノ包丁ヲ奪ッテヤルカモシレナイデショウ、そう言ったよ、あの腐れ者《むん》は。誰が自分の大事な包丁をそんなことのために使わすねーひゃ。そんな道理の通らんこと聞いたら、余計、あれなんかつけ上がらすんだよ。私は絶対行くよ」

フミはまくしたてたが、マツは「すまないね、姉さん」とくり返すばかりだった。それ以上何も言うことができずに、フミは他の女たちの家を回ったが、返ってくる答えは皆同じだった。

「悪腐《やな》り警察《けーさち》や」

朝から何度も腹の中でくり返してきた言葉が、思わず口をついて出た。傍らの警官が今の言葉を確かめようとでもするようにフミを見る。フミは汗みずくの真面目ぶった顔がおかしくて、手を打って笑うとわざと声をはり上げた。

「え、兄さん。私がもっとまっとうな仕事を探してあげるから警察なんかやめなさい。まだ若いんだからもったいない」

立ち上がって尻の埃を叩き、フミは金だらいに氷を足して不敵な笑いを浮かべながら憤然とした様子の若い警官に近付いた。相手はひるんだのか少し後ずさった。フミは警官の顔に自分の赤く日焼けした顔をくっ付けるように背伸びして囁く。

「え、兄さん、今、何時ね？」

警官はどぎまぎして腕時計を見た。

「じゅ、十二時五十五分です」

「そうね、あそこの食堂の時計は、兄さんのより五分位早いみたいね。もう一時になっているさ」

警官は何のことか分からないまま、ついフミの指差した方を見た。

「兄さん、この魚見といてね。あんただったら安心さ」

驚いて振り向くと、フミはすでに与儀公園の方へドシドシと歩いている。

「ちょっ、ちょっと待って下さい」

「包丁盗られんように、しっかり番しときなさいよ」

フミは生きのいい笑い声を上げ、手を振って雑踏にまぎれた。


「遅いね、まだ来ないのかね」

カジュの横でさっきからしきりに周囲の人に時間を訊いていた老女が、じれったそうにガードレールから身を乗り出して道路の向こうを見た。

「もう一時十分ですけどね」

作業服姿の男が腕時計を見て、うんざりした顔で首筋の汗を拭っている。昨日の大雨の余波で酷く蒸し暑い。カジュは口の中に溜った唾を嫌な臭いをたてているアスファルトの路面に吐き捨てた。さっきからそうやって舌をクチュクチュやって唾を溜めては、何か的を見付けて吐き捨てることをカジュはくり返していた。昼休みも終わりだというのに、道路の両側は会社員風の若い男女も含めて、日の丸の小旗を手にした老人や妙にめかしこんだおばさんたちなどで人垣ができている。さっきの甲虫の化物のような機動隊員は、相変わらず向かいの陸橋の下に突っ立っている。その男ばかりでなく、道路や街角のあちこちに甲虫の化物は立っていた。さらに陸橋の上には、普通の人と同じ格好はしているが、目付きの鋭い男たちが十数名もトランシーバーで交信しながら下を見張っている。近くのビルの屋上にも目ぼしい所は警官が立ち、目を光らせている。中にはムービーカメラで周りの状況を撮っているのもいた。カジュはそれらを物珍しく眺めながらも警戒を怠らなかった。あいつらの車が来たらガードレールの切れる横断歩道の所まで素早く移動し、警官の間をすり抜けて、飛び出しざまに思いきり唾を吐きかけてやるつもりだった。

ふと、遠くの方で歓声が聞こえるのに気付いた。周囲の大人たちも色めきたっている。歓声はゆっくりと大きくなり、近付いてくる。陸橋の下の機動隊員たちの盾が、水中で翻る魚のように光を放った。上の方では私服刑事たちが一斉にカメラを構え、何名かが階段を駆けおりていく。いきなり歓声は障壁を破って交差点を襲い、それまでうなだれていた日の丸の小旗が、我先にと狂ったように振られる。トランシーバーを耳にあてていたあの機動隊の小隊長が白い指揮棒を上げた。

「あ、来た、来た」

横の太った中年の女がけたたましい嬌声を上げる。カジュはガードレールに足を掛けると、路上に斜めに身を乗り出した。サイドランプを点滅させて二台の白バイが鋭く交差点を曲がり、パトカーに続いて三台の黒塗りの高級車がカーブを切る。

「後ろに退がって下さい」

車道に立っていた制服警官が、両手を横に広げて人波を押し返した。後ろから押されて、危うく車道に落ちそうになったカジュは、ガードレールにしがみついて近付いてくる車を見た。一台目には険しい眼光で人垣を見つめている精悍な男たちの顔があった。そして、二台目の車の後部座席に、カジュは目の腫れぼったい青白くむくんだ男と女の顔を見た。すぐにガードレールから降りようとしたが、人垣はどんどん後ろから押してくる。太った女の腹を肘で押しのけ、やっとの思いで人垣を出ると、その背後を市民会館の方へ、カジュは斜めになった頭を振って全力で走った。走るカジュの横でさんざめく日の丸の小旗の乾いた音と歓声が、うねりながら先行する。必死でそれを追い越そうとカジュは走る。人垣の上に漏れるパトカーの屋根の赤い光に置いていかれそうになり、カジュは必死に走って横断歩道の所までくると、急角度で人垣に突っ込んだ。

「あ痛っ、何ねこの子は」

腰を肘で打たれて女が悲鳴を上げた。カジュは無我夢中で大人たちをかき分け最前列に躍り出た。

パトカーに続いて、一台めの黒塗りの車が目の前を通り過ぎる。カジュは口を尖らせた。道路の向かいに、驚いた表情でカジュを追い払う仕草をしているサファリジャケットの男の姿があった。カジュの胸に冷たいサイダーのように笑いの泡がこみ上げてくる。二台目の車がきた。後部座席の二人の顔は、ハツのとっている婦人雑誌のグラビア写真よりもはるかに老け、鮮度の失われた烏賊《いか》のように青白くむくんだ頬に笑い皺が寄り、土偶のように腫れぼったい瞼の間の細い目から弱々しい光が漏れている。カジュのすべての神経が目と口に集中し、全身に鳥肌が立つ。カジュは思い切り一歩を踏み出した。次の瞬間、カジュは後ろから激しく突き飛ばされて路上に転がった。歯の折れる音が頭蓋に響き、金緑色の光が飛び交う中を猿のような黒い影が走る。カジュは死に物狂いで起き上がり、叫んだ。

「おばー」

それはウタだった。車のドアに体当たりし、二人の前のガラスを平手で音高く叩いている、白と銀の髪を振り乱した猿のような老女はウタだった。前後の車から屈強な男たちが飛び出し、ウタを引きはがすと、あっという間に皇太子夫婦の乗った車をとり囲んで身構えた。路上に投げ出され、帯がほどけて着物の前もはだけたウタの上に、サファリジャケットの男やさっき公園でラジオを聴いていた浮浪者風の男が襲いかかる。両側から腕をとられながらも、ウタは老女とは思えない力で暴れまくる。カジュは口から血と涎を流して立ちつくし、泣き喚きながら抵抗するウタを見た。蛙のようにひろげてバタバタさせている肉のそげた足の奥に、黄褐色の汚物にまみれた薄い陰毛があり、赤くただれた性器があった。

「あがー」

サファリジャケットの男が、手の甲を噛みつかれて悲鳴を上げた。アスファルトに落ちた入歯が踏み砕かれる。ウタは男にしがみついて放そうとしない。男の拳がウタの顔を打つ。

「ウタ姉さんに何するね」

制止する警官を振りほどいて、フミが刑事どもに体当たりを喰らわせる。フミの力強い怒号やけたたましい悲鳴があたりを揺るがせ、くもった空に一直線に放たれた火の矢のように人垣の中で高らかに指笛が上がる。同時にカジュの背後で目の前の混乱とは不似合な淫靡な笑いが漏れた。それは低い囁きの胞子をまき散らし、たちまちあたりに感染していく。誰かが車を指差す。停車していた二人の乗った車があわてて発進する。カジュは、笑い顔をつくることも忘れて、怯えたようにウタを見ている二人の顔の前に、二つの黄褐色の手形があるのに気付いた。それは二人の頬にぺったりと張り付いたようだった。人々の失笑を不審に思ったのか、助手席に居た老人がスピードの落ちた車から降りると窓を見て青ざめ、大あわてでハンカチで窓を拭いた。だがハンカチだけでは足りず、品の良い老人は車と一緒によたよた走りながらタキシードの袖で糞を拭いた。黒塗りの高級車は笑いとふくよかな香りを残して市民会館の駐車場に消えた。

ウタとフミは道路の向こう側に連れ去られた。カジュは後を追おうとしたが、警官に捕まって歩道に出された。涙と血と汗と涎に汚れた顔を肩口で拭いながら、興奮が冷めやらない人波をぬって、渡れる所を捜して陸橋の所までくると、あのサファリジャケットの男が、陸橋の上で今にも泣きそうな顔をしてトランシーバーに頭を下げている。男はカジュに気付くと、橋桁から身を乗り出して怒鳴った。

「お前が連れてきたんだな」

カジュは男が階段を駆けおりてくるのを見て、人混みにまぎれ、公園に駆け込んだ。そして、市民会館を大きく迂回して家に戻った。

ウタの部屋の戸は、掛け金がねじ切れ、ねじ釘が飛び出したまま斜めに傾《かし》いでいた。そっと手で押すと、ギィッという痛ましい声を上げ、釘が落ちた。カジュはそれを拾い上げた。薄暗い家の中で、どこから漏れてくるのか一筋の光を受けて、真新しいねじ釘は怒りに狂う動物の歯のように鋭く光っている。カジュは尖ったその先を自分の腕に突き刺し、縦に傷をつけた。熱く滾《たぎ》った憎しみが体から吹き出す。カジュは力の限り戸を殴りつけると、ふいに襲ってきた笑いの渦に体を震わせ、溢れる涙をはじきとばした。

皇太子殿下のおことば（要旨）

沖縄県で開催される大会に臨むことを誠にうれしく思います。沖縄は献血率が全国平均を大きく上回り誠に心強い。その陰には本日表彰を受けた方々をはじめ献血運動を推進してこられた関係者のたゆみない努力があったと思います。心から敬意と感謝の意を表したい。「ぬちどぅたから」、命こそ宝と琉歌の一節に歌われているように命はかけがえのないもの。献血によって救われる多くの命のことに思いを致し献血運動が一層進められていくことを願っております。

路地に面したガラス窓から差し込む朝の光に、枕元の目覚まし時計の蛍光色が弱まる。郵便受けに新聞の入る音が、壁板一枚を隔ててカジュの耳元でする。夢現にその音を聞いていたカジュは、少し経って、あわてて起き上がると時計を見た。五時四十分になっている。眠るまいと決めて、四時頃までずっと起きていたのだが、いつの間にか寝入ってしまっていた。カジュは横に寝ているサチを起こさないようにそっと床を出ると、居間と子供部屋を仕切っているカーテンをめくった。

飯台の上に昨夜父の飲んだ三合ビンと湯呑みが、片付けられもせずにのっている。カジュは襖に耳を当て、両親の部屋の様子をうかがった。扇風機の回る低い音と、正安の時々詰まって引っかかる苦しそうな鼾《いびき》が聞こえる。正安は酒を大量に飲んだ夜はいつもそういう不規則な鼾をした。カジュは少しのことにも悲鳴を上げる床板を慎重に選んでウタの部屋の前に立った。何もかもが古びてくすんだ色合いの薄暗い家の中で、芽ぶいたばかりの若葉のように艶やかな緑の掛け金は美しくさえ見え、それが憎らしかった。頭の部分を直角に曲げた五寸釘が、鈍い光を放っている。ただ差し込んであるだけなのに、どんな複雑な鍵よりもはずすのが困難な気がした。

昨日、警察に迎えにいった両親と一緒にウタが帰ってきたのは、夜も十時を過ぎてからだった。ウタは体を洗ってもらったらしく、小ざっぱりとした格好をして、目をせわしなく動かし、正安とハツに両側から抱えられてゆっくりと路地を歩いてくる。バラック屋のあちこちから出てきた人たちが、どう迎えたものやら困惑した顔で見守っている。

「ウタ姉さん、よくやったさ、よくやった」

いつも苦情ばかり言っている隣のマカトが、目をしばたたいて甲高い声で言った。正安は一瞬、怒ったような険しい目でマカトを見たが、すぐに目を伏せて唇を噛み、ウタを引き立てた。ハツはマカトに頭を下げた。その顔には、涙とともに抑えがたい笑いが浮かんでいた。ウタはこの小さな路地を通るのが初めてのように、物珍しそうな表情であたりを見まわしている。カジュとサチは表に出て、三人が歩いてくるのを待った。正安たちが家の前まで来ると、二人は後ろから支えてやろうとウタの腰に手を当てた。

「かしまさぬ」

正安がサチの手を邪険に払った。サチは泣き出しそうな顔になりながら悔やしそうに正安を見上げた。

「子《くわー》の面《ちら》も分からん者《むん》ぬ、コータイシの面《ちら》ぬ分かるんな」

正安は吐き捨てるように言った。ウタは玄関にしゃがみ込むと家に上がるのを拒んだ。正安はむずがるウタを引きずるようにして裏座に連れていき、荒々しく戸を閉めた。ハツはカジュとサチを抱いて、正安の乱暴な振る舞いを怯えた目で見守った。正安は迎えにいく前に直しておいた掛け金をかけた。そしてテレビの上の五寸釘に手を伸ばすと、掛け金にはめようとして手を止め、うつむいた。やがて五寸釘は小さな音をたてて掛け金の穴に滑り落ちた。

カジュは息を深々と吸った。朝の冷気には木々の匂いが混じっているような気がし、カジュは勇気づけられた。思い切って五寸釘を抜く。それは湖の底に落ちていたように冷たく、火照った掌に気持ちよかった。掛け金をはずし、戸を開けると大きく軋み、塩の結晶のような音の破片が目覚めたばかりの敏感な皮膚に刺さる。カジュは耳をそばだてた。大丈夫だ。

雨戸の閉めきられたウタの部屋は、まだ闇に閉ざされていた。それでも、目が馴れてくると雨戸の板の割れ目から漏れてくる光の中に、ウタのひからびた鳥のように細い脚が、くの字に折れ曲がって二つ重なっているのが見える。その朽ちた木の枝のような脚を見つめていたカジュは、踝《くるぶし》のあたりに何か黒い物が動いているのに気付き、しゃがんでそれに手を伸ばした。一瞬のうちにそれは砕け散って、低い羽音がカジュのまわりを囲んだ。数匹の蠅がひと塊になって、ウタの踝にとまっていたのだった。昨日、投げ飛ばされた時にすりむいたのだろう。丸い傷口の乾ききらない粘液が、弱々しい光を反射している。傷口の臭いに誘われて、蠅はすぐにまたそこに降りようとする。カジュは蠅を追いながら、サチのよりも細く思えるウタの脹脛《ふくらはぎ》をいたわるように撫でた。萎びた肉のびれびれした弾力が、細かい鱗でもあるようにざらつく皮膚を通して何かを語りかけてくるようだった。

「おばー」

横向きに寝ているウタの耳元に口を近付けて呼んでみたが、返事はない。カジュは不安に駆られて、ウタの体を揺さぶった。ウタは喉の奥で変な音をたてて頭を起こした。埃をきらめかせながらしだいに強まる光がウタの髪を白く浮かび上がらせる。その下に黒く萎《しぼ》んだ顔をのぞき込み、カジュは囁いた。

「おばー、山原《やんばる》に行こう、山原に」

ウタは何の反応も示さない。カジュは立ち上がるとウタの手を取った。ウタは砂地の枯れ草のように大した抵抗もなくカジュに引っ張られて起き上がった。そのあまりの軽さにカジュは驚いた。家を出る間も床板を軋ませるのはカジュばかりで、足どりは危ないのにウタの歩みは宙に浮いているように静かだった。

平和通りは寒々としていた。店々のシャッターはまだ目を閉じて眠っている。屋根から吊り下げられた二列の広告灯の青白い光が、汚れたカラータイルを照らしている。

通りを歩いているのはカジュとウタの二人きりだった。カジュは時々、ウタの歩くのがあまりに遅いので、じれったそうに先に進んでは、貼られてすぐに破られてしまったポスターの残りを眺めたり、店の前に積み上げられた発泡スチロールを爪で削ったりしながらウタを待った。

「おばー、この人、おばーの好きな人じゃないね」

周囲からとり残されたような古い木造の洋服屋の壁板に貼られた色褪せた郷土芝居のポスターを叩いて、カジュははしゃぎ声を上げた。だが、ウタは深く腰を曲げたまま顔を上げようともせず、黙って小刻みに歩きつづける。カジュは少し落胆し、ヤドカリのようにもそもそ動く足を見ながらウタの後ろを歩く。ふいに、ウタの足が止まった。カジュは顔を上げた。大売り出しの幟《のぼり》が斜めに掲げられた大きなスーパーの前に立っていた。鉄格子の頑丈そうなシャッターが二人の前に降りている。ウタは落ちくぼんだ小さな目をしょぼつかせて黒い格子を見つめている。入歯をとっているために縮こまってしまった顎がわずかに動き、何か言ったようだったが、カジュには何も聞こえなかった。

ウタは再び歩き出した。通りの向こうからチリ回収車がオルゴールを鳴らしながらやってきた。すれ違う時、マスクをした人懐っこい目のおばさんが、気持ちのよい汗の匂いが漂ってきそうなほつれ毛をかき上げて、カジュとウタを見た。カジュは何か言われはしないかと心配だったが、おばさんは忙しそうにダンボール箱を平たくして重ねる作業に追われていた。吊り時計を見るともう七時になろうとしている。とっくに正安もハツも二人がいないのに気付き、捜し回っているだろう。カジュは早くバスに乗らなければ、と焦ったが、いくら手を引いて促しても、ウタの歩みは速くなりはしなかった。それでもどうにか国際通りに出ると、街はもういつもの喧噪と渋滞が始まっていた。カジュはウタの手をとって信号を渡った。心配していた通り、半分も行かないうちに赤に変わってしまった。両側に停車しているタクシーが連続してクラクションを鳴らし、カジュたちを脅かした。やっと渡りきると、カジュは二人をにらんで急発進する運転手に舌を出してやった。

バスは下り線であったが、中部方面に仕事に行く人たちで結構混んでいた。「ナハーカデナームーンビーチーナゴ」と表示されたバスに乗ろうとして、ステップを上がれないでいるウタを先に乗っていた若い女性が手を引いて上げてくれた。カジュは「ありがとう」と笑いかけ、前から三番目の席にまずウタを座らせ、次いで自分も腰をおろした。バスは走り出した。

カジュは夢を見ていた。目が覚めると、傍らに立っている女子校生たちが笑いながらカジュを見ている。どこまできたのだろう。窓の外には、みずみずしい太陽の花粉が芝生の上に金色に降り注ぐ米軍基地が広がっている。金網に沿って植えられた夾竹桃の花が、白い蝶の群れのように風に揺れ、美しい。二の腕に彫った刺青をむき出しにして、赤ら顔の若い米兵が二人、ランニングしながらバスに手を振った。

「おばー、山原《やんばる》はまだ遠いかなー」

窓から差し込む陽の光に顔をしかめて、カジュはウタに訊いた。ウタはシートに頭を凭せかけて静かに眠っている。銀色の混じった白髪が陽を受けて映え、丸い額の産毛が白い粉をふいたように淡い光に包まれている。薄く開いた目をかたつむりが這ったあとのように銀色の膜が覆っていた。顎が落ちて、顔が長くなったように見える歯の無い口から涎が糸を引いて垂れた。

「あら、バスの中なのに蠅が」

女子校生の一人が、窓ガラスの上を歩いている蠅を見つけて、側の友人に指差して教えた。蠅は飛び立つと、ウタの目に留まった。カジュはうるさそうに蠅を追った。蠅は陽の温もりに活発になったのか、しつこくウタの目に留まろうとする。女子校生たちの顔が見る見る強張り、押し殺した声がバスの中に広がっていく。カジュは蠅を追いながらウタの額に触れ、陽を受けているのにそこが冷たいのに気付いた。手を握ると、冷たさは一層カジュの心に染みた。冷房の送風口を横に向け、カジュはウタの手を陽の光で暖かい窓ガラスに押しつけた。ウタの顔にかすかに笑みが浮かんだようだった。

「おばー、山原はまだかなー」

基地の緑は目に眩しく、カジュの体はうっすら汗ばむくらいだったが、ウタの手はいつまで経っても温かくならなかった。

〈作者注〉作品中の新聞記事、皇太子の言葉は、一九八三年七月七日～十四日の沖縄タイムス紙の記事より適宜引用した。

蜘蛛

蜘蛛の歩行は美しく見る者を不安にする。特に夏、過敏な女の髪のように青い影を震わせている木《もく》麻《ま》黄《おう》の細い葉に糸をからませて、金緑色の巨大な網を張る大女郎蜘蛛の長く繊細な脚がピアノを弾くようにきみの背中を滑っていく様子は、ぼくの呼吸を乱さずにおかない。ぼくは木麻黄の枝を手折ると髪をむしり、しなやかな鞭《むち》に風の叫びを上げさせて青空に浮かぶ蜘蛛を叩き落とす。蜘蛛はきみの肩に落ちて胸から腰へ即興曲を弾き始める。透き通る皮膚の下に無数の卵が産みつけられる。それはたちまち孵化して花開く珊瑚虫のようにきみの皮膚を食い破り、サワサワと這い出してくる。拡散する星雲。崩れ落ちる微細な蜘蛛の柱。やがて木麻黄の林に浮遊する数知れぬ蜘蛛の群れが金緑色の罠を張りめぐらし、冴え返る空にきみの笑い声が響く。

小さな生き物をカミソリで切り刻むようになったのはいつ頃からだろう。物心ついた時にはもう羽根や脚を切り落とし、胴体だけになって身動きすることのできない蝶や甲虫を並べて何か叫び出したい衝動に駆られていた。

ぼくは補虫網を手にして海辺の木麻黄の林を歩く。

羽根をつまむと黒い蝶は細い脚をサワサワ動かして何かをつかもうとする。指をあてがうとすぐにすがりつく。吸いつくような足先の感触が神経を震わせる。羽根を、脚を、触角をむしり、ぜんまい状の口を伸ばしてちぎり捨てると、元の青虫の形に戻った蝶が砂の上を蟻に引きずられていくのを眺める。ふいに胸に怒りとも悲しみともつかない感情が溢れ出す。いたたまれなくなって群がる蟻もろとも蝶を踏みにじる。砂に滲んだ濃い緑色の染みからむかつくような植物質の匂いが立ちのぼり、ぼくは急いでそこから逃げ出し、家に駆け込んで部屋の隅にうずくまる。震えるぼくを母が抱き、何を怯えているの、と耳元で囁く。ぼくは母の胸に顔を埋めて泣きじゃくる。やわらかな指が背中をなでさする。それは首筋を這い、髪に分け入ると頬をはさんで涙を拭いとってくれる。ぼくはその指を口に含み、胸の奥で蠢く生き物を鎮める。

蝶の一匹も捕れない日が続いた。ぼくは木麻黄の林を空しくさまよい歩いた。いつもは波の音を掻き消すくらい降りしきるセミの声さえその夏は聞こえなかった。砂の上に腰をおろし、疲れ果てた体を横たえると、海鳴りの音が風に乗って木麻黄の髪を揺らす。ぼくは目を閉じて汗ばむ体を風の舌が這うのにまかせた。

目覚めると白い日輪の中に黒い蜘蛛の影が浮かんでいた。波打つ金緑色の光の放射が眩しい。網を手にして立ち上がり、樹間に揺れる蜘蛛を捕らえた。黄色と黒の縞模様が鮮やかな大女郎蜘蛛は親指の倍はある腹部とてのひらより大きな脚を持ち、ぼくの指にはさまれて胸の前で透明な球体を操っている。無我夢中で固く艶やかな脚を一本一本根本から折り取り、天鵞絨《ビロード》のようになめらかな腹部と威嚇的な上顎のみになった蜘蛛を砂の上に置くと、それは毒を秘めた果実のようだ。ぼくは林を巡り、捕えた蜘蛛を次々と並べていく。砂の上に見事な色彩の変化が現われる。豊かに陽を受けて、体液に膨れ上がった腹部を彩る黄色が鮮やかな蜘蛛。暗いアダンの陰に網を張っていた蜘蛛は全身漆黒で、しなびた指のように痩せ細っている。ぼくは夕暮れまで、その微妙な色彩と形の違いを見て過ごすと、彼女らを家に持ち帰り、机の引き出しに脱脂綿を敷いて形や大きさ、色を分けて規則正しく並べる。そして机の回りに虫除けのスプレーを撒き、引き出しに鍵をかけ眠りにつく。

それから、ぼくは毎日昼間は蜘蛛を採取し、夜は、一つ一つの蜘蛛の腹部をなで、夢想に耽る。それは今まで触れたどんなものよりもなめらかで豊かな弾力に満ち、全ての神経を指先に集中して密生する和毛の感触を確かめていると時を忘れさせる。ある日、ぼくはもう一つの手が無意識のうちに下腹部に触れているのに気付く。ふいに襲った激しい感覚に戸惑い、濡れた両手の指を見ると、青白い濁りと濃い緑色の粘液が植物質の匂いを放っている。ぼくは込み上げる物をこらえ、トイレに走り嘔吐をくり返し、石鹼をつけて何度も指を洗う。ぼくは新しい感覚にのめり込む。蜘蛛はすでに一つの引き出しでは収まりきらず、隣の引き出しも占領している。彼女らが生きているのか死んでいるのかぼくには分からない。ただ、最初は丸味を帯びて張りつめていた腹部も日が経つにつれて小さくなっていき、しまいにはひからびた臍《へそ》の尾のように縮こまってしまう。ぼくは居間からガラスの灰皿を持ってくるとその中に紙と木切れと削った蠟を入れ、机の上で彼女らを火葬してやる。爪の焼けるような臭気が部屋の中に立ち籠める。ジジジジと小さな音を立てて燃える赤紫の火にぼくは静かに微笑を送ってやる。

その日、ぼくはいつもより早く予定の数を捕り終えたので、三時頃家に帰った。玄関に網を置き、母に見つからないよう、そっと部屋に足を踏みいれた瞬間、いつもと違う様子に気付いた。引き出しが抜き取られ、机は空《うつろ》な二つの眼窩を覗かせている。ぼくは悲鳴を上げて庭に走った。真昼の陽に曝された引き出しの中から無数の蟻が湧き出して黒や茶色の流れをいく筋もつくっている。廊下に立ちつくしてその情景に見入っていたぼくは、我に返って庭に駆けおり、黒くざわめく塊を手にした。蜘蛛は腐った苺のように手の中で潰れ、喰い破られた腹から溢れた濃緑色の体液が手首を伝う。蟻の鋭い歯が薄い皮膚を嚙む。ぼくは池に走り、水の中に両手を突っ込んだ。虹色の模様が水面に広がり、難を逃れようとする蟻が腕を這い登ってくる。ぼくは慌ててそれを払い落とす。揺らめく水面に人影が映っている。振り向くと蒼ざめた目で母がぼくを見下ろしている。その懐《ふところ》に飛び込もうとして乱暴にはじき飛ばされ、ぼくは池の縁石にすがって体を支える。母の右手には細い竹が握られている。両手で顔を覆うと同時に指に灼けつくような痛みが走った。血の滲む指を抱いてうずくまろうとするぼくの腕をねじり、母は握りしめた指を無理矢理伸ばして続けざまに鞭を打ちおろす。

「どうしてあんな酷いことを……。あなたの指も手足も引きちぎらねばなりません」

母の声が涙で途切れる。ぼくは必死で赦しを乞う。母は竹を投げ捨てるとぼくをきつく抱きしめ、髪をかきむしる。そして紫色に腫れ上がった指を一つ一つ口に含み、汚れた血を吸い出す。

夜、ぼくは発熱し恐ろしい夢を見る。手足を切り取られ、砂の上に転がっているぼくに無数の蟻と蜘蛛がたかっている。全身を覆う痛みとむずがゆさに気が狂いそうになり、叫び声を上げると、氷を包んだタオルで指を冷やしている母に気付く。ぼくは安心し再び目を閉じる。冷たい指が汗に濡れた体中を這いまわり、ぼくは一本の糸で闇の中に宙吊りにされ、木麻黄の林を吹き過ぎる風に静かに揺れている。


彼がガラスケースの中に蜘蛛を飼っているということは一年の頃から知っていた。彼の部屋を訪ねたという友人から聞いたのだ。だが、ぼくは少しばかり変わった趣味だと思うくらいで格別気にもとめなかった。同じ学科とはいえ、一年の頃は教養課目が中心なので、彼と学内で顔を合わす機会もほとんどなかった。彼はコンパにも全く顔を見せなかった。二年になって専門課目の講義を一緒に受けるようになってから、少しずつ言葉を交わすようになった。しかし、それは大抵とりとめもないことだった。ぼくは相変らず彼のことを何も知らなかった。

蒸し暑い一日だった。サークルの帰りにふと、彼のアパートを訪ねてみようと思った。夏休みが明けてから二週間以上も経つのに、彼は一度も講義に出席してなくて、少し気になっていたのだ。ぼくは途中で缶ビールとつまみを買うと、友人から聞いて場所だけは知っている彼のアパートを訪ねた。

彼の部屋は学生が一人で住むにしては、かなり贅沢な間取りだった。少しばかり痩せていて、顔色も良くはなかったが、とても元気で以前より快活にすらなっていて、珍しく冗談を言ってぼくを笑わせた。ぼくらはビールを飲みながらナイター中継を観、学内の近況を話し合った。そのうち、ぼくの視線は机の上にある緑色の布をかぶせた四角い箱のような物に引き付けられはじめた。彼もそれに気が付いたのだろう。ナイターが終わるとテレビのスイッチを切り、机の前にぼくを誘った。

「中が見たいか」

ぼくは笑ってうなずいた。彼はカーテンを閉めると電気スタンドを付け、他の明かりを消した。いかにも秘密めかしたことをするな、とからかうと彼は笑いながら勿体ぶった調子で布をめくった。

最初、ガラスケースの中央に置かれている磨かれた石のようなものが蜘蛛だとは気付かなかった。それには蜘蛛を特徴付けるあの長い脚がわずか三本、それも途中から折れて長さの不揃いなやつが残っているだけだったのだ

「どうしたんだ、そいつ、脚は」

「まあ、見てろよ」

彼はいたずらっぽく目配せすると、中指でガラスケースの側面を軽く叩いた。蜘蛛は怯えたようにケースの中を走り始める。それは異様な歩行だった。片方には前後に二本、もう片方には中程に一本残った脚を使って、蜘蛛は左右に体を揺らし、透明な壁に沿って走りつづける。その奇妙なリズムがぼくを不安にした。

「面白いだろう。こいつらはこうなってもちゃんと走ることができるんだ。それじゃあ、この左側に残っている一本を折り取って、片方は全く無くしてしまったら、どうなると思う？　体を中央にグルグル回り始めるか、それとも右側に体を引きずっていくか。どっちだと思う？　いや、それより、たった一本だけ脚を残したら、はたして蜘蛛は動けると思うかい？」

「おい、よせよ。どうしてそんな……」

彼はぼくが止める間もなく、ケースの蓋を取ると蜘蛛をつまみ上げ、二本の脚をむしり取った。蜘蛛は残された一本の脚でガラスの底をかいた。だが、もはやわずかに体を震わせるばかりで、少しも移動することはできなかった。ぼくは鳥肌の立った腕をさすった。電気スタンドの明かりに照らされたガラスケースの中を覗き込んでいる彼の微笑がぼくを脅かす。

「蜘蛛の歩行は美しい。ぼくは子供の頃からいろんな蜘蛛を使ってその美しさを研究したんだ。珍しい種類を求めて外国に行ったこともある。実に千差万別だよ。地面に体をこすりつけるようにして素早く移動する奴もあれば、長い脚で空中を浮遊し、踊るように進む奴もある。奴らの歩行を見ていると、ぼくはその八本の脚で心臓を鷲掴みにされ、締めつけられるような、ほとんど痛みに近い喜びを覚えるんだ。奴らの歩みには同じ種類でもどれ一つとして同じ形はない。皆、微妙な違いがあるんだ。その上、ぼくはある試みを思いついた。それは蜘蛛の脚を関節から一つ一つ折り取っていくことだ。その組み合わせはいくら試しても試し尽くせない。右前脚の第一関節から先と左後ろの二本を第二関節から折り取った時の蜘蛛の歩行はどのようなものか。あるいは左側は全て第一関節から、右側は全て根本から折り取った時は、あるいは……」

「やめてくれ」

ぼくは思わず叫んだ。彼は微笑を浮かべたまま蜘蛛を見つめている。

「そのうちぼくは気付いたんだ。蜘蛛の最も美しい姿は歩行よりもこういう姿にあるのだとね」

彼は机の引き出しを開けた。防腐剤の臭気が鼻をつく。ぼくは息を呑み、真っ白な綿の中に規則正しく並ぶ色とりどりの脚のない蜘蛛を見つめた。白地に蛇の目のような赤い二つの星が突起を成す蜘蛛。黄色と黒の迷彩色が開きかけた蕾を思わせる蜘蛛。隈取りを施した人間の苦悶の表情を浮かべた蜘蛛。茶色の剛毛に覆われ、額に三つの赤い目が光る蜘蛛。それらは確かに宝石と見紛うほど美しかった。美しいとしか言いようがなかった。

「奴らはこうして永遠に夢を見つづけるんだ」

彼の冷たい指が腕に触れた。ぼくは部屋を飛び出すと夜の道を走った。

数週間後、彼が大学をやめたことを知った。アパートを訪ねると部屋はすでに引き払った後だった。それから彼とはもう五年も会っていない。

今朝、ぼくはS海岸に首と手足のない、つまり胴体だけの若い男の死体が上がった、という新聞記事を読んだ。一瞬、彼のことが脳裡に浮かんだ。

「そんな馬鹿な」

ぼくは自分の空想を笑った。笑おうとした。その時、ぼくの耳に彼の囁きが聞こえたのだ。

「奴らはこうして永遠に夢を見つづけるんだ」

「この実は食べられるの?」

茂みの中から現われた女が帽子の中の赤い実を示して訊いた。昨日から浜辺でキャンプをしている大学生のグループの一人だった。男と女、二人ずつ、紺色のテントを二つ張って夕暮れまで泳いでいた。少し離れた木麻黄の林から眺めていると、彼らは崖の下に湧き出す水で体を洗い、アダンの葉陰で着更えをして、夕食の支度を始めた。一組の男と女が林に入り、枯れ枝を拾い集める。紫色の空で蜘蛛が黄金虫の体液を吸っている。彼らは互いの首筋に歯を立て、蜘蛛の形になってから み合った。男が薪を抱えて林を出ても、女は茂みに横たわって目を閉じている。やがて女は物憂気に体を起こすと、鳩のように喉を鳴らして笑い、周りになっている赤い実を摘み始めた。それは毒性の強いニセイチゴの実だった。すでにいくつか口にしたのだろう、女は赤く染まった唇から甘い匂いを放ちながら黙って立っているぼくに近付く。しなやかな指がぼくの耳の裏側をなでた。

「あなた中学生?」

ぼくは思わず後ろに飛びすさり「食べられるよ」と言い残して林の奥へ走った。

夜、ぼくは彼らのテントを訪ねた。ねじれるようなうめき声が聞こえている。テントの一つに入って懐中電燈で照らし出すと、口の周りに泡をこびりつかせた男が「水・を・く・れ」と手を伸ばす。男の顔を蹴りつけ、ロープをはずしてテントを倒した。

もう一つのテントで、女達は二人とも気を失っていた。薄い衣服をむしり取ると体中に赤い斑点が浮いている。それは徐々に一点に集まり、やがて薔薇色の蜘蛛となった。蜘蛛はしだいに赤味を増しながら下肢の方に進み、ゆっくりと濡れた茂みの奥に体を沈めていった。

ぼくは外に出ると波打ち際に光の帯を敷いた。崩れる波の中に産卵に集まったエビの目が赤い星の群れとなって光った。


映画館を出ると彼は近くにある公園に入った。雨が降ったらしく、息苦しいくらい生い繁った桜の青葉が水銀灯の光に照らされて人工物めいた光を放っている。

最初は浮浪者が寝ているのだと思った。展望台の階段の横にあるトイレの軒下に、男は頭から毛布をかぶって仰向けに横たわっていた。すり切れた運動靴の爪先と軽く握りかけたてのひらが毛布からはみ出ている。速足でその傍らを通り過ぎようとした彼は、ふと男のかぶっている米軍の野戦用毛布が、水を吸って黒く重くなり、体に張り付いているのに気付いた。彼は男の枕元にしゃがむと、はみ出たてのひらを見た。小指から順に内側に深く丸まっている指は、底に鉛色を秘め、雨でふやけた表面が蠟のように灰白色で薄く削れそうだった。彼は恐る恐る指の背で男のてのひらに触れ、慌てて引っ込めた。一度染み込むと消えそうにない冷たさが、指先から肩のあたりまで響いた。それでも彼はまだためらっていた。いくらか腰を浮かし気味にして、もう一度全体を眺め渡すと男の体から黒い糸が地面に伸びている。一瞬、血か、と思ったがそうではなかった。青葉を透かして漏れてくる水銀灯の明かりでは暗くて気付かなかったのだ。山脈《やまなみ》から流れ出す川のように、いく筋もの蟻の列が毛布の下から這い出し、トイレの壁や軒下の土の上を往き来している。彼は自分の意志とは裏腹に、震える指がジクジクと濡れた毛布の端をめくるのを眺めた。濡れて乱れた白髪混じりの髪が蛭《ひる》のように額に張り付いている。影の溜まった眼窩に薄く開いた目が空間の一点を凝視している。色の浅黒い初老の男だった。毛布が顎のあたりまでめくれ上がり、男の顔が完全にあらわになった時、思わず彼は悲鳴を上げ、指に吸い付く毛布を引き剝がし、尻餅をついた。古い木の匂いがする開いた口や鼻や耳から大量の蟻が流れ出していた。彼は自分の手を見た。一匹の蟻が白い塊をくわえて手の甲を這っている。慌ててそれを払い落とし、立ち上がって周囲を見渡すと、ベンチに座っている一人の浮浪者がぼんやりとこちらを眺めている。彼は急いで浮浪者のところへ行き男の死を知らせた。

「かかわらん方がええ」

浮浪者は顔の前で手を振り、そそくさと立ち去った。彼はベンチの前に立ち尽くし、その言葉を反芻しながら迷っていた。ふいに展望台の階段に若い男と女が現われた。二人は怯えたように寄り添って彼を見る。次の瞬間、彼は反射的に公園を飛び出し、必死に逃げている自分に気付いた。走りながら蟻の這い出る男の口の中に、黒い毛の密生した蜘蛛の足が見えていたことを思い出した。体の奥でその足が動く感触をはっきりと感じ、彼は叫び声をあげて走りつづけた。


ぼくは泳ぎ疲れて浜辺の木麻黄の樹陰でうたた寝していた。裸足の爪先に何か固い物が触れた。一人の老女がぼくを見下ろしている。慌てて起き上がり、体から砂を払い落としながら様子をうかがうと、質素な黒い衣服を纏《まと》った老女は黙って何か差し出す。ほとんど白髪の髪に比べてずい分若々しい手から受け取った物を広げると二ドル紙幣だった。ぼくは驚いて老女を見た。それは、その頃のぼくの一カ月分の小遣いより多かった。

「蜘蛛を捕ってきてくれませんか」

「くも?」

老女は海から吹いてくる風に繊細な髪をなびかせている木麻黄の梢を見上げた。斜めから射す陽光を受けて、透明な網が一瞬金色に輝き、青空に消える。黒い大きな蜘蛛が澄みきった空に浮かんでいる。

「林の奥の家で待っています」

低い囁きを漏らすと老女は樹間を抜けて消えていった。ぼくは老女に命じられるままに細い糸の切れ端を眉や首筋や肩に輝かせて林を駆け巡った。二時《ふたとき》余りもかけて、十数匹の蜘蛛を捕まえると、ぼくは林の奥の白い洋館の前に立った。それは退役した米軍の将校が、地元の若い女と暮らすために建てた家だった。だが、三月《みつき》も経たないうちに、女は姿をくらまし、将校は失意のうちに家を売り払って帰国した。二月《ふたつき》後、女の死体が浜に上がった。その頃には洋館は、本土の人間が別荘として利用するようになっていた。だが、長くても一年も持たずに持ち主は次々と変わった。色々な噂が立ち、村人は誰も一人ではそこに近付かなかった。しかし、その日のぼくには少しの恐怖もなかった。

老女は玄関前の階段で待っていた。手にしたビニール袋を差し出すと無表情のまま受け取り、中で蠢きからみ合っている蜘蛛を木々の間から漏れる光に透して見ている。肌寒さを覚えながらその仕草を眺めていたぼくは、ふと窓に細い影が動いたのに気付いた。

「明日もお願いします」

慌てて向き直りうなずくと、老女はドアの隙間に体を滑り込ませた。立ち去り際、ぼくはもう一度窓を見た。そこにはもう誰の影もなかった。

翌日から毎日、ぼくは午前中海で泳ぎ、午後から林を歩き回って蜘蛛を捕え、陽が傾く頃洋館に持っていった。洋館はいつも物音一つしなかった。老女以外に人の姿も見かけない。帰り際、必ず目をやる窓もカーテンが下り、端から微かに明かりが漏れているだけだった。

ある日、例の如く玄関前で蜘蛛を渡したぼくは、林に身を潜め、暗くなるのを待った。陽が隠れ、塩分を含んで粘つく風が木麻黄の長い髪をざわめかせる。ぼくは首筋の汗を拭うと樹の陰から洋館の様子をうかがい、足音を忍ばせて玄関前の階段を上った。ドアに耳を当てたが何も聴こえない。体をかがめて窓の下に行き、カーテンの隙間から中を覗いた。

ベッドに体を起こして一人の少女が座っている。その枕元の椅子に竹を編んだ籠を膝に乗せて腰かけているのはあの老女だ。少女はうつむいて長い髪をとかしている。濡羽色の髪を上下する白い指と赤いブラシが、少女とは別の生命を持った生き物のようだ。少女はゆっくりと体を起こすとシーツの上にブラシを投げ出し、目を閉じてベッドに凭れた。頬に蒼い影が走る。老女の色褪せた唇が開き、いやに生々しい朱色の舌が動く。少女の睫毛が震え、目に急に生き生きとした光が溢れ、頬にはかすかな赤味さえさしてくる。老女は甘えたようにすり寄る少女に微笑みかけ、籠から取り出したものを少女の丸めたてのひらの中に入れる。少女は嬉しそうにてのひらの中を覗いている。少女の指示を受けて老女が少女の衣服の前を開く。黒い肌に黄色と赤の色を塗りたくった蜘蛛が、少女の腹から胸へ駆け上っていく。少女は笑いながら蜘蛛を捕えると、苺の蔕《へた》でもつまむように八本の脚を束ねて持ち、体液で膨れた腹部を口に持っていく。鮮やかな血の色の唇に蜘蛛のやわらかな天鵞絨《ビロード》の皮膚が触れる。少女はなめらかな感触を楽しむようにしばらく蜘蛛を左右に滑らせている。

やがてゆっくりと開いた花弁に黒と黄と赤の斑《まだら》模様が滑り込み、真珠色の歯が腹と頭部の接目に当てられたかと思うと、小さな音を立てて嚙み合わされる。口中に広がる濃緑色の体液と植物質の匂い。ぼくは思わず口を押さえて窓辺を離れた。固い足音が近付く。急いで玄関の階段を駆けおりると、ぼくは指の間から溢れ出た物で胸を汚しながら夜の林を走り抜けた。

翌日、翌々日と、ぼくは家から一歩も出なかった。三日目の朝、週番が回ってきて仕方なく、登校するために林の側を通ると途中に老女が立っている。

「どうして蜘蛛を持ってきてくれないのです」

ぼくは何も答えず、いつでも逃げ出せるように身構えた。

「あなたが持ってきてくれないと、とても困るのです」

黙ったままなのを見て、老女は悲しそうに顔をしかめ、道の中央に二ドル紙幣を置いて林の中に消えた。ぼくはそれをほったらかしにして学校に走った。

午後、ぼくは捕虫網を手にして林の中を歩いていた。もうこれで最後にするつもりだった。ポケットには貯金から下ろしてきた金も用意してあった。まだ陽も高いうちに、普段の倍の蜘蛛を集めてぼくは洋館の前に立った。

玄関の戸が開きっ放しになっていた。声をかけたが誰も出て来ない。中を覗くと洋風の居間になっていて、右手に台所があり、左手にもう一つドアがあった。再度声をかけたがやはり返事はない。窓の方に回ってみた。カーテンがきっちりと閉められ、中の様子はうかがえない。改めて玄関に回り、ぼくはしばらくためらった後、部屋に足を踏み入れた。テーブルの上に蜘蛛の入ったビニール袋とお金を置いてすぐに出るつもりだった。しかし、ぼくは誘惑に打ち勝つことができなかった。甘い匂いに誘われる虫のようにドアを開くと、少女は笑ってぼくを迎え、目で枕元の椅子を指し示す。老女が座っていた椅子だが、部屋に彼女の姿はなかった。腰をおろすと、少女はいたずらっぽい眼差しでぼくを観察し始めた。ぼくは目を合わすのを恐れてうつむいたままだった。

「あなたがいつも蜘蛛を持ってきてくれるから有難いわ」

意外と大人びた声だった。

「お蔭でこんなに元気になったのよ」

少女は腕まくりして、血色の良い肌理《きめ》の細かい腕を見せる。ひと際白い内側に赤い点々が散らばっている。

「あなた、この間の夜、窓から中を覗いていたでしょう」

ぼくは体を固くした。少女の笑い声が響く。

「それでびっくりして恐くなって来なかったのね。意外と臆病なのね。でも何も恐がる必要はないわ。蜘蛛は私にとってなくてはならないものなの。私は生まれつき体が弱かった。いろんな治療を施してもらったけど、小学校に上がる頃になっても歩くことさえままならなかったの。医者は、十歳まで持たないかもしれない、と両親に言ったらしいわ。私は学校にも行けずにずっと一人だった。少しは淋しい気持ちもあったけど、そうやって暮らすことを格別悲しいとも思わなかった。でも、ある時、南米に住む祖母が突然やって来て、心霊師の教えだ、と言ってあのことをさせたのよ。最初は両親も私も話を聞いただけで耐え難くて、その教えを受け入れることができなかった。けれども、しまいには両親も祖母の言葉に抗《あらが》えなくなって、屈服してしまったの。そして三人は泣き喚く私の手足を押さえて、無理矢理こじ開《あ》けた口にあれを押し込んだ。私は必死で吐き出そうとしたけど、祖母の手が口を塞いで許さなかった。嫌な匂いが鼻をついて、喉が拒絶反応を起こして戻そうとするのだけど、祖母はどうしても許してくれなかった。そのうち、とうとう口に満ちた体液は舌の横を通って喉の奥に流れていった。その時、突然、私は妙な感覚に襲われたのよ。胃の中に流れ込んだ蜘蛛の体液が見る間に吸収されていき、衰弱して眠っていた体中の細胞の一つ一つがまるで小さな蜘蛛のようにサワサワと動き始めるのを感じたの。私は暴れていた手足の力を弛めて、その不思議な感覚と口の中の甘い味覚に酔い痴れた。それから私は少しずつ元気になっていった。そして医者がダメだと言った年齢よりもう三年も余計に生きることができたのよ。もう少ししたら歩けるようになるかもしれない。そのためにはもっとたくさんの蜘蛛が必要なの。あなたが毎日蜘蛛を持ってきてくれることが私にとってどんなに嬉しいことだか分かる?」

　差し出された手をとると、細い長い指がからみつき、少女はぼくを脇に座らせる。

「目を閉じて」

　言う通りにするとふいに唇に温かいものが触れる。身をよじり、抗おうとするが、しなやかに這う指がぼくを捕えて放さない。歯の間を割って甘ったるい匂いを分泌する蜘蛛が入ってくる。奇妙な味の唾液が舌の横に流れ込み、激しい肉体の拒否に喉の筋肉が波打つ。赤い点の浮いた白い蜘蛛が背中から首筋に這い登り、ぼくの力を吸い取る。最初の拒否感が消えると、口中の液体は喉を刺しながら胃に流れ落ち、たちまち体中に染みわたっていった。

　それからまたぼくは少女の家に蜘蛛を運び始めた。

　夏が終わろうとしていた。大型の台風が島を襲った。何度も外に出ようと試みたが不可能だった。風雨は二日間吹き荒れた。台風が明けると、ぼくはすぐに林に向かった。髪をむしり取られ、根本から倒れた木麻黄が道を塞ぎ、林は惨憺たる有様だった。ぼくは折れた枝をかき分けて蜘蛛を探した。しかし、美しく洗われた空にかかる網はない。ぼくは途方に暮れて林をさまよい、浜辺のアダンの陰で破れた網に傷ついた体を休めている痩せ細った一匹を見つけた時には涙が溢れた。ぼくは三本しか脚の残っていない蜘蛛をいたわるようにビニール袋に入れると、林の奥に走った。

　ぼくは立ち尽くしていた。崩れ落ちた残骸を目にして。腐った柱は手の中でボロボロと土になっていく。白いペンキの跡が微かに残る壁の間から木麻黄の若木が生え始めている。手から落ちたビニール袋の中で蜘蛛は死んでいる。周りを囲む木麻黄の裸木から一本の糸が空中に漂っていた。生き物の絶えた湖のように澄みきった空に、その長い蜘蛛の糸は金緑色に輝き消えていった。

建て増しした接ぎ目から雨水が漏れている。その下の床はすっかり傷んでリノリウムが剝がれ、黒ずんだコンクリートがむき出しになっている。そういう古びた建物の綻《ほころ》びは彼の気持ちを落ちつかせる。その日も彼は午後の授業を抜け出すと、図書館で気ままに取り出した本を読み耽っていた。図書館の司書とは顔馴染だった。大学を出たばかりの彼女は、授業中にソファーに寝そべっていても笑うだけで何も言わなかった。終了時間がくると彼に鍵を渡し、シャッター横のプランターの下に置いておくように告げ、「あまり遅くならないでね」と手を振って帰っていく。彼は毎日九時頃まで、図書館で一人本を読んで過ごした。

雨が降っていた。リノリウムの床に水が溜まっている。「水気は本の大敵なのに、いくら言っても修理してくれない」と怒っていた彼女のことを思い出し、彼は笑いをこぼしながら床を拭いた。色褪せた水色の天井に、接ぎ目に沿って黄褐色の染みが広がっている。半透明の石灰質の膜が染みの中央に薄く盛り上がっている。彼は乳白色の膨らみから滲み出す滴がしだいに大きくなり、自らの重みに耐えられなくなって落ちていくのをぼんやり眺めた。

玄関のドアが開く音がした。

「まだいたの」

若い司書が笑顔を浮かべて言う。

「忘れ物を思い出したものだから」

彼女はずぶ濡れだった。太腿に張り付いたスカートから滴がしたたり、リノリウムの床を濡らす。彼女は司書室に入ろうともしないでカウンターの前に立ち尽くしている。やがて彼女は窓際のソファーのところへ行くと、そこに腰をおろし、膝を抱えて顔を埋めた。彼は間断なく落ちる滴を見つめつづけた。

彼女が呼んでいる。熱を病みうるんだ目の前に立つと、濡れた髪からむせかえるような若い樹木の匂いが立ちのぼってくる。彼女は訳の分からないことを口走りながらきつく彼の腰を抱く。彼は細い首筋に両手を這わせた。雨の滴が流れるガラス窓に脚の三本しかない大きな蜘蛛がとまっている。彼は彼女を抱き起こすと蒼ざめた頬をガラスに押し当てる。蜘蛛はゆっくり降りてくる。目を閉じてガラスの冷たさに震えている彼女の首筋に長い影を落とし、蜘蛛はY字形の指を静かに締めていく。

Mはぼくを誘うと浜辺に降り、海の水で体を洗った。波が崩れる辺りに光は無数の魚群となって生み出され、目覚ましい速さで彼女の足首やひかがみをかすめる。白い砂に敏感な足の裏を灼かれ、M

は悲鳴を上げてアダンの茂みに駆け込む。鋭い棘の並ぶ固い葉が陽光を遮り、そこは肌寒いほどだ。赤く熟れた実が砂の上に転がり、蝿の群れが青い体を艶やかに光らせて低い羽音を響かせている。Mは立ったまま足首の砂を払い落とす。昼顔の葉が砂に打たれ小さな音を立てる。Mはアダンの葉を手折ると器用に風車を拵《こしら》え、砂に刺して指で回し、笑う。

ふいにMの表情が一変する。茂みの奥の暗がりを見つめて身動きもしない。後ろから強張った肩を抱き、眼差しの行方を確かめると、暗い冷気の底に一メートル以上もある網を張り、漆黒の蜘蛛が獲物を待っている。

「おもしろいものを見せてあげましょうか」

振り向いた表情は急に大人びて眼差しが深くなっている。Mは唇をすぼめ、勢いよく蜘蛛の巣目がけて唾を吐く。世界が揺れ、蜘蛛は白い泡の混じった獲物に飛びつく。細い一本の糸で体を支え、長い前脚で捕えた物を確かめている。やがて左右の前脚が交互に円を描き、蜘蛛はMの唾液を口に運び始める。青みがかった白い液が開いた上顎の間に溜まっていく。滑らかに繰り出される脚の動きが蜘蛛の恍惚を伝える。Mの甘い体液がやわらかな腹部を膨らませていく。ぼくは激しい衝動に駆られ、Mを抱きしめると滲み出す体液を吸う。

彼女の墓は木麻黄の林の奥にあった。そこを訪れるのは五年振りだった。彼女が長いことベッドで身を横たえていた家は、今も近くに以前と少しも変わらない姿で建っている。彼女のささやかな呼吸が行われた部屋には健康な若い夫婦が眠っている。

彼女の墓はこの島では滅多に目にすることのない白い十字架だ。それは南米に帰った彼女の祖母が建てたのだった。遠くから見ると木麻黄の林に彼女が立っているような気がする。誰が置いたのか、墓の前に名前を知らない真赤な花が置かれ、強い香りを放っている。あるなつかしさの感情がぼくを捉え、指を花芯に導いた。強い香りの中心に中指を入れた瞬間、激痛が指先から肩まで突き抜けた。ぼくは片手で手首を握り締め、指の先を見る。土色の荒い毛の密生した蜘蛛が八本の脚で指先を包み込むようにしてしがみつき、兇暴な顎で嚙みついている。ぼくは力一杯腕を振り下ろした。だが蜘蛛は落ちない。指を締めつける脚先の感触が全身に悪寒を走らせる。必死で腕を打ち振り、手首を地面に叩きつけるように振り下ろした。やっと振り落とされた蜘蛛は墓の方に走る。ぼくは紫色に腫れ上がった指から濁った血を絞り出しながら蜘蛛の上に足を上げた。瞬間、蜘蛛は体を翻すと後脚で体を支え、前二対の脚を角のように構えて攻撃の姿勢をとった。毒々しい赤い斑模様が蜘蛛の腹部を彩っている。今まで数知れぬ蜘蛛を見てきたが、このような烈しい攻撃の姿勢をとる蜘蛛を見るのは初めてだった。ぼくは足を踏み下ろすことができなかった。蜘蛛は憎悪をむき出しにして少しずつ後ずさり、十字架の台座の下に開いた穴の中に消えた。汗が滑り落ちる。ぼくは足を下ろした。どす黒く変色していく指先から滴る血が砂を汚す。ぼくは墓の前に膝をつき、痛みに呻いた。木麻黄の葉が揺れ、冴え返る空に彼女の笑い声が響く。

発芽

仕事から帰って着替えをしていると、川で死体が上がったと妻が言った。夕食の支度をする手を休めずに、さっきスーパーで買い物をしているとレジの前で同じ団地の主婦達が話していたのだと言う。胸の奥で何か小さくうごめくものの気配があり、散歩に行くと言い置いて階段を下りる。川は団地の前のバス停を右に折れて少し行ったところを流れている二級河川で、埋め立て地を結ぶ橋を過ぎるとすぐに海に注いでいる。さきほどバスに乗っているときは気付かなかったが、たしかに川の両側と橋の上に人だかりがしていて、何か浮わついた雰囲気が漂っている。空にはまだ十分光があるのに自動的についたオレンジ色の街灯が澱んだ川面に揺らめいている。買い物袋を抱えた主婦らの頭越しに川をのぞくと工場の汚水で草もろくに生えない中洲にあざやかな白衣とくすんだ紺の制服が見え、その足下に奇妙に盛り上がったモスグリーンの毛布があった。

中年の男らしいですね。きっと浮浪者でしょう、酒に酔って落ちたんですよ。

名前は思い出せないが、団地の自治会の集まりで何度か顔を会わせたことのある四十がらみの男が横に並んで話しかけてきた。

この間から中庭の公園のトイレで寝泊まりしている奴がいたんです。子供らや火事が心配で何度も追い出したんだが、まったく、とんだ迷惑かけやがって。

何が迷惑なんですか、と言いかけてやめ、男を無視して洲を眺めていると鑑識の警官らと話していた医師がふいに大きく毛布をめくった。見物人の間に低いどよめきが起こる。死体は上半身が裸で、黒いズボンが濡れてぴっちりと張り付き、仰向けに寝かされている。内に曲がった肘と膝、長い指が不可視の球体を抱いているようだ。裸足の足の裏だけが蠟のように青みがかって白いほかは、黒灰色の川の水が細胞の一つ一つに染み込んだように鈍い鉛色をしている。医師と警官達が死体のあちこちをのぞき込み、指差しては何事か話している。突然、けたたましい笑い声が橋の上でおこった。人々が一斉にそこを向く。数名の若い男と女があわてて身を隠す。あたりに苦笑いが漏れ、人々はまた洲を注視する。その一連の動きが急に忌まわしくなって、相変わらず側で話しつづけている男を置いて、そこを離れた。

バス停に向かって歩いているとふいにアスファルトの道が白く輝き出し、あたり一面にひろがっていく。細かい白砂がゆるやかに起伏をなし、その果てに雲ひとつない青空が固い氷の壁面のように立っている。

あれは蛇なのかしら。

振り向くと妻がしゃがんで川の中をのぞいている。一またぎできるほどの細い流れなのに恐ろしく深いらしく、鏡のような水面から濃紺の闇が垂直に落ちている。差し入れた手が溶けてしまいそうなくらい澄んだ水の中に何か黒い塊が浮いていて、一か所でゆっくり回っている。傍らに並んでよく見るとそれはまだ魚の形をした胎児なのだ。胸を衝かれて妻に目をやると血の気の引いた横顔が強張り、いまにも崩れ落ちそうに鋭く震えている。

あれは蛇なのね。

返事ができず、黙っていると妻は水の中に手を入れて小さな塊を取ろうとする。しかし斜めに曲がった腕が肩まで入っても届かない。妻は頭を水に突っ込み、胸から腰も流れに入れて黒髪を揺らめかせ水の底深く潜っていく。大声で妻を呼ぼうとするが、声が出ない。いや、たしかに叫んでいるのだが、音が砂と空に吸い尽くされてしまって聞こえないのだ。水の中の妻と魚のような胎児は黒い点になって消えていく。膝をつき、自分の体を抱きしめる。このまま私も水の中に入っていきたい。だが、私は拒まれている。冷たい影が頭上を覆う。目を上げると空に黒い染みが滲み出し、湧きたつ泡のように細胞分裂を繰り返して黒紫の巨大な葡萄状の肉塊になる。細く長い目と粘土に釘の先で傷をつけたような小さな鼻腔と口。なんてさみし気な目なのだろう。だが、にわかに眼差しは憎しみによじれ、悪臭を放つ黒い汁が滲み出すと、葡萄状の肉塊は私を飲み込もうと覆いかぶさってくる。音のない叫びを上げ、砂の上を逃げまどう。ぬるぬるした指の感触が背中を這う。舌が膨れ、喉を塞いで息ができない。目が眩み、足をとられて前のめりに倒れると砂が虫のように顔に襲いかかった。足首をひやりと冷たい濡れた粘土のような手が摑み、激しくもがいて立ち上がると目の前にドアがある。体ごとそこに倒れ込む。中は一メートル四方の狭い密室で、天井は低く、コンクリートの壁にもたれ膝を抱えてうずくまる。冷たさが足首と背中のあたりからじわじわと細胞を侵し、震えが止まらない。私は死んだ叫びを叫びつづける。

ドアが開いた。薄闇の中に妻が立っている。

あまり遅いもんだから。

子供のように怯えきった私を妻が助け起こし、ズボンのほこりを払ってくれる。いつの間にか公園のトイレの個室で眠り込んでいたのだ。妻に支えられてそこを出る。中庭を囲むように建っている十二階建ての五棟の建物は、どの部屋にも明かりが灯り、ベランダからだれかが見ていやしないかと急に恥ずかしさに駆られ、あわてて階段を上る。

夕食はすすまなかった。出された皿には半分も手をつけず、サラダの水滴は最後まで崩れなかった。残り物をラップで包んで冷蔵庫に入れ、妻は代わりに大粒の葡萄の房を食卓に置いた。白い指がティッシュを二枚重ねて四つに折り、二人の間に置く。白い靄のかかった黒紫の粒が妻のすぼめた唇の間に含まれる。淡い肉色の唇を汚して吐き出された皮がティッシュに落ち、水色の地に広がる紫の色が川面を思い出させる。

死体はだれだったの。

だれ？

まるで知り合いの一人でもあるかのような口振りに驚く。

だれって、公園のトイレに住んでた浮浪者ということだったけど……でもよく分からないな。

公園って、中庭の？

ああ。

あそこに浮浪者が住んでいたの？

らしいね。

剝かれた皮が染みを広げて重ねられていく。酸っぱい唾液が湧くが口にする気は起こらない。

よくベランダから遊んでいる子供達を眺めたりするんだけど、気付かなかった。

昼間一人でいる時にぼんやりベランダに立つ妻の姿が目に浮かぶ。妻は休みなく葡萄を口に運んでは、深海の生き物のような皮を吐き出しつづけている。指先に染み込んだ色は当分落ちないだろう。大粒の実が除かれるにつれて露わになっていく骨の間に成長できないまま熟《う》んでしまった小さな実があった。妻の目が急に陰りを帯び、細い指先がその実をつまむと憎しみを込めたように押し潰す。鈍い音がし、薄緑の汁が私の手にもかかる。親指の腹でそれを拭う。昆虫の体液に触れるような嫌悪感。妻は黙って席を立つと居間に行き、座卓の前に腰をおろしてワープロを打ち始める。資格を取って内職を始めたいと数カ月前に購入して以来暇さえあればそれに向かっているのだが、講習や検定を受ける素振りは見えず、何を打ちつづけているのか私には分からない。一心にキーを打ちつづけている後ろ姿を見ながら、ティッシュと皮をチリ箱に捨てようとしてぐにゃりとした冷たい感触に脅かされる。

シャワーを浴び、腰にバスタオルを巻いたまま寝室に入るとベッドの上にパジャマが用意されてあった。着替えて窓際の机に座り、やり残した書類の整理をしているとワープロの音が壁越しに休みなく聞こえてくる。仕事の手を休め、ベランダに出て窓越しに妻の様子をうかがう。髪を頰に垂らし、薄く唇を開いて脇目もふらずにキーを打っている。とても声をかける気になれなくて、中庭に目を移す。団地の建物の背後から巨大な客船が姿を現わした。マストの明かりに浮かぶ白い船体がスクリーンの映像のように建物の間を音もなく移動していく。目の遠近を調節する機能が失われているのか、船や建物があまりにも巨大に見えて不安になり、辺りを見回すと目の端を赤い光がすっと流れる。眼下の公園を小さな火が明滅しながらさまよっている。たばこの火、と思ったが人影は見えない。眺めていると火は砂場をよこぎり、白い建物の中に消える。部屋に戻って上着を着け外に出ようとすると、どこへ、と声がかかる。ちょっと、たばこを買いに、と言いながら居間を見るが妻はワープロから顔を上げようともしない。ドアを閉めて階段を降りながらふとさっき耳にした声は空耳だったのかと思い、背中を冷たい物が滑り落ちるのを感じる。玄関脇の自動販売機でたばこを買い、ビニールを切って一本口にしながら中庭に出る。踏み荒らされた砂場が海からの風に少しずつならされ、のっぺりした表情へと変わっていく。足をおろすとまるでやわらかな生き物の脇腹を踏んだようにぐにゃりと足首までめり込み、思わず足を引っ込めてよく見るがなめらかにうねる砂には足跡さえついていない。目の端を再び赤い光がかすめる。視線をめぐらすと白い平屋の建物の入口に光が吸い込まれる。後を追って建物に入り、中のドアを閉めて息をこらす。やわらかなぬくもりが体を包み、うっすら汗をかいてうずくまっていると、風や波の音も絶えてまどろみが開いた細胞の一つ一つから染み入ってくる。一人でに笑いがこみ上げる。周囲の壁の落書きが目に入る。何て書いてあるのだろう。気だるさに抗いながら胸ポケットからライターを取り出し、火を近付ける。折れ曲がった字が叫びを上げる。

〝殺して〟

いきなりドアが蹴破られ、強烈なライトが目を刺し貫いた。

あんた、そこで何してる。

男の声には聞き覚えがあった。

よ、用を足そうと……

用？　ここは女子用だぜ。

男の声に笑いが滲む。

気付かなかった。

消え入りそうな声でつぶやき、立ち上がって出ようとするのを厚いてのひらが押し返し、壁に突き飛ばす。

あんた、手に何を持ってるんだ?

言われて初めて気付き、ライトに照らされた右手を見ると茶色く汚れた綿からむっと生々しい臭いが立ち上り、思わずそれを投げ捨ててトイレから飛び出す。

待て、おい。

男を振りきって死に者狂いで階段を駆け上がり、部屋に飛び込んで内鍵を掛ける。しばらく玄関で呼吸を整えながら廊下の様子を窺っていたが、男の追って来る気配はなかった。食卓の椅子に腰を下ろすと体の節々が痛み、力が入らない。水道から水を飲もうとして立ちあがり、ワープロの音が途絶えているのに気付く。居間の明かりは消えている。数カ月前から妻は居間で一人で寝るようになっていた。寝たのか、と声をかけようとして声が死んでいるのに気付く。水をむさぼり、居間の閉じた襖の前に立って迷ったが、中に入ることはできなかった。寝室に戻り、うつ伏せにベッドに倒れ、汗に濡れた上着を不快に思いながらも着替える気力もなく、目を閉ざしていると眠りが目の奥に細い根を伸ばし、体の隅々から生気を奪っていった。

いつものように朝食は胃が受け付けない。時計を気にしながら新聞を読んでいると妻はコーヒーとトーストを片付け、ゆうべの残りの葡萄を出した。いや、残りのはずなのにそれは完全な一房だ。気味悪さに新聞を置いて腰を浮かしかけると妻はゆっくり一粒一粒口に運ぶ。だが房は一向に減る気配がない。それどころか逆に増えてさえいて、今にも皿から溢れ出しそうだ。妻は忙しく手を動かし、皮を剝く間もなく二つ、三つと口に押し込んでいる。手も口も紫色に汚し口一杯に頬張る姿は必死だが、ついにむせかえり、食卓に口の中の物を吐き出してしまう。激しく咳こみながら涙にふさがれた目を向ける。

助けて。

だがそう言う妻の顔には小豆のような小さい肉腫が吹き出していて、どんどん成長しながら全身を覆っていくのだ。私は外へ飛び出し、階段を駆け降りる。玄関を出てバス停の方へ走ろうとすると植え込みの陰から現われた男が前に立ちはだかる。

今日は逃がしませんよ。

摑みかかろうとする男を突き飛ばすと、男はバランスを崩して仰向けに倒れ、起き上がろうとしない。見開いた目が空を見詰め、首の辺りから流れ出した血がアスファルトに広がっていく。幼い男の子が一人しゃがんで倒れた男を覗き込んでいる。人差し指に血を付けて差し出して見せるその顔にも紫の粒が吹き出している。危なっかしい足どりで歩いてくるその子供を抱きかかえ、部屋に戻る。妻は静かにワープロに向かっている。床に下ろすと子供は少し走ってから倒れ、そのまま這って妻のもとへ行く。笑顔で妻が抱き上げたと思った瞬間、子供の姿は消えている。片手で胸に抱きあやす仕草をしながら、妻はもう片方の手でキーを打ちつづける。ベッドに腰掛け、その音を聴きながら私は手の甲の小さな葡萄の粒を押し潰す。

一月七日

赤いぼんやりした光を孕《はら》んだ雲が窓の外を生き物のように動いている。顔を上げてその動きを見ていると胸から腹にかけて冷気が広がり、寒い、という小さな声が上がる。伸ばした両手の間に乱れた長い髪と白くぼんやり浮かび上がる背中がある。うすい肉に胸を押しつけ、髪をかき分けて女の耳を軽く噛みながら尻の間に差し入れたものを再びゆっくり動かす。押し殺した声が漏れ、隣の部屋の若い女が寝られずに寝返りを打ち、聞き耳を立てているのを意識しながらゆっくりと力を込め、前に回した手で核を探りあてる。指にまとわりつく濃い液を塗りつけ、すくうように指先を使うと女は喉の奥から声を上げて腰を浮かせ、左右に振りながら押しつけてくる。膝を立て、細い筋肉の帯が緊張し小刻みに震える脇腹を抱き寄せ、激しく動くと女は後ろを向き、こんないいこと他の人にやってないよねと言い、私だけにしてよ、私だけにと細くくり返し、枕に顔を埋める。背中に残る髪を払い、うすい胸を掌に包む。肩甲骨のくぼみに影が溜っている。硝子窓を通り抜けて入ってきた雲が部屋に広がっていく。部屋の中がしだいにぼんやりと赤くなる。女が手首をつかみ指を口に含む。体重をあずけ空から見ているものに女を隠すように覆いかぶさり、暖かい闇の中に精を放った。

「ねえ、天皇陛下、死んじゃったんだってさ」肩をつかまれて揺り動かされ、頭をもたげると女は壁にもたれてトーストをかじっている。目の前に伸びる足に頭を載せる。女は「重い」とじゃけんに押しのける。同じことを二、三回くり返し、腰を抱いて下腹部に顔を埋める。くっくっ、と腹の筋肉が震え、耳にパン屑がこぼれる。手をのばしジャムで汚れた口からパンの切れを奪い、あわてた素振りで口に押し込むと声を上げて笑う。テーブルから牛乳をとって飲もうとするがむせ返って飲めない。顔にこぼれた牛乳を指ですくってなめ、大きく口を開けると女はコップを傾け、ゆっくりこぼしていく。溜ったものを飲もうと口を閉じてもこぼしつづけ、首を伝わって女の足に流れる。コップがゆっくり動き、鼻や目や額を濡らす。目を閉じ顔をしかめていると柔らかな生き物が顔を這う。「やめろ。気持ちわるい」「気持ちわるくなんかないよ」首にからみついてくる腕をはらい顔を洗いにいこうとするが女は腰にしがみついて笑いながら意味のない言葉を連ねトレーニングパンツを脱がそうとする。「ばか」蹴とばすとあおむけにひっくり返り、捲れあがったワイシャツの下に陰毛を露わにして膝を抱え、「天皇陛下が死んじゃいましたよ」と体を揺すりながら歌うようにくり返す。ガスのスイッチを入れ、トイレ兼シャワー室の中で湯が出るのを待つがちっとも熱くならない。「おい、ガスの元栓開けてきてくれよ」居間に向かってどなるがさっきの格好でテレビに見入ったまま返事もしない。「おいってば」「うるさいな、自分で開けてきてよ、テレビ見てるんだから」身動き一つしないでそう言うのに頭に来て洗濯機を投げようかと思うがこらえて「もう裸になってんだよ」といかにも困った口調で言う。「服を着ればいいじゃない」返ってきた言葉に今度は本気で便器をひき抜いて投げようかと思うが深呼吸をしてこらえ、セーターを腰にまいてドアから表を覗く。廊下にはだれもいないが向かいのアパートからは丸見えだ。さいわいどこもカーテンが閉まっているのをチャンスに一気に外に出て元栓を開け、寒さに震えながら部屋に戻りシャワー室に飛び込む。

バスタオルを忘れたのに気づき、また頼むが返事がないので水を滴らせながら居間に行き、干してあるタオルで体を拭きながら女を見ると口に食べかけのトーストを入れたまま眠っている。足で蹴って起こすと目をこすりながら寝かせて、とか何とか言い、口のパンを外に出す。「汚いなぁ」ティッシュで包んで塵かごに入れ「歯を磨かないと虫歯になるぞ」と後ろから脇に手を入れて立たせ、洗面所まで連れていく。牛乳で汚れた布団を、また洗濯代がかさむなあ、とつぶやきながらたたみ、部屋を掃いているとつけっ放しにしたテレビに菊に囲まれた丸めがねの老人のどアップが映る。「おい、何だこれ」「どあぁから、とぅえんのうふぇいかぐぁ、死ゅんどわって言っとぅえるでしょう」歯ブラシを口にくわえたまま女が言う。「何言ってるんだよ、お前」「どぅぐああくゎららぐっとぅええんのうぐっがららふぇいくゎのごぼっぐゎひゅんどぅわってぎゅってるどぅえしょうごぼごぼぐっ、ぺっ」口をゆすぎながら女が言う。わけが分からずにテレビに目を移すと黒服に身を固めたアナウンサーが「今朝午前六時三十三分。天皇陛下が崩御されました」と言う。「おい、ホーギョって何だ」「だからさっきから言ってるでしょう。いつも人の言うのは聞かないんだから」女がタオルで口を拭きながらやって来る。「天皇陛下が死んじゃったのよ」「へえー天皇ってまだ死んでなかったのか」何言ってんのよ、という顔で女が見る。「去年死んだんじゃなかったっけ」「あれは危篤でしょう。第一死んだんなら元号変わっているはずでしょう」「天皇が死ぬと元号が変わるのか」黙ってしばらく見つめた後「そんなこと余所で言わないでよ」と脇腹をこづこうとするのを手首をつかんで押さえ腰に手を回しかけたところで、だめっ、と言って身をよじりたたんである布団をひろげ始める。「これから寝るんだから」「俺もそのつもりだよ」「その寝るじゃなくてほんとに寝るのよ」と言いながら濡れた布団に潜り込もうとするので横に入ろうとした途端股をつねられ、表で遊んできて、とおい出される。仕方がないので着替えて女のバッグから一万円を取り、健康サンダルを突っかけて出ようとすると「またパチスロ」と声がかかる。「違う、スラグマシンだ」と言うと「同じでしょう」と言うので「何を言ってる、いいか、パチスロとスラグマシンの違いというのはだな」と言いかけたところで「分かった、分かった。いいから勝ってきてね」と布団の上に白い手が伸び左右に振られる。

アパートの階段を下り、タクシーに乗ろうとして金がもったいないのでバスに変え、バス停で排気ガスにむせ返りながら三十分以上待ったが来ないので頭に来てタクシーを拾い乗り込むと同時に二台続けて同じ路線のバスが来た。むかむかしながらも乗り換えるのはプライドが許さなかったので運転手に国際通りまでと言いシートに腰をおろした。走ってしばらくすると運転手がバックミラーでこちらの様子をうかがいながら「天皇陛下が死にましたね」と言う。「そうらしいね」と言って黙っていると「どう思いますか」と訊くので「どうも思わない」と言うと「そうですか」と言い、だいぶ経ってから「ソーキそばは好きですか」と訊く。「好きだ」と言うと「沖縄人《うちなーんちゅ》ですね」と言ってなんか知らないが笑うのでつられて笑っているといきなり急ブレーキがかかり前につんのめった。目の前を老人がゆっくり歩いている。「やなおじー、早《へー》くなあ、焼かり欲《ぶ》さるあんなー」どすを効かせて罵るのにびびっていると運転手は目を細めて笑いながら「そばはどこのそばが好きですか」と訊いた。ひとしきりそば論議を聞かされ、今度一緒に与那原にソーキそばを食べに行くことまで約束させられてタクシーを降りると国際通りから路地に入り、いつも行きつけの店の前まで来たが「いらっしゃいませ。いらっしゃいませ」という威勢のいい掛け声も派手な音楽も聞こえてこない。どういうわけだとドアに貼られた張り紙を見ると「天皇陛下崩御につき、本日は閉店いたします」と書かれている。「崩御」という字が読めなかったので通りすがりのおばさんに訊いたら「ほうぎょ」と読むのだと教えられ、そうかこれがあのほうぎょかと思い、それにしてもなぜ天皇陛下が死んだらパチンコ屋が閉店になるんだと不思議に思いながら仕方がないので近くの別の店に行ったらそこも閉まっていて同じ張り紙がしてある。いよいよ疑問が募り、しばらく考えた末「そうか、天皇陛下は日本パチンコ業者組合の名誉会長をしていたにちがいない」と納得し、あきらめて桜坂にポルノ映画三本立てを見に行く。

明け方まで精を出していた疲れで眠り込んでしまい、表へ出ると日はすっかり上がっていて、通りすがりの女子高校生に訊いたら三時前だという。腹が減ったので国際通りに戻り、やっぱりハンバーガーはこれだと思いながらムサバーガーを食った後、時間つぶしに久しぶりに壺屋の耳切《ち》りおじいの家に行くことにする。

おじいは十年程前に死んだ父方のおじいの兄貴で今年八十六になり、右の耳がないので耳切《ち》りおじいと呼ばれていて、若い頃友達とどっちが勇気があるかと言い争いになって自分で鎌で切り落としただの、はぶに嚙まれて腐って落ちただのいろいろ言われていたが、なぜなくなったかについての本当の理由はだれも知らなかった。ただ死んだおじいが小さい頃、耳から血を流して帰ってきて井戸で傷口を洗うと布もあてずに台所に座りこみ、何を訊かれても黙って芋を食べていたのを覚えていて、その時の恐ろしかったが何かすごく格好よかったという話を聞かせてくれたことがあった。

古い石垣の残る入り組んだ路地を行き戻りし、やっと目印の石敢当を見つける。そこから左に四件目がおじいの家だった。門に入りひんぷんを右に回ると冬だというのに上半身裸になって手製のバーベルを上げているおじいがいた。

「がーしんせーさやー」方言で呼びかけるとおじいはバーベルを芝生に投げ捨て、腰の手拭を取って汗を拭きながら「目《み》ー遠《どう》さぬ」と笑う。「頑丈《がんじゅう》やみせーてぃなー」「当てー前《め》ーて」とあいさつを交わしながら部屋に上がり、石油ストーブにかけてあったお湯でお茶を入れてもらう。「脂味噌《あんだみす》食《か》む み」そう言って台所に立つおじいの右肩にはでいごにシーサーの入れ墨が彫られている。戦後、軍歩《ぐんあっ》ちゃーをしている時にアメリカーの友人に入れてもらったというやつで、そのせいかどことなくライオンに似ていた。昔からずっと一人身だったおじいはこの年になってもだれの手も借りずに生活している。五年程前叔父夫婦が老人ホームに入ることを勧めたことがあった。その時おじいは黙って庭に下りると昔習ったという唐手でいきなりブロック積みのひんぷんに突きを入れ、罅《ひび》を走らせたという。その時修理した漆喰跡の残るひんぷんを眺めていると右手に泡盛の一升瓶、左手に湯のみ二つとさばの缶詰を持ち、口には山盛りにした脂味噌の皿をくわえておじいがやって来た。あわてて席を立ち、泡盛とさば缶を受け取るとおじいはおもむろに泡盛を注ぎ、舌を伸ばして鼻の先についた味噌をなめながら飲み干した。「おじいよ」「何《ぬ》ーやが」「天皇陛下ぬ罷《ま》ーちゃんど」負けずに呑みながらそう言うと「天皇陛下んでぃいいねえ、誰《た》ーやが」と答える。「はあな、東《あがり》ぬ島ぬ天皇陛下よ」「えー、いんいん、東ぬ島ぬ天皇陛下な。はあー、ありん罷《ま》ーちゃんな。何時《いち》が」「今日《ちゅー》ぬ朝よ」「肝苦《ちむぐる》さぬやー」と涙ぐむので「何《ぬ》ーが、ちゃーそうが」と訊くと「ありや小学校時分ふんでーし、うーまく達《たー》にゆー泣かさっとーたんよ」と言う。「何《ぬ》ーがおじいや、天皇陛下分かゆんな」と驚くと「はっ、小学校ぬ同級生るやるむんぬ」と言い「成績は中の下だった」だの、「お父さんは少しとっとろーだった」だの懐かしそうに話し、「同級生がまたひなたん」と最後はさみしそうにつぶやく。「はあ、おじい、元気出《いじ》ゃさんねー。うぬぶん、おじいが長生きしいねー、済《し》むせー」と励ますと「やさや」と急に元気を取り戻し「歌てぃ後生《ぐそう》ち送《うく》らな」と三味線を取り出してきて上り口説を歌い出す。「くーてん小《ぐゎ》ー異風《いふう》なーやっさー」と思いながらもおじいの三味線に合わせて踊っているうちに興に乗り、かじゃでぃ風から加那よー天川《あまかー》から唐船どーいからあっちゃめー小《ぐわー》まで踊りまくり、酔いと疲れでぶっ倒れる。

目が覚めると外はすっかり暗くなっていた。気持ちよさそうに寝ているおじいを起こすのは忍び難かったので、布団をかぶせ、一酸化炭素中毒で死なないように少し戸を開けて表に出た。のんびり歩いて国際通りに向かう。途中、通りすがりの小学生に訊くと八時前だと言う。寝たのは一時間足らずだが熟睡したので疲れが取れ、軽い酔いが気持ちいい。土曜の夜で平和通りはいつものとおり賑わっている。ふと足元を見ると天皇陛下の写真がでかでかと載った新聞が落ちている。可哀想に靴で散々踏まれていて拾いあげるとよれよれになっている。人の流れから出て電柱の陰で読むと病気の経過やら昭和の歴史やらいろいろ書かれているようだが三行ほど読んだところで疲れたのでやめる。そういえば天皇陛下が死ぬと元号が変わると女が言っていたことを思いだし、そういう記事を探そうとしたが、そのためには一通り読まなければならず、それよりは人に訊いた方が楽だと気付き、そばを通りかかったおばあに元号は何に変わったのかと訊くと嬉しそうにへーセーだと言う。「へーセー?」耳と鼻と尻から同時に空気の抜けたような響きに一瞬耳を疑い再確認すると間違いなくへーセーだと言う。どういう字かと訊くとこういう字だと蓑虫の皮のバッグから鉛筆と銀行のカウンターに置いてあるメモ帳を取り出し「平成」と書いて教えてくれる。ついでに意味も尋ねるとそれは分からんと言い「それより兄さん、ユタ信じるね」と逆に訊かれる。「よく分からない」と言うと「実は、おばあは糸満の算盤ユタに通っているけどね、嫁が反対していつも喧嘩ばかりしてるさ。自分の老齢年金で通ってるんだから嫁にとやかく言われる筋合いはないけど最近は長男まで嫁にすかされてぐーぐー言うからくさみてふしがれないけどどうしたらいいかねー」と言う。「難しい問題やいびーさーやー」と二人で電柱の横にしゃがみ十五分ほど話したが、年寄りに寒《ひ》させてはいけないと気付き、近くの喫茶店に誘ってコーヒーと熱茶《あちぢゃ》ーがなかったのでロシアンティーを頼み、一時間ばかりどこのユタはよく当たるとか、神信じーはやらんといけんとか、天皇陛下もニライカナイに行ったとか、熱の入った話を聞き、おばあの知識にすっかり感心してだいぶ勉強になってほんとにありがとうございました、と礼を言うとコーヒー代を奢ってくれたばかりか今度家に遊びに来なさい、と住所を書いたメモまで渡してくれる。

「くぬうち、遊《あし》びが行くとぅよーさい」手を握りあって別れ、明日早速火《ひ》の神《かん》の御香を買いに行かないといけないと考えながら歩いていてふと腹の減っているのに気付き、国際通りに出てマクドナウドに入りやっぱりハンバーガーやマクドナウドのダブルソーキバーガーやっさーと思いながらフーチバーシェイクをすすりすすり隣の内地人《ないちゃー》ネーネーがアメリカーといちゃついているのを見い見いし、まったくよく入るもんだな、やっぱり女は奥が深い、と感心していると高校時代に同級生だった大兼久一也が女を連れて店に入ってきた。オーイと手を振って声をかけると嬉しさのあまり顔を痙攣させて外に出ようとするので「遠慮するな」とあわてて後を追い椅子に座らせると二人並んで恥ずかしそうにうつむいている。

「えー、早く注文しないと売り切れるよ」と注意すると彼女がそそくさと立って頼みに行く。「かわいい子《ぐわ》やしぇー。どこで探したか」と訊くと昔から内気だった大兼久はうつむいたまま顔を上げようとしないので、緊張をほぐすために「今まで何回位やったか」と訊くと右頬をピクピクさせてちらっと見たがすぐに顔を伏せる。まだほぐれないなと思い「バックでもやったか」と訊くと両頬をピクピクさせて三秒ほど顔を上げている。なつかしい痙攣やっさーと思う。高校時代、本ばかり読んでいるので健康のためにバスケットやサッカーに誘ったら顔を痙攣させて遠慮するので「同級生やらに」と仲間に入れるとけなげなくらい一生懸命動き回り、翌日学校を休んだりしていた。仲間内では大兼久のことを電気蛙《あたびち》と呼んでいたが、小学校の時理科で電気を流す実験をした蛙《あたびち》みたいに今も顔の痙攣は変わらなかった。彼女がコーヒーを三つ運んできた。顔はあまりかわいくないが性格はテーゲーいいやしぇー、と思いながら観察していると二人ともうつむいたまま話そうともしない。これはこちらから話題作らないと行けないやっさー、と思い「天皇陛下死んだやっさーやー」と話しかけると大兼久はさっきより両頬を痙攣させ、唇を噛んでこちらを見つめている。何ー《ぬ》が此《く》ぬひゃー、と思ったがテーブルの上に置いたこぶしを震わせながら充血した目で見つめているので何か言うかと待ったが結局一言も言わずにうつむいてしまう。彼女はというと顔を真っ赤にして時々大兼久の方を見やりながらこれも同じようにうつむいている。「ねえ彼女」と呼びかけるとビクッと震えて顔を上げ今にも泣き出しそうな顔でこちらを見つめる。何かを訴えるような眼差しに思わずドキッとしてしまい、どぎまぎしながら「天皇陛下も死んだらニライカナイにいくんですかね」と訊くとやおら立ち上がった大兼久が直立不動の姿勢になり涙をぼろぼろこぼし始める。何《ぬ》ーやが、此《く》れー、と呆気にとられていると彼女も右の小指を立てて顔を押さえ、さめざめと泣き始める。眺めること十秒、やっと、そうか、天皇陛下が死ぬということはこんな悲しいことなのか、と気付き、今まで涙一つ落ちなかった自分が情なくなり、俺はもしかしたら情緒障害じゃないかと心配になる。気にしだすと眠れない性質なので一緒に泣こうとするが涙は滲みもせず、いよいよ俺は駄目な人間だと落ち込んでしまう。やっぱ昔から真面目やたーむん、大兼久やたいしたもんやさーと感心し、しかしそのわりには周りの人はあまり泣いてないなと周囲を見回すとみんなひきつった顔でこちらを見ている。何《ぬ》ーが、此達物《くったーむぬ》ん分からん、と怒りを覚えた瞬間、コーヒーもろともテーブルがひっくり返り、床に固定された椅子をひき抜いた大兼久がウオオオオオーーという雄哮《おたけび》を上げて暴れ出した。そばにいたアメリカーの額に椅子を振り下ろしたかと思うと止めに入った店員に腰のひねりを利かせて投げ付ける。正面からまともに椅子を食らった店員はショーウインドウを割って通りに吹き飛んだがすぐに起き上がり、サボテンのように硝子の突き刺さった顔から血を吹き出しながら「このやろう」と叫ぶが早いか通行人からなぎなたを奪い取り「叩殺《たっくる》すん」と切りかかる。白刃一閃、死んだ、と思った大兼久はカウンターの上に舞い上がり、矢継ぎ早に繰り出される技を軽々とよけると豚の中身サンドやら三枚肉バーガー、テラピアサラダなどを投げつけ、ひるんだ店員の一瞬の隙をついてなぎなたを叩き落とし、みぞおちに突きを入れて延髄蹴りでとどめを刺すと人差し指を天に突き上げ振り向きながら初めて笑顔を見せる。思わず拍手を送った瞬間、銃声が轟き、内地人ネーネーといちゃついていたアメリカーが続けて五発拳銃を発射した。仁王立ちになって銃弾を受け止めた大兼久を沖縄県警の装甲車のサーチライトが照らしだす。真っ赤に染まった体から最後の力を絞りだし「天皇陛下バンザーイ」と叫んでずらっと並ぶ機動隊のジュラルミンの盾に向かって走っていった大兼久はショーウインドウを飛び越そうとして足を引っかけ歩道に転び息絶えてしまう。「きみたちは完全に包囲されている。無駄な抵抗は止めてすぐに出てきなさい」それまでテーブルの下に腹這いになって隠れていた客の一人が泣きながら這い出そうとしてアメリカーに撃たれる。客のほとんどは地元の中高生と内地人ネーネー達で、壊れた椅子、テーブル、硝子の破片、糞、小便、鼻水、涎、血にケチャップなどで汚れた床にうずくまりしゃくり上げながら泣いている。アメリカーが大声でわめき天井に二、三発銃をぶっぱなすと一瞬泣きやむがすぐにまたすすり泣きが始まり、やじ馬のざわめきやら拡声器でがなりたてる声、救急車やパトカーのサイレンにクラクション、アメリカーの怒鳴り声や物売りの声などでうるさいことおびただしく、耳を押さえて顔を上げ赤い光が数台回転する外の様子をうかがっていると目の前に生温かい黄色い水が流れてくる。流れをたどるとアメリカーが横抱きにした内地人ネーネーの白いスカートが黄色く濡れている。動こうにも動けず、立ち上る湯気にむせ返っていると急に拡声器の調子が変わり、アメリカ訛の沖縄大和口で「出ーテキナサーイ。何モシナイサー。早《へぇ》クナー出テキナサーイ」と呼びかける。

「嘘だ」突然後ろのほうで声が上がる。「みんな、だまされるな。出ていくと男は睾丸を抜かれ、女は暴行されて殺されるぞ」と五十過ぎくらいの男が立ち上がってどなっている。アメリカーの銃が火を吹き、男が壁に吹き飛ばされる。同時に店内に催涙弾が撃ち込まれ、銃を乱射しながら警察が突入する。あたりはたちまち修羅場と化し、阿鼻叫喚、血肉の華ばながが舞い散る中を必死で表に出ると回りを取り囲むやじ馬やマスコミ、警察を押し退けどうにかタクシーに乗り込む。

「何かあったんですか」運転手が訊くのに答えようとするが息が切れて声が出ない。バックミラーを覗いた運転手は「天皇が死んだり今日はいろいろありますね」と言ったきり気を利かせたのか後は何にも言わずにアパートの前まで丁寧に運転してくれて、降りる間際にぽつりと「昭和って、たくさん人が死にましたね」とつぶやいた。

熱いシャワーを浴び、身も心も疲れ果てたので牛乳臭い布団を敷いて眠ろうとするが興奮は冷めやらず、とても眠ることなどできない。Tシャツに着替えて近くの居酒屋に酒を飲みにいくことにする。

店は空いていた。いつもは土曜日なら十二時頃まで満員なのだが半分も入っていない。カウンターに座ってマスターに「どうしたの」と訊くと「自粛でしょう」と苦笑いする。「自粛？　なんだそれ」呆れたという顔をして眺め「天皇陛下が死んだんで派手なことは遠慮しようとどこかの馬鹿がやり始めて今流行ってるんだよ」と言いながら泡盛の入ったカラカラを出すので、耳皮《みみがー》をつまみにぐい飲みで三杯ほど飲み干し「天皇が死ぬとそういうことまでするのか」と言うと「死ぬ前からやってるんだけどね」とうんざりした顔をする。しばらく黙って飲んでいると突然入り口のところで大声がした。振り向くと四十代半ばと三十そこそこという感じの色白で目の細い男二人が肩を組み、今にも崩れそうな身体を支えあっている。

「ねえ、おやじさん。新町ってどこ。このあたりだって聞いたんだけど」若い方が店全体に聞こえるような大声で言う。皆が一斉に注目したのを知ってか知らずか「場所、教えてくれないかなー」とさらに大きな声で言い、急に会話をやめた女子大生風三人のテーブルの方に視線をやる。マスターの手にした包丁がまな板をカタカタ叩いている。だれも何も言わないので「僕が案内しましょうか」と立ち上がり、外に二人を促すと「悪いなー、やっぱり沖縄の人って親切だなあ」とかなんとか言ってついてくる。マスターにまた後で来るからと言い、大通りを西に下っていくと「本当に五千円で買えるんですか」と後ろから若いのが訊く。「そうですよ」と振り向いて言うと「いやあ、信じられない安さだなー、ねえ先生」と肩を組んでいる相棒に言う。「馬鹿」と相手は叱責し何か耳打ちする。若い男はしばらくシュンとしていたがすぐにまた元気を出し、いろいろ話しかけてくる。「天皇陛下死んでしまいましたね」「ええ」「やっぱりあれですか、沖縄ってのは天皇陛下に対する反発って今でもあるんですか」「そうでもないですよ」「へー、そうなんですか」

ふと気が付くと年配の男の姿が見えない。若い男があわてて戻り、ワシントン椰子にもたれて眠っているのを肩を貸して連れてくる。

「まだ遠いんですか」「いや、すぐそこですよ」「ほら先生、いつも言ってた先生好みの南国美人はすぐそこですよ」揺り動かすとうつろな目を開けてあたりを見回し、すぐにまた膝から崩れ落ちようとする。

「まったくしょうがねーなー」とぶつくさ言いながら引きずってくる若い男を案内して「新町入り口」と書かれた看板の下まで来て「ここです」と上を指差した途端に年配の男は目を開けて背筋を伸ばしチャックを開け始める。

「まだですよ、まだ」と若い男が止めると「分かっている」と言いながら壁に小便を始めるので三人並んで連れしょんをした。

再び歩き始めた時若い男が右後ろになったのを確かめた。「若いのもいるんですか」年配の男が訊くのに「まあ、見ての楽しみですよ」と笑いながら答え、「ちょっと近道しましょうね」と歩調を速めて角を左に曲がる。男達があわててついてくる。二つの影が角を回った瞬間、向かって左側の男の鳩尾《みぞおち》をねらって力の限り拳を撃ちこんだ。手首が折れ曲がり指の付け根から肘に針金を通されるようないやな痛みが走ったが、息つく間もなく、腹を押さえて膝を突いた男の喉に蹴りを叩き込んだ。声にならない空気の摩擦音を漏らして転げ回る男を呆然と見つめている影に殴りかかろうとして右手を構えることができず、とっさに腰にタックルし押し倒す。年配の男は我に返って逃れようとあがき、腕や顔をかきむしる。「やな腐り者《むん》ひゃー、死にくゎれー」左手でビンタを二、三回張るが逆に拳で殴り返され、あおむけに突き飛ばされる。上に乗しかかられ、しばらく転がりながら相手の首を締めあっているといきなり後頭部を蹴られ、目が黒い塊を詰め込まれたように重くなり、続いて鼻の奥で火薬が炸裂した。若い男がところかまわず足蹴りを加える。睾丸に一撃を喰らって呻きながら体をよじると喉に突きが入った。息ができずにもがき苦しんでいるところを更に二人がかりで蹴られ、気が付くとタクシーの運転手に助け起こされていた。

「大丈夫な兄さん」

大丈夫と言いたかったが声が出なかった。

「病院添《そ》うてぃ行くみ？」

心配そうに言ってくれるのに礼を言って断った。立ち上がって新町の中に入っていくと店の前に立っている女達が驚いた顔で見、うさん臭そうに眺めたり、何かからかうように声をかけて笑ったりする。歩きながらハンカチで顔を拭くとたちまち赤黒く汚れた。そばに止まるタクシーをやり過ごし、二つ目の横道を奥に歩いていった。町の中心からはずれたところに三軒店が並んでいて、女達が店先にしゃがみ一斗缶に焚いた火に当たりながら退屈そうにおしゃべりをしている。

「兄さん、遊んでいきなさいよ」

笑って通りすぎ、奥の店の前に立つと寒そうにストーブにあたっていた女が顔を上げ、小さな驚きの声を漏らした。

「いい？」と言って女に目配せし、カウンターに一万円を置き、奥のドアを開けて中に入る。すぐ後についてきた女が「どうしたの」と訊くのに答えず左右に並ぶ四つのドアの一つを開けてベッドに倒れこんだ。赤い小さな電球の明かりの中に心配気に覗き込んでいる女の顔がある。

「喧嘩してきた」

女が拳で胸を打ち顔を埋める。

「馬鹿なことしないでよ。お願いだから」うなずくと頬を寄せて唇を合わせる。全身が痛み、吐き気がしたが、若い男の鳩尾《みぞおち》に決めた拳の感触を思い出すと笑いが込み上げてきて抑えきれなかった。

「何がおかしいの」と女が訊いた。声を押し殺して笑いながら「天皇陛下、万歳」と言うと思い切り股をつねられた。

《初出一覧》

魚群記

初出「琉球新報」一九八三年一二月九日
第一一回琉球新報短編小説賞受賞
二〇〇三年一〇月、単行本『平和通りと名付けられた街を歩いて』（影書房）に収録。

マーの見た空（原題『マー』）

初出「季刊おきなわ」1号〜2号、一九八五年九月〜一九八五年一二月（ロマン書房）
二〇〇三年一〇月、単行本『平和通りと名付けられた街を歩いて』（影書房）に収録。

雛

初出「新沖縄文学」66号、一九八五年一二月三〇日（沖縄タイムス社）
二〇〇三年一〇月、単行本『平和通りと名付けられた街を歩いて』（影書房）に収録。

風音

初出「沖縄タイムス」一九八五年一二月二六日〜八六年二月五日
一九九七年九月、単行本『水滴』（文藝春秋）に収録。
二〇〇〇年一〇月、文春文庫『水滴』に収録。

平和通りと名付けられた街を歩いて

初出「新沖縄文学」70号、一九八六年一二月三一日（沖縄タイムス社）
第一二回新沖縄文学賞受賞
二〇〇三年一〇月、単行本『平和通りと名付けられた街を歩いて』（影書房）に収録。

蜘蛛

初出「新沖縄文学」72号、一九八七年六月三〇日（沖縄タイムス社）
二〇〇三年一〇月、単行本『平和通りと名付けられた街を歩いて』（影書房）に収録。

発芽

初出「Ｚａ」（関根愛子・照屋全芳二人誌）5号、一九八八年九月一五日（ツンドラ舎）

一月七日

初出「新沖縄文学」82号、一九八九年一二月三〇日（沖縄タイムス社）

目取真 俊（めどるましゅん）

1960年、沖縄県今帰仁（なきじん）村生まれ。琉球大学法文学部卒。

1983年「魚群記」で第11回琉球新報短編小説賞受賞。1986年「平和通りと名付けられた街を歩いて」で第12回新沖縄文学賞受賞。1997年「水滴」で第117回芥川賞受賞。2000年「魂込め（まぶいぐみ）」で第４回木山捷平文学賞、第26回川端康成文学賞受賞。2022年に第7回イ・ホチョル統一路文学賞（韓国）受賞。

著書：〈小説〉『魂魄の道』、『目取真俊短篇小説選集』全３巻〔第１巻『魚群記』、第２巻『赤い椰子の葉』、第３巻『面影と連れて（うむかじとぅちりてぃ）』〕、『眼の奥の森』、『虹の鳥』、『平和通りと名付けられた街を歩いて』（以上、影書房）、『風音』（リトルモア）、『群蝶の木』、『魂込め』（以上、朝日新聞社）、『水滴』（文藝春秋）ほか。

〈評論集〉『ヤンバルの深き森と海より　増補新版』（影書房）、『沖縄「戦後」ゼロ年』（日本放送出版協会）、『沖縄／地を読む　時を見る』、『沖縄／草の声・根の意志』（以上、世織書房）ほか。

〈共著〉『沖縄と国家』（角川新書、辺見庸との共著）ほか。

ブログ「海鳴りの島から」。

魚群記《ぎょぐんき》　目《め》取真《どるま》俊《しゅん》短篇《たんぺん》小説《しょうせつ》選集《せんしゅう》1

二〇一三年 三 月二八日　初版第一刷
二〇二五年 九 月 五 日　初版第三刷

著　者　目《め》取真《どるま》俊《しゅん》

発行所　株式会社　影書房
〒170-0003　東京都豊島区駒込一―三―一五
電　話　〇三（六九〇二）二六四五
F A X　〇三（六九〇二）二六四六
E-mail= kageshobo@ac.auone-net.jp
URL=http://www.kageshobo.com
〒振替　〇〇一七〇―四―八五〇七八

印刷／製本=モリモト印刷

落丁・乱丁本はおとりかえします。

定価　二、〇〇〇円＋税

ISBN978-4-87714-431-9